Moord
met zachte hand

Moord
met zachte hand

De beste misdaadverhalen
van vrouwen

Uitgekozen en ingeleid door
ELIZABETH GEORGE

Oorspronkelijke titel: Crime on her Mind
Inleiding en selectie © 2001 Elizabeth George
Auteursbiografieën: © 2001 Jon L. Breen
Het copyright op de afzonderlijke verhalen berust bij de auteurs en/of hun rechtsopvolgers

Vertaling: Rie Neehus, Frances van Gool, Ineke de Groot
© 2001 Karakter Uitgevers B.V., Uithoorn
Omslag: Select Interface

Deze editie werd geproduceerd door Karakter Uitgevers B.V. in opdracht van Company of Books.

Inhoud

Inleiding

Of het nu een moordmysterie is, een spannend verhaal, een psychologische studie van de hoofdpersonen die getroffen zijn door een verschrikkelijke gebeurtenis, een berucht misdrijf dat opnieuw verteld wordt, een drama in de rechtszaal, een uiteenzetting, een politieonderzoek of een waarheidsgetrouw verslag van een actuele misdaad, de vraag blijft altijd dezelfde. Waarom misdaad? Of de hoofdpersonen FBI-agenten zijn, politiemannen en -vrouwen, forensische geleerden, journalisten, militairen, de doorsnee man of vrouw, privé-detectives of het oude dametje dat naast ons woont, ook nu weer blijft de vraag dezelfde. Waarom misdaad? Het kan om moord gaan (een enkelvoudige, een serie- of een massamoord), beroving, een aanslag, inbraak, afpersing of chantage, we willen nog steeds weten: waarom misdaad? Waarom worden we zo geboeid door misdaad en bovenal: waarom worden vrouwelijke auteurs er zo door gefascineerd?
Ik denk dat er verscheidene antwoorden op deze vragen zijn.
Schrijven over misdaad is ongeveer zo oud als het schrijven zelf en als gevolg daarvan is het een belangrijk deel van onze literaire traditie. De oudste misdaadverhalen vinden we in de bijbel: Kaïn doodt Abel in een opwelling van jaloezie; Jozefs broers zetten uit jaloersheid een samenzwering op touw, verkopen hem als slaaf naar Egypte en laten zijn diepbedroefde vader geloven dat hij dood is; David stuurt de echtgenoot van Bathseba uit zinnelijke jaloezie naar de frontlinie zodat hij de aantrekkelijke vrouw voor zichzelf heeft; vanwege een onbeantwoorde liefde leggen twee gerespecteerde ouderlingen valse getuigenis af tegen de kuise Susanna, waardoor ze ter dood veroordeeld wordt tenzij er iemand komt die hun verklaring kan weerleggen; vaders plegen incest door met hun dochters te slapen, broers vermoorden hun broers, vechten met hen, liegen over hen of mishandelen hen op een andere manier;

7

vrouwen eisen hoofden van mannen op een schotel; Judith ont-hoofdt Holofernes; Judas verraadt Jezus van Nazareth; koning Herodes brengt de pasgeboren mannelijke kinderen van de Hebreeërs om... Het zijn afschuwelijke teksten uit het Oude en het Nieuwe Testament en daaruit putten we al sinds onze kinderjaren. Misdaad speelt zich af aan de rand van de samenleving, in extremis, maar meer nog: misdaad is de mensheid die zich buiten de wet plaatst. Voor iedere Kaïn zijn er miljarden broers die door de eeuwen heen vreedzaam naast elkaar hebben geleefd. Voor iedere David zijn er tien miljoen mannen die zich van een vrouw hebben afgewend toen ze wisten dat zij aan een ander toebehoorde. Maar dat maakt misdaad nu juist zo interessant. Het is niet iets wat mensen gewoonlijk doen.

Het zou mooi zijn wanneer we konden geloven dat auto's op de snelweg langzamer gaan rijden wanneer er een ongeluk is gebeurd omdat de bestuurder extra voorzichtig is geworden: iedereen ziet de zwaailichten, de rook, de schijnwerpers, de ambulances, de brandweerauto's en trapt op de rem om niet hetzelfde lot te ondergaan als de ongelukkigen die op dat moment uit de massa verwrongen metaal worden getrokken. Maar meestal gaan mensen niet om die reden langzamer rijden. Ze verminderen hun snelheid om zich te vergapen, omdat hun nieuwsgierigheid is geprikkeld. Waarom? Omdat een ongeluk op de snelweg een afwijking is en afwijkingen interesseren ons. Ze hebben ons altijd geïnteresseerd: dat was al zo bij het begin der tijden en het zal tot het einde toe zo blijven.

Brute moorden halen de voorpagina's. Ontvoeringen, verdwijningen, rellen, fatale auto-ongevallen, vliegrampen, terroristische aanslagen, gewapende overvallen, sluipschutters die op een nietsvermoedend doelwit schieten... dat alles dringt door tot ons dagelijks leven en maakt ons bewust van de kwetsbaarheid van ons individuele bestaan, terwijl het tegelijkertijd onze honger opwekt om te weten. De hele wereld houdt de adem in om de uitspraak in de zaak O.J. Simpson te horen omdat er fundamentele hartstochten gemoeid zijn met de gebeurtenissen aan Bundy Drive, en de fundamentele hartstochten van die dubbele moordenaar roepen bij ons dezelfde hartstochten op. Vergoten bloed schreeuwt om méér bloedvergieten als vergelding voor de daad. We zoeken bij elk misdrijf een passende straf. Misdaad is zo oud als de mensheid. Evenals sensatie. Evenals wraak.

Misdaadliteratuur schenkt ons een voldoening die ons in ons leven vaak wordt ontzegd. In het werkelijke leven weten we niet wie Nicole en Ron nu echt heeft vermoord; we vermoeden slechts dat er zich een tweede schutter op het met gras begroeide heuveltje bevond toen president Kennedy werd vermoord; we blijven zitten met vragen over dr. Shepherds vrouw en Jeffrey MacDonalds hang naar waarheid of naar zelfmisleiding. De Green River-moordenaar verdwijnt in het oerslijm waaruit hij oprees, de Zodiac-moordenaar voegt zich daar bij hem en ons resten slechts de vragen: wie waren deze mensen en waarom pleegden ze moorden? Maar in fictieve misdaadverhalen wacht de moordenaars gerechtigheid. Het kan ware gerechtigheid zijn, poëtische gerechtigheid, of psychologische gerechtigheid. Maar ze worden ermee geconfronteerd. Ze worden ontmaskerd en alles wordt weer normaal. Dat schenkt de lezer veel voldoening, beslist meer voldoening dan die welke wordt verkregen uit het onderzoek naar en de straf voor een werkelijk gebeurd misdrijf.

Voor de schrijver die karakters wil onderzoeken is niets zo catastrofaal stimulerend als het plaatsen van een misdrijf in een overigens vredig landschap. Een misdrijf plaatst iedereen in een smeltkroes: de onderzoekers, de misdadiger, de slachtoffers en degenen die in relatie staan tot de onderzoekers, de misdadiger en de slachtoffers. In deze smeltkroes van de afschuwelijkste daden die de mensheid kent worden de karakters getest. Wanneer karakters worden geconfronteerd met de ernstigste uitdagingen aan hun geloof, hun gemoedsrust, hun gezond verstand en hun levenswijze, dan wordt hun pathologie losgemaakt. En het is de botsing van de pathologie van het individuele karakter met die van alle andere karakters die de stof oplevert voor drama en loutering.

Sommige van onze bekendste literaire werken hebben een gruwelijke misdaad als achtergrond. Hamlets enorme geestelijke strijd om niet naar zijn geweten te luisteren maar de rol van Nemesis te spelen zou nooit hebben plaatsgevonden als zijn vader niet was vergiftigd als gevolg van een wrede vadermoord. Oedipus kon niet volbrengen wat het lot voor hem had beschikt zonder eerst koning Laius te vermoorden op weg naar Thebe. Medea zou niet in haar positie in Corinthe geplaatst zijn – die van een paria die op het punt stond uitgestoten te worden door een nerveuze Creon die zich maar al te zeer bewust was van haar capaciteiten als tovenares – als haar reputatie als het brein achter de dood van koning Pelias haar niet was voorafgegaan. Het moet daarom voor een ieder die leest geen verrassing zijn dat misdaden schrijvers niet alleen fascineren, maar dat ze ook dienen als ruggengraat voor een groot deel van hun proza.

Wat misdaad met een literair werk doet is tweeledig. Om te beginnen dient misdaad als rode draad voor het verhaal dat eruit volgt: het misdrijf moet onderzocht en opgelost worden binnen de verwikkelingen van de plot. Maar ten tweede, wat misschien belangrijker is, vormt de misdaad ook het geraamte voor het lichaam van het verhaal dat de auteur wil vertellen. Aan dit geraamte kan de auteur zo veel of zo weinig ophangen als ze wil. Ze kan zich uitsluitend tot de beenderen beperken en een verhaal vertellen dat vlot loopt en beknopt is, zonder afwijking of opsmuk van de onthulling en de afloop. Of ze kan aan het skelet spieren, weefsel, aderen, organen en bloed ophangen, die bestaan uit afwisselende elementen die bij het schrijven kunnen worden gebruikt zoals het thema, het doorgronden van karakters, levens en literaire symbolen, subplots en dergelijke, maar ook de specifieke elementen die bij een misdaadverhaal horen: aanwijzingen, valse sporen, spanning en een lijst van motieven die door de tijden heen kenmerkend zijn geweest voor mysteries: de hermetisch verzegelde tombe (of de afgesloten kamer), de meest voor de hand liggende plaats, het spoor van valse aanwijzingen dat de echte moordenaar heeft gelegd, de vaststaande ideeën over de schuldige, en ga zo maar door. Zo kunnen haar hoofdpersonen hand in hand in de richting van een onvermijdelijke conclusie marcheren, of ze kunnen op een dwaalspoor worden gebracht door de talloze mogelijkheden die hun worden geboden door middel van een langere verhaallijn en een ingewikkelder opzet.

Waarom zou een auteur er dan nog over denken om zich met iets anders bezig te houden? Ik kan er geen reden voor bedenken. Zo lang een schrijver zich er maar van bewust blijft dat de enige regel is dat er geen regels zijn, biedt dit terrein onbegrensde mogelijkheden.

Dit geeft echter nog steeds geen antwoord op de vraag waarom vrouwelijke auteurs zich zo tot het schrijven van misdaadliteratuur aangetrokken voelen. Het is dan ook een vraag die me telkens en telkens weer met tamelijk eentonige regelmaat door journalisten is gesteld.

De Gouden Eeuw van de Misdaadverhalen in Groot-Brittannië en het Gemenebest – die ik beschouw als de periode tussen de jaren twintig en de jaren vijftig van de twintigste eeuw – wordt gedomineerd door vrouwen. Zij vormen een uitgelezen gezelschap waartoe iedere moderne auteur zou willen behoren. Agatha Christie, Dorothy L. Sayers, Ngaio Marsh, Margery Allingham... Het is niet verschrikkelijk moeilijk om uit te zoeken waarom vrouwelijke auteurs gedurende de hele twintigste eeuw hebben geprobeerd zich bij dit illustere gezelschap te voegen: nadat één vrouw een ingang had gevonden tot een bepaald genre literatuur werd ze al snel gevolgd door andere vrouwen. Dat vrouwen zich zo aangetrokken voelen tot het schrijven van misdaadverhalen kan derhalve gemakkelijk verklaard worden: vrouwen kozen voor dat genre omdat ze er succes mee hadden. Het succes van één vrouw wekt het verlangen naar succes bij een andere vrouw op.

Dezelfde regel geldt voor de Verenigde Staten. Het verschil in de Verenigde Staten is echter dat de Gouden Eeuw van de Misdaadverhalen door mannen wordt gedomineerd en dat vrouwen er achteraan lopen. Wanneer we denken aan die Gouden Eeuw in Amerika, denken we aan Dashiell Hammet en Philip Marlowe, aan verhalen die in de ik-vorm zijn geschreven met keiharde privé-detectives die roken, whisky drinken, in slonzige flats wonen en vrouwen neerbuigend als 'grieten' betitelen. Ze gebruiken wapens en hun vuisten en ze hebben geen cent. Het zijn einzelgängers, en zo willen ze het ook.

Inbreken in deze door mannen gedomineerde wereld vereist lef en doorzettingsvermogen van de kant van vrouwelijke auteurs. Sommigen van hen kozen ervoor om vriendelijker, zachtaardiger thrillers te schrijven om iets te bieden wat meer in overeenstemming was met de tere, gevoelige lezeressen die ze hoopten te bereiken. Anderen besloten meteen flink van leer te trekken en het voorbeeld van de mannen te volgen door vrouwelijke detectives te creëren die even hard waren als de mannen die ze van hun plaats probeerden te verdringen. Sue Grafton en Sara Paretsky bewezen onomstotelijk dat een vrouwelijke privé-detective kan worden geaccepteerd door zowel mannelijke als vrouwelijke lezers, en een groot aantal andere vrouwelijke auteurs trad in de voetsporen van Grafton en Paretsky. Op die manier werd het strijdperk in de Verenigde Staten eveneens verbreed en werd vrouwen een nieuwe uitlaatklep geboden voor hun creatieve energie.

Het creëren van misdaadfictie biedt auteurs een uitgestrekt terrein, even breed en even gevarieerd als de misdaad zelf. Omdat er geen vastgestelde regels zijn en omdat de paar regels die er bestaan overtreden kunnen worden (denk maar aan de opschudding over de *Moord op Roger Ackroyd*, toen dat boek in 1926 uitkwam), kan de schrijfster elke denkbare locatie kiezen om die vervolgens te bevolken met tieners als detectives, kinderen als detectives, oude dames als detectives, dieren als detectives, lijders aan pleinvrees als detectives, leraren als detectives, artsen als detectives, astronauten als detectives, enzovoort enzovoort, zover haar verbeeldingskracht haar kan meevoeren. Met dit als basisprincipe zou de eigenlijke vraag niet moeten luiden: waarom schrijven zo veel vrouwen misdaadverhalen, maar: waarom schrijft niet iedereen misdaadverhalen?

Dit boek is geen poging om die vraag te beantwoorden. Wat het wel doet is de lezer bezighouden met een verzameling misdaadverhalen van de afgelopen eeuw die door vrouwen zijn geschreven. Wat u zal opvallen aan deze verzameling is, dat er namen in voorkomen die nauw verbonden zijn met misdaadliteratuur – Agatha Christie, Minette Walters, Sue Grafton, Patricia Highsmith en anderen – maar ook een paar namen die men gewoonlijk totaal niet met thrillers in verband brengt: namen als Nadine Gordimer en J.A. Jance. Ik heb geprobeerd met een zo breed mogelijk scala aan vrouwelijke auteurs voor de dag te komen omdat een breed scala mijn instelling ten opzichte van misdaadverhalen weerspiegelt, die luidt: schrijven over misdaad hoeft niet te worden beschouwd als genreschrijven. Het beperkt zich niet tot een paar redelijk getalenteerde beoefenaarsters. Het belangrijkste is, dat het inderdaad iets is wat zich door de jaren heen staande heeft gehouden en wat dat zal blijven doen.

Een van de voornaamste oorzaken van irritatie voor mij als auteur is het aantal mensen dat het schrijven van thrillers hardnekkig beschouwt als een minderwaardige vorm van literaire inspanning. In al die jaren waarin ik fictieve misdaadromans heb geschreven heb ik tal van gesprekken gevoerd met mensen die er dit heel merkwaardige standpunt op na houden. Tijdens een conferentie van schrijvers vertelde een man me eens dat hij van plan was om misdaadfictie te gaan schrijven als oefening en dat hij dan, later, een 'echt boek' zou schrijven. ('Zoiets als taco's maken tot je zover bent dat je een perfecte chocoladecake kunt bakken?' vroeg ik hem onschuldig.) In Duitsland vroeg een journaliste me eens hoe ik het vond dat mijn boeken niet gerecenseerd werden in een intellectuele krant waarvan ik nog nooit had gehoord. ('Gô, dat weet ik niet. Ik denk dat die krant niet veel invloed heeft op de verkoop,' zei ik tegen haar.) Tijdens het vragenuurtje na afloop van toespraken die ik heb gehouden, zijn er verscheidene malen mensen opgestaan om me te vragen waarom 'een auteur als u geen serieuze boeken schrijft'. ('Ik beschouw misdaadfictie als iets heel serieus,' zei ik dan.) Maar er zullen altijd lezers en bepaalde critici blijven die van mening zijn dat misdaadfictie niet iets is wat serieus genomen moet worden.

Dit is een betreurenswaardig standpunt. Als het waar is dat bepaalde misdaadfictie niet-intellectueel is, geschreven is volgens een vaste formule en zonder veel waarde, kan hetzelfde gezegd worden van al het andere dat gepubliceerd wordt. Sommige boeken zijn goed, andere zijn middelmatig en sommige zijn uitgesproken slecht. Maar de werkelijkheid is dat een groot deel van de misdaadfictie gedaan heeft waar heersende stromingen van 'literaire' fictie slechts van kunnen dromen: het is door de jaren heen succesvol gebleven. Voor iedere Sir Arthur Conan Doyle, wiens Sherlock Holmes meer dan honderd jaar na zijn ontstaan nog altijd eerbied en enthousiasme afdwingt, zijn er duizenden schrijvers wier ogenschijnlijk literaire werk in totale vergetelheid is geraakt. Wanneer ik voor de keuze zou worden gesteld het etiket van 'literair' auteur opgeplakt te krijgen en tien jaar later verdwenen te zijn, of 'maar een misdaadauteur' genoemd te worden, wier boeken en verhalen over honderd jaar nog worden gelezen, weet ik wel welke keuze ik zou maken en ik kan alleen maar aannemen dat elke verstandige auteur hetzelfde zou doen.

Wat mij betreft is literatuur dat wat blijft. Tijdens zijn leven zou niemand William Shakespaere een schrijver van grootse literatuur hebben genoemd. Hij was een populair toneelschrijver die zijn stukken bevolkte met spelers die zijn toehoorders op alle mogelijke niveaus van opleiding en ervaring voldoening schonken. Charles Dickens schreef vervolgverhalen voor de krant, die hij zo snel mogelijk in elkaar flanste om zijn steeds groeiende gezin te kunnen onderhouden. En voornoemde Sir Arthur Conan Doyle, een jonge oogarts die bezig was een praktijk op te bouwen, schreef detectiveverhalen om de tijd zoek te brengen terwijl hij wachtte tot er patiënten in zijn spreekkamer verschenen. Geen van deze auteurs dacht aan onsterfelijkheid. Geen van hen vroeg zich tijdens het schrijven af of zijn werk beschouwd zou worden als literatuur, commerciële fictie, of rommel. Ieder van hen wilde niets anders dan een spannend of mooi verhaal schrijven, het goed vertellen, en het onder de aandacht van het publiek brengen. De rest lieten ze – als verstandige mannen en vrouwen – aan de tijd over.

De verzameling schrijvers in dit boek vertegenwoordigt diezelfde filosofie: schrijf wat je wilt schrijven maar schrijf het goed. Sommigen van hen hebben dat gedaan, ze zijn heengegaan en ze hebben een stukje onsterfelijkheid verkregen. De overigen zijn nog op aarde, ze schrijven nog steeds en ze wachten af wat de tijd hun zal brengen. Wat ze gemeen hebben is de wens om de mensheid te bestuderen op een bepaald punt. Dat punt staat gelijk aan de misdaad die is begaan. Hoe de hoofdpersonen met dat punt omgaan: dat is het verhaal.

Getuige à charge

Agatha Christie

Van alle detectiveschrijfsters van de Gouden Eeuw is Agatha
Christie (1890-1976) de meest gelezen en vertaalde schrijfster.
Zij is tevens een van de meest productieve auteurs, met wel
tachtig romans, verhalen en toneelstukken (waaronder *The
Mousetrap* uit 1952) op haar naam. Bovendien publiceerde ze
nog een aantal romantische boeken onder het pseudoniem
Mary Westmacott. Haar boeken zijn in ruim honderd talen
verschenen.
Agatha May Clarissa Miller, geboren in een gegoede Engelse
familie in Torquay, groeide eenzaam op. Ze ging niet naar
school maar kreeg les aan huis van een gouvernante en om
zichzelf te vermaken bedacht ze puzzels en spelletjes. Vlak voor
het begin van de Eerste Wereldoorlog trouwde ze met de piloot
Archie Christie, wiens naam ze sindsdien draagt. Toen Archie
tijdens de oorlog ging vliegen, ging Agatha, zoals zoveel jonge
vrouwen van haar stand, werken in een ziekenhuis. En daar
ontstond het idee haar talent voor puzzels aan te wenden voor
een detectiveroman. Vijf jaar later werd *The Mysterious Affair
at Styles* (1920, *De zaak Styles*) uitgegeven. Hierin voerde
Christie voor het eerst Hercule Poirot op, die door zijn ergerlijke
precisie regelmatig in botsing komt met de zo typisch Engelse
afkeer van alles wat vreemd is. Poirot verscheen in meer dan
dertig boeken, waarvan de bekendste toch wel *The Murder on
the Orient Express* (1934, *Moord in de Oriënt-expres*) mag
worden genoemd, al was het maar vanwege de verfilming van
dit boek uit 1974 waarin veel grote sterren schitterden. Even
effectief met haar 'kleine grijze cellen' is de oude Miss Marple,
die menig dorpsgeheim in St. Mary Mead weet te ontraadselen.
De reeks van twaalf boeken over Miss Marple, waaronder

Murder at the Vicarage (1930, *Moord in de pastorie*) en *A Carribean Mysterie* (1964, *Miss Marple op vakantie*) zette de toon voor de zogenaamde knusse detectiveroman, waarin het alledaagse en huiselijke als achtergrond dienen voor een van de grotere menselijke drama's: moord.
Ook in haar persoonlijke leven zorgde Christie voor de nodige raadsels. Toen haar echtgenoot haar om een scheiding verzocht, verdween ze van de aardbodem. Heel Engeland was in rep en roer, tot ze elf dagen later werd aangetroffen in een hotelletje. Dit mysterie werd in 1979 verfilmd, met in de hoofdrollen Vanessa Redgrave en Dustin Hoffman.
Christie ontving talloze prijzen en onderscheidingen en in 1971 werd ze zelfs benoemd tot Dame Commander in de orde van het British Empire. In haar talloze korte verhalen voerde Christie, behalve de meer bekende speurders, ook andere romanfiguren op, bijvoorbeeld het speurdersechtpaar Tommy en Tuppence Beresford. In *Getuige à charge (Witness For The Prosecution)* ontmoeten we geen bekende speurders, maar een niet zo snuggere 'stomme man' en diens slimmere echtgenote.

Meneer Mayherne zette z'n pince-nez af, wreef de glazen op en plaatste hem vervolgens weer bedachtzaam op zijn vlezige neus. Toen kuchte hij – het korte, droge kuchje dat zo typerend voor hem was – en vestigde zijn blik opnieuw op de man die tegenover hem zat, de man die beschuldigd was van moord met voorbedachten rade.
Meneer Mayherne was een kleine man en uiterst correct, om niet te zeggen fatterig gekleed. Hij had een paar zeer schrandere, doordringende grijze ogen en genoot de reputatie van een bijzonder geslepen advocaat. De stem waarmee hij tot zijn cliënt sprak was droog, maar niet onsympathiek.
'Ik moet u er nogmaals op wijzen dat uw positie zéér precair is en dat alleen volstrekte openhartigheid tegenover mij u nog zal kunnen redden.'
Leonard Vole, die met een wat versufte uitdrukking op zijn gezicht naar de tegenoverliggende wand had zitten staren richtte zijn blik langzaam op de advocaat.
'Dat weet ik,' antwoordde hij mat. 'Dat hebt u me al zo dikwijls ge-

zegd. Maar ik kan me nog altijd niet voorstellen dat ik werkelijk van moord ben beschuldigd – *moord!* En nog wel zo'n afschuwelijk laffe misdaad...'

Meneer Mayherne was een praktisch en weinig emotioneel man. Hij kuchte nogmaals en herhaalde het ritueel met de pince-nez. Toen zei hij: 'Ja, ja, ja. En nu, mijn waarde meneer Vole, zullen we ons uiterste best doen u vrij te pleiten – het zal ons lukken, het zal ons lukken. Maar eerst moet ik over alle gegevens beschikken. Ik moet precies weten hoe bezwarend het feitenmateriaal tegen u is; daarop kan ik dan mijn verdediging baseren, begrijpt u?'

De jongeman keek hem nog altijd met dezelfde verbijsterde niet-begrijpende blik aan. Meneer Mayherne, die tot op dat ogenblik overtuigd was geweest van de schuld van zijn cliënt en de hele zaak als vrij hopeloos had beschouwd, begon te twijfelen.

'U denkt dat ik het gedaan heb,' zei Leonard Vole zacht, 'maar bij god, ik zweer u dat ik onschuldig ben! Ik weet het wel: het ziet er bar ongunstig voor me uit, ik zit aan alle kanten vast en weet niet hoe ik me uit dat net van bezwarende feiten moet bevrijden. Maar ik heb het niet gedaan, meneer Mayherne, ik heb het niet gedaan!'

Meneer Mayherne wist dat een man in de positie van de heer Vole niet veel anders kon doen dan hardnekkig zijn onschuld blijven betuigen. Maar toch... deze man maakte een oprechte indruk.

'U hebt gelijk, meneer Vole,' zei hij ernstig, 'de zaak ziet er voor u inderdaad heel lelijk uit. Maar ik wil aannemen dat u de waarheid hebt gesproken. Zullen we dan nu ter zake komen? Vertelt u me eens in uw eigen bewoordingen waar, en op welke wijze u juffrouw Emily French hebt leren kennen.'

'Het was op een dag in de Oxford Street. Ik zag een dame op leeftijd de straat oversteken. Ze had haar arm vol pakjes. Midden op de rijweg liet ze ze vallen, probeerde ze nog op te rapen, merkte toen dat er een bus aankwam en vloog naar de overkant. Ze was nog net op tijd op het trottoir. Iedereen liep tegen haar te roepen en te schreeuwen en het arme mens was kennelijk doodzenuwachtig. Ik heb toen die pakjes voor haar opgeraapt, ze zo'n beetje schoongeveegd, een van de touwtjes weer vastgeknoopt en ze aan haar teruggegeven.'

'Dus er was geen sprake van dat u haar leven hebt gered?'

'Haar leven gered? Hemel, nee! Ik was gewoon beleefd, meer niet. Een ander zou in mijn omstandigheden precies hetzelfde hebben gedaan. Maar ze toonde zich overdreven dankbaar en zei zoiets van dat mijn manieren zoveel beter waren dan die van de meeste jongelui van tegenwoordig... Enfin, precies kan ik het me niet meer herinneren, maar iets in die geest. Toen nam ik mijn hoed af en liep door. Ik had geen flauw idee dat ik haar ooit nog eens zou terugzien, maar het leven is vol toevalligheden. Diezelfde avond nog liep ik tegen haar op; het was op een feestje bij vrienden. Ze herkende me direct en liet me aan zich voorstellen. Toen hoorde ik dat ze Emily French heette en in Cricklewood woonde. Ik heb een tijdje met haar staan praten en had al gauw door wat voor vrouw ze was: het type dat zich door heftige sympathieën en antipathieën laat leiden. Omdat ik haar die middag toevallig geholpen had, scheen ze mij in haar hart te hebben gesloten. Ik kon geen kwaad meer bij haar doen. Bij het afscheid drukte ze me bijzonder warm de hand en vroeg of ik haar eens kwam opzoeken. Ik kon moeilijk zeggen dat ik daar weinig voor voelde en heb dus maar ja gezegd, maar toen wilde ze per se meteen een datum voor mijn bezoek vaststellen. Enfin, ik kon er niet onderuit zonder onhebbelijk te lijken en heb toen maar beloofd dat ik de zaterdag daarop zou komen. Toen ze weg was heb ik het een en ander over haar gehoord: dat ze vermogend was en nogal excentriek en dat ze met een huishoudster en een stuk of acht katten in een groot huis woonde.'

'U wist dus toen al dat ze rijk was,' stelde meneer Mayherne vast.

Vole stoof op: 'Als u soms denkt dat ik haar daarom...'

Maar meneer Mayherne legde hem met een gebaar het zwijgen op.

'Ik probeer de zaak van de kant van de tegenpartij te bekijken,' zei hij rustig. 'Ziet u: zo op het eerste gezicht maakte juffrouw French helemaal niet de indruk van een gefortuneerde dame. Ze zag er heel eenvoudig uit, op het sjofele af. Zou u haar ook voor rijk hebben gehouden als men u dat niet verteld had. A propos: van wie hoorde u eigenlijk dat juffrouw French in goede doen was?'

'Van mijn vriend George Harvey, die dat feestje gaf.'

'Wat denkt u – zou hij zich nog herinneren dat hij het daar met u over gehad heeft?'

'Tja – dat weet ik ook niet. Het is al weer een heel tijdje geleden moet u denken...'

'Inderdaad, meneer Vole. Kijk, het eerste wat de aanklager natuurlijk zal doen is vaststellen dat u op zwart zaad zat. Want zo was het toch, niet?'

Leonard Vole bloosde. 'Ja,' gaf hij op zachte toon toe, 'ik zat inderdaad lelijk aan de grond. Pech gehad in zaken.'

'Juist,' zei meneer Mayherne. 'U zat dus, zoals ik al zei, op zwart zaad. En juist op dat ogenblik ontmoet u een rijke oude dame, sluit vriendschap met haar en cultiveert die omgang op een wijze die buitenstaanders overdreven voorkomt. Als we nu bij de verdediging zouden kunnen aanvoeren dat u geen flauw idee had dat juffrouw French zo rijk was en dat u haar uitsluitend uit vriendschappelijke overwegingen bleef bezoeken...'

'Wat inderdaad het geval was,' viel Vole hem in de rede.

'Dat neem ik graag aan, meneer Vole, maar daar gaat het hier niet om. Het komt er alleen maar op aan hoe de aanklager het zal opvatten. Het klinkt nogal onwaarschijnlijk, vindt u zelf ook niet? Volgens mij hangt er veel af van het geheugen van meneer Harvey. Zou hij zich dat gesprek met u herinneren of niet? Zou hij in zoverre door de verdediging te beïnvloeden zijn, dat hij gaat geloven dat het bewuste gesprek later heeft plaatsgevonden?'

Leonard Vole dacht enkele ogenblikken na. Hij was heel bleek geworden, maar zijn stem klonk vast toen hij zei: 'Ik geloof niet, meneer Mayherne, dat we het met die tactiek moeten proberen. We waren niet alleen toen George die opmerking maakte – er waren nog een stuk of wat andere gasten bij. Een paar maakten zelfs de geestige opmerking dat ik een rijke oude dame aan de haak had geslagen...'

De advocaat deed een vergeefse poging zijn teleurstelling te verbergen. 'Jammer, maar niets aan te doen. Ik ben u erkentelijk voor uw openhartigheid, meneer Vole, en ik geloof inderdaad dat u gelijk hebt en dat het beter is het niet over die boeg te gooien. Maar nu verder: u maakte dus kennis met juffrouw French, u ging bij haar op visite en liet het niet bij die ene keer. Integendeel: vanaf dat tijdstip bleef u juffrouw French regelmatig bezoeken. Ik zou hier graag een verklaring voor willen hebben. Wat had u, een sportieve, gehuwde jongeman van drieëndertig jaar, populair bij zijn vrienden, te zoeken bij een oude dame met wie u toch, objectief bezien, geen enkel punt van overeenkomst had?'

Leonard Vole haalde met een wanhopig gebaar zijn schouders op. 'Dat kan ik u echt niet vertellen – ik weet het zelf niet. Na dat eerste bezoek bleef ze erop aandringen dat ik nog eens zou komen; ze zei dat ze zich zo eenzaam en ongelukkig voelde en ik vond het zo pijnlijk om te weigeren. Ze liet zo duidelijk merken dat ze dol op me was. Ziet u, meneer Mayherne, ik ben een beetje een slappeling in die dingen, ik kan zo moeilijk "nee" zeggen. En dat zult u nu misschien gek vinden, maar werkelijk, na een keer of wat begon ik heus op die goeie ziel gesteld te raken. Mijn moeder heb ik al heel jong verloren; ik ben door een tante opgevoed en die stierf ook voor mijn vijftiende jaar. In mijn hart word ik eigenlijk vreselijk graag een beetje bemoederd en verwend. Lacht u me er maar gerust om uit...'

Maar meneer Mayherne lachte hem niet uit. In plaats daarvan nam hij opnieuw zijn pince-nez af en poetste weer aandachtig de glazen op, een teken dat hij ernstig nadacht. Eindelijk merkte hij op: 'Ik acht uw verklaring psychologisch alleszins aanvaardbaar, meneer Vole. Of een jury dat ook zal vinden is een tweede. Gaat u verder alstublieft. Wanneer sprak juffrouw French voor het eerst met u over financiële aangelegenheden?'

'Bij mijn derde of vierde bezoek, geloof ik. Ze zei dat ze geen verstand had van dat soort dingen en zich nogal bezorgd maakte over een paar beleggingen die haar niet juist leken.'

Meneer Mayherne hief met een ruk het hoofd op en keek de ander doordringend aan.

'Weet u dat wel zeker, meneer Vole? De huishoudster Janet Mackenzie, heeft namelijk uitdrukkelijk het tegendeel verklaard. Ze zei dat haar mevrouw op en top een zakenvrouw was die altijd haar eigen zaken heeft behartigd. Haar bankiers bevestigen deze verklaring.'

'Ik kan er niets aan doen,' zei Vole kalm. 'Tegen mij deed ze voorkomen of ze absoluut geen verstand had van zaken.'

Meneer Mayherne bleef hem enkele ogenblikken zwijgend aankijken. Hoewel hij niet van plan was dit Vole aan zijn neus te hangen, raakte hij meer en meer van diens onschuld overtuigd. Hij kende de mentaliteit van een bepaald soort oude dames en kon zich heel goed voorstellen dat Emily French, verliefd op de knappe jongeman, alle mogelijke voorwendsels had verzonnen om hem toch maar reden te geven haar te blijven bezoeken. Het lag voor de hand dat ze onzakelijkheid zou voorwenden en hem zou smeken haar te helpen. Ze was genoeg vrouw van de wereld om te beseffen dat een man zich altijd enigszins gevleid voelt door een dergelijke erkenning van zijn superioriteit. Ook Leonard Vole had zich gevleid gevoeld. Misschien had de oude dame het ook wel nuttig gevonden haar protégé te laten merken dat ze rijk was. Emily French was een vrouw geweest met een sterke wil, en bovendien bereid te betalen voor wat ze wenste te bezitten.

Dit alles flitste door het brein van meneer Mayherne, maar hij liet niets merken van zijn gedachten. In plaats daarvan vroeg hij: 'En op haar verzoek hebt u zich toen dus in haar zaken verdiept en die voor haar behartigd?'

'Ja.'

'Meneer Vole,' zei de advocaat, 'nu moet ik u een heel belangrijke vraag stellen en ik verzoek u dringend die naar waarheid te beantwoorden – er hangt zeer veel van af. U zat dus aan de grond. U kreeg de zakelijke belangen te behartigen van een oude dame die, volgens haar eigen verklaring, geen verstand had van financiële aangelegenheden. Hebt u wel eens misbruik van haar vertrouwen gemaakt door, hoe en wanneer dan ook, persoonlijk financieel voordeel te trekken uit die positie? Hebben er gedurende die tijd transacties plaatsgevonden die het daglicht niet konden verdragen?' Hij voorkwam een geprikkelde uitval van de ander door er snel op te laten volgen: 'Even wachten voor u antwoordt. Ons staan namelijk twee wegen open: we kunnen u schetsen als een door en door rechtschapen man, van wie het uiterst onwaarschijnlijk is dat hij een moord zou plegen voor geld waar hij op zoveel gemakkelijker wijze aan zou kunnen komen. Maar als er ook maar iets onrechtmatigs is gebeurd waarop de officier de vinger kan leggen – als dus, om het maar eens duidelijk te zeggen, bewezen kan worden dat u de oude dame op de een of andere manier hebt opgelicht moeten we het over een andere boeg gooien. In dat geval moeten we er op wijzen dat juffrouw French een zo winstgevende bron van inkomsten voor u was, dat het al heel dwaas van u zou zijn geweest haar te vermoorden. Neemt u rustig de tijd om over uw antwoord na te denken, meneer Vole.'

Maar Leonard Vole achtte dat blijkbaar overbodig.

'Ik heb op geen enkele wijze financieel voordeel getrokken uit de mij opgedrongen positie van zakelijk adviseur van juffrouw French,' antwoordde hij prompt. 'Ik heb mijn best gedaan haar financiën zo goed mogelijk voor haar te beheren – iedereen die de moeite wil nemen zich in haar zaken te verdiepen zal dat kunnen bevestigen.'

'Dank u,' zei meneer Mayherne. 'Dat is een hele opluchting. Ik mag tenminste wel aannemen dat u veel te intelligent bent om in een zo belangrijke aangelegenheid tegen me te liegen.'

'Allicht,' zei Vole fel. 'Het belangrijkste punt in mijn voordeel is het gebrek aan motief. Gesteld dat ik de vriendschap met een rijke oude dame zou hebben gecultiveerd in de hoop haar geld te kunnen aftroggelen – want dat bedoelde u toch, nietwaar? – dan zou haar dood juist al mijn plannen in de war sturen.'

De advocaat keek hem lang en peinzend aan. Hij nam zijn pince-nez weer af en wijdde zich nauwgezet aan het oppoetsen van de glazen. Pas toen hij het voorwerp weer op zijn neus had geplaatst zei hij bedaard: 'Maar wist u dan niet, meneer Vole, dat u de voornaamste begunstigde bent in het testament van juffrouw French?'

'Wat?!' De jongeman sprong overeind; zijn verbazing en ontsteltenis waren ongekunsteld en oprecht. 'Grote god... u wilt toch niet zeggen dat ze haar vermogen aan mij heeft nagelaten?'

Meneer Mayherne knikte langzaam. Vole liet zich weer in zijn stoel vallen en bedekte zijn gezicht met zijn handen. 'Kom, kom. Nu doet u het voorkomen alsof u van dat hele testament niets wist!'

'Vóórkomen? Ik doe niets voorkomen – ik wist er werkelijk niets van!'

'En hoe verklaart u dan dat de huishoudster, Janet Mackenzie, durft te zweren dat u er alles van wist? Dat haar mevrouw haar verteld heeft er met u over gesproken te hebben en u uitvoerig omtrent haar plannen te hebben ingelicht?'

'Dat valt niet te verklaren. Dat mens liegt. Of nee, dat is misschien wat te veel gezegd – laten we zeggen dat ze fantaseert. Het was een trouwe ziel en mij mocht ze niet. Ze was jaloers en achterdochtig. Ik vermoed eerder dat het zo gegaan is: juffrouw French vertelde Janet wat ze van plan was en Janet heeft of haar woorden verkeerd uitgelegd, of zich verbeeld dat ik de oude dame in die richting beïnvloed heb. Ik maak me sterk dat Janet zelf heilig gelooft wat ze beweert.'

'U acht dus de mogelijkheid uitgesloten dat ze zo'n hekel aan u heeft dat ze ons welbewust leugens op de mouw speldt?'

Leonard Vole keek hem ontsteld aan. 'Waarom zou ze?'

'Ja, dat weet ik ook niet,' antwoordde meneer Mayherne nadenkend. 'Maar ze is nogal verbitterd waar het u betreft. Ze schijnt de een of andere grief tegen u te hebben.'

De ongelukkige jongeman kreunde. 'Ik begin te geloven dat mijn zaak er allerberoerdst voorstaat,' zei hij schor. 'Het is afschuwelijk. Nu zullen ze natuurlijk beweren dat ik haar net zo lang gepaaid heb tot ik haar zo gek had mij haar geld na te laten en dat ik toen, op een

22

avond dat er niemand thuis was... o god, wat afschuwelijk!'

'U vergist u,' zei meneer Mayherne, 'er was wel degelijk iemand thuis. Misschien herinnert u zich dat Janet die avond uit zou gaan? Wel, ze ging inderdaad uit, maar later op de avond, om een uur of half tien, kwam ze weer terug om een patroontje te halen dat ze vergeten had. Ze is door de achterdeur binnengekomen en weer weggegaan. Ze heeft verklaard bij die gelegenheid stemmen te hebben gehoord in de zitkamer en ze durft te zweren dat het de stem was van juffrouw French en die van een man.'

'Om half tien,' zei Leonard Vole. 'Om half tien...' Hij sprong overeind. 'Maar dan ben ik gered!'

'Wat bedoelt u – gered?' vroeg meneer Mayherne verbaasd.

'Om half tien was ik alweer thuis! Mijn vrouw kan dat bevestigen. Om ongeveer vijf voor negen ben ik bij juffrouw French weggegaan en om tien voor half tien was ik thuis, bij mijn vrouw. O, god zij dank – god zij dank! Lieve Janet, met je vergeten patroontje!'

In zijn opgewonden vreugde merkte hij niet dat het gezicht van de advocaat nog altijd even ernstig stond. Maar diens woorden brachten hem abrupt op aarde terug: 'Wie denkt u dan dat juffrouw French vermoord heeft?'

'De een of andere inbreker natuurlijk, zoals ze eerst dachten. Het raam was immers geforceerd? Ze werd gedood door een zware slag met een breekijzer, en dat breekijzer lag naast het lijk op de grond. En er miste van alles. Nee, dat is wel duidelijk. Als Janet niet zo'n hekel aan me had gehad en me niet met haar onzinnige beschuldigingen verdacht had gemaakt, zou die vent misschien allang zijn gepakt.'

Meneer Mayherne schudde het hoofd. 'Er wordt niets waardevols vermist. De moordenaar heeft een paar willekeurige dingen meegenomen om de politie op een dwaalspoor te brengen. En of dat raam werkelijk geforceerd was, is nog zeer de vraag. Nee, ik geloof niet dat we het in die richting moeten zoeken. Bovendien, denkt u eens even na: u zegt zelf dat u om half tien niet meer bij juffrouw French was. Wie heeft Janet dan in de zitkamer horen praten? U denkt toch niet dat ze in een aangename conversatie was gewikkeld met een inbreker?'

'Nee,' zei Vole, 'nee...' Hij schudde mismoedig het hoofd. Maar al spoedig won zijn optimisme het weer. 'Hoe dan ook,' zei hij, 'ik heb een alibi. Vraagt u het Romaine maar – mijn vrouw.'

'Dat zal ik zeker doen,' verzekerde de advocaat kalm. 'Als mevrouw Vole niet juist in Schotland was geweest op het ogenblik dat u gearresteerd werd, had ik haar allang gesproken. Ik heb direct getelegrafeerd en heb gehoord dat ze vanavond terugkomt. Ik zal straks meteen naar haar toe gaan.'

Vole knikte; zijn gezicht straalde. 'Doet u dat – Romaine zal alles wat ik gezegd heb kunnen bevestigen. God, wat ben ik blij... Wat een geluk!'

'U... eh... u houdt erg veel van uw vrouw, is het niet, meneer Vole?'

'Natuurlijk.'

'En zij ook van u?'

'Romaine aanbidt me. Ze heeft alles voor me over.'

Het kwam er zo spontaan en enthousiast uit, dat het hart de advocaat in de schoenen zonk. Wie zou geloof hechten aan de getuigenis van een liefdevolle echtgenote?

'Heeft niemand anders u om tien voor half tien thuis zien komen? Het dienstmeisje bijvoorbeeld?'

'We hebben geen dienstmeisje.'

'Of iemand op straat... Bent u niemand tegengekomen toen u thuiskwam?'

'Niemand die ik ken tenminste. Ik ben het grootste eind met de bus gegaan. Misschien herinnert de conducteur het zich...'

Meneer Mayherne schudde twijfelend het hoofd. 'Dus er is geen mens die de verklaring van uw vrouw zal kunnen bevestigen?'

'Nee. Maar dat zal toch zeker niet nodig zijn?'

'Ach, waarschijnlijk niet,' zei meneer Mayherne haastig. 'Dan zou ik graag nog één ding van u willen weten, meneer Vole. Wist juffrouw French dat u getrouwd was?'

'O, ja.'

'Toch hebt u uw vrouw nooit mee naar haar toe genomen. Waarom eigenlijk niet?'

Voor het eerst was er een aarzeling in Voles stem toen hij, wat onzeker, antwoordde: 'Ik... eh... dat weet ik niet.'

'Janet Mackenzie beweert dat haar mevrouw u voor een ongetrouwde man hield en in ernst een huwelijk met u overwoog.'

Vole lachte. 'Krankzinnig! We scheelden veertig jaar!'

'Toch zijn zulke dingen wel meer voorgekomen,' merkte de advocaat droogjes op. 'Heeft uw vrouw juffrouw French nooit ontmoet?'

'Nee...' Weer die aarzeling.

'Neemt u me niet kwalijk,' zei de advocaat, 'maar in dit opzicht vind ik uw houding toch wel wat vreemd.'

Vole bloosde, aarzelde en zei toen: 'Ik zal open kaart met u spelen. Ik zat aan de grond, zoals ik u al zei en ik had de stille hoop dat juffrouw French me wat geld zou willen lenen. Ze was erg op mij gesteld, maar... eh... ik geloof niet dat ze zich erg voor de financiële moeilijkheden van een jonggetrouwd stel zou hebben geïnteresseerd. Ik had in het begin wel eens gemerkt dat ze op de een of andere manier de indruk had gekregen dat mijn vrouw en ik ruzie hadden gehad, dat we gescheiden leefden en... eh... dat heb ik zo maar gelaten. Ik had dat geld zo nodig, meneer Mayherne... voor Romaine. Daarom heb ik juffrouw French maar niet wijzer gemaakt – begrijpt u? Ze deed net of ze mij als haar aangenomen zoon beschouwde... Ze heeft het nooit over trouwen gehad. Dat zal Janet wel weer gefantaseerd hebben.'

'Is dat alles?'

'Ja, dat is alles.'

Verbeeldde hij het zich, of was er toch weer iets van een aarzeling geweest in Voles stem? De advocaat stond op en stak zijn cliënt de hand toe: 'Tot ziens, meneer Vole.' En met een blik op het ontdane jonge gezicht tegenover zich liet hij er met een voor hem ongewone spontaniteit op volgen: 'Er mogen dan nog zoveel bezwarende feiten zijn, ik geloof in uw onschuld en hoop die te kunnen bewijzen.'

Vole glimlachte terug. 'Gaat u maar naar mijn vrouw. Ik heb een waterdicht alibi,' antwoordde hij monter. Maar weer ontging hem het gebrek aan reactie van de ander.

'Die getuigenis van Janet Mackenzie is een lelijk ding,' zei meneer Mayherne. 'Die vrouw haat u.'

'Maar waarom dan toch?' protesteerde de jongeman. 'Wat kan ze tegen me hebben?'

De advocaat gaf geen antwoord maar ging hoofdschuddend weg.

En nu mevrouw Vole, zei hij bij zichzelf. Hij was helemaal niet gerust over de gang van zaken.

De Voles woonden in een klein, nogal armoedig huis in de buurt van Paddington Green. Op zijn bellen werd de deur geopend door een grote, slonzige vrouw – blijkbaar de werkster.

'Is mevrouw Vole al van de reis terug?'

'Een uur geleje. Mot u d'r spreke? Kweenie of 't ken.'

25

'Hier is mijn kaartje,' zei meneer Mayherne kalm. 'Wilt u haar dat even laten zien? Ik weet zeker dat mevrouw Vole me zal kunnen ontvangen.'

De vrouw wierp hem een achterdochtige blik toe, droogde haar handen aan haar schort af en nam het kaartje van hem aan. Toen deed ze de deur voor zijn neus dicht en liet hem op de stoep staan. Lang hoefde hij echter niet te wachten. Nauwelijks enkele ogenblikken later werd de deur weer geopend en de vrouw vroeg hem op aanmerkelijk vriendelijker toon dan zo-even, binnen te komen, waarna ze hem voorging naar een kleine zitkamer.

Meneer Mayherne stond juist een tekening aan de wand te bekijken, toen een stem hem deed opschrikken. Zich omwendend stond hij tegenover een lange, bleke vrouw, die zo zacht was binnengekomen, dat hij haar niet had gehoord.

'Meneer Mayherne? U bent de advocaat van mijn man, is het niet? Bent u bij hem geweest? Maar gaat u zitten alstublieft.'

Hij had haar op het eerste gezicht voor een Engelse gehouden. Maar haar stem had een licht accent, en nu hij haar wat nauwkeuriger bekeek, vielen hem de hoge jukbeenderen op, de eigenaardige blauwzwarte tint van haar haar en het lichte bewegen van haar slanke handen als ze sprak. Een wonderlijke vrouw, dacht meneer Mayherne. Zo rustig, zo vreemd rustig dat het hem onbehaaglijk te moede werd. Er was hier iets dat hij niet begreep en dat maakte hem onzeker.

'U mag de moed niet opgeven, mijn beste mevrouw Vole,' begon hij en zweeg abrupt. Romaine Vole maakte allerminst de indruk de moed op te geven. Integendeel, ze zag er volmaakt kalm en beheerst uit.

'Wilt u me alstublieft alles vertellen?' vroeg ze. 'Ik wil alles weten. Doet u geen poging me te sparen – ik wil het ergste weten.' Ze aarzelde, en herhaalde toen op zachtere toon maar met een eigenaardige nadruk die de advocaat niet begreep: 'Ik wil het ergste weten.'

Meneer Mayherne bracht haar verslag uit van zijn gesprek met Leonard Vole. Ze luisterde aandachtig, af en toe met het hoofd knikkend.

'Juist,' zei ze, toen hij uitgesproken was. 'Dus hij wil dat ik zeg dat hij die avond om tien voor half tien thuiskwam?'

'Hij kwam toch om die tijd thuis?' vroeg meneer Mayherne gealarmeerd.

'Daar gaat het nu niet om,' zei ze koud. 'Zal hij vrijkomen als ik dat zeg? Zullen ze me geloven?'

Meneer Mayherne was even van zijn stuk gebracht door de snelheid waarmee deze vrouw tot de kern van de zaak doordrong.

'Is dat de hele kwestie,' zei ze. 'Is het voldoende als ik zo iets zeg? Moet mijn verklaring niet door een ander worden bevestigd?'

Er was een onderdrukte gretigheid in haar stem die meneer Mayherne een onbehaaglijk gevoel gaf.

'Ik zou niet weten door wie,' antwoordde hij met tegenzin.

Ze knikte. Enkele ogenblikken zat ze roerloos voor zich uit te kijken, terwijl een eigenaardig glimlachje om haar lippen speelde.

De advocaat voelde zich steeds onrustiger worden. 'Mevrouw Vole...' begon hij, 'ik begrijp wel hoe u zich moet voelen en...'

'Werkelijk?' vroeg ze. 'Dat betwijfel ik.'

'Onder de gegeven omstandigheden...'

'Onder de gegeven omstandigheden zal ik de zaak op mijn eigen houtje moeten opknappen.'

Hij keek haar niet-begrijpend aan. 'Mijn beste mevrouw Vole, ik geloof dat u wat overspannen bent. En dat is geen wonder... een zo toegewijde echtgenote...'

'Pardon?'

De scherpe klank in haar stem gaf hem een schok. Aarzelend herhaalde hij: 'Een zo toegewijde echtgenote als u...'

Romaine Vole knikte langzaam met het hoofd, nog steeds met datzelfde vreemde glimlachje om de mond.

'Heeft hij u dat verteld? Dat ik zo'n toegewijde echtgenote ben?' vroeg ze zacht. 'Ach ja... dat is echt iets voor hem. Wat zijn mannen toch stom... Stom, stom, stom.'

Met een ruk stond ze op uit haar stoel en alle heftigheid van haar gevoelens ontlaadde zich in haar stem: 'Ik haat hem, hoort u, ik haat hem! Ik haat hem! Ik hoop dat ze hem ophangen!'

Onwillekeurig deinsde de advocaat terug voor de gloeiende passie in haar ogen. Ze deed een stap naar voren en vervolgde op dezelfde heftige toon: 'Ik hoop dat ze hem ophangen en ik hoop er zelf getuige van te mogen zijn. Als ik u nu eens vertel dat hij die avond niet om tien voor half tien, maar om tien voor half elf is thuisgekomen? Tegen mij heeft hij beweerd niet geweten te hebben dat hij geld zou erven, maar als ik u nu eens zeg dat hij dat héél goed wist, dat hij daar vast op rekende en dat hij er een moord voor heeft gepleegd?

Als ik u nu eens vertel dat hij mij op die bewuste avond die moord bekend heeft en dat er bloed op zijn jas zat? Wat dan? En als ik diezelfde verklaring nu eens in de getuigenbank zou afleggen?'

Haar ogen schenen hem uit te dagen. Het kostte hem moeite zijn ontzetting te verbergen en rustig te antwoorden: 'U mag geen getuigenis afleggen tegen uw eigen echtgenoot.'

'Hij is mijn man helemaal niet!'

Het kwam er zo snel uit, dat hij meende haar verkeerd te hebben verstaan.

'U zegt?'

'Ik zeg dat hij mijn man niet is.'

De stilte die op deze woorden volgde was zo intens, dat men een speld had kunnen horen vallen.

'Ik ben vroeger actrice geweest in Wenen. Mijn man leeft nog, maar zit in een krankzinnigengesticht. Daardoor konden Leonard en ik niet trouwen. Daar ben ik nu blij om.' Ze knikte uitdagend.

'Ik zou graag één ding van u weten,' zei meneer Mayherne, uiterlijk even koel en onbewogen als altijd. 'Waarom haat u Leonard Vole?'

Er verscheen een fijn glimlachje om haar lippen terwijl ze het hoofd schudde. 'Dat zou u graag willen weten, huh? Maar ik zeg het niet. Dat is nou mijn geheim...'

Meneer Mayherne kuchte zijn korte droge kuchje en stond op.

'Het lijkt me weinig zin hebben dit onderhoud voort te zetten,' merkte hij op. 'U hoort nog van me zodra ik contact heb opgenomen met mijn cliënt.'

Ze kwam op hem toe en bleef vlak voor hem staan, terwijl haar wonderlijk donkere ogen recht in de zijne keken.

'Vertel me eens,' zei ze, 'geloofde u – toen u hierheen kwam – werkelijk dat hij onschuldig was?'

'Dat heb ik inderdaad geloofd,' antwoordde meneer Mayherne.

'Stakker die je bent!' lachte ze.

'En ik geloof het nog,' vervolgde de advocaat. 'Goedenavond, mevrouw.'

Toen hij het huis verliet nam hij de herinnering van haar onthutste gezicht met zich mee.

'Dit wordt een heel beroerd zaakje,' mompelde hij in zichzelf, terwijl hij in gedachten verzonken de straat uitliep. Er was iets vreemds met het hele geval. Een eigenaardige vrouw – een heel gevaarlijke vrouw ook. Hoed je voor een vrouw die een grief tegen je heeft...

Wat kon hij doen? Zo op het oog had die arme jongen geen schijn van kans. Natuurlijk, het was altijd nog mogelijk dat hij die moord toch gepleegd had, maar...

Nee, zei meneer Mayherne tegen zichzelf. Nee – er is te veel bewijsmateriaal tegen hem. Ik geloof die vrouw niet. Ze heeft dat hele verhaal uit haar duim gezogen. Ze zal trouwens de kans niet krijgen in de getuigenbank te verschijnen... Maar helemaal geloven deed hij het zelf ook weer niet.

De zaak kwam voor de politierechter en had een kort, dramatisch verloop. Als voornaamste getuigen à charge waren opgeroepen Janet Mackenzie, huishoudster van de vermoorde vrouw, en Romaine Heilger, maîtresse van de gevangene en Oostenrijkse van origine.

Meneer Mayherne zat in de zaal en luisterde naar haar, voor zijn cliënt vernietigende, verklaring. De gevangene behield het recht tot verdediging tijdens de openbare rechtszitting.

Meneer Mayherne was ten einde raad. De zaak zag er hopelozer uit dan ooit. Zelfs een beroemde confrère met wie hij overleg pleegde, kon alleen maar het hoofd schudden en twijfelachtig zeggen: 'Beroerde zaak. Als je de getuigenis van die Oostenrijkse maar aan het wankelen kon brengen...'

Meneer Mayherne had zich volledig op één punt geconcentreerd. Aangenomen dat Leonard Vole de waarheid sprak en het huis van de vermoorde vrouw werkelijk om negen uur had verlaten, wie was dan de man met wie Janet juffrouw French om half tien had horen praten?

Zijn enige hoop was gevestigd op de een of andere neef van juffrouw French die blijkbaar nooit had willen deugen en die zijn tante lang geleden verscheidene malen geld had weten af te persen. De advocaat kwam erachter dat Janet Mackenzie altijd een zwak voor de bewuste jongeman had gehad en dikwijls een goed woordje voor hem had gedaan bij haar mevrouw. De mogelijkheid bestond dus dat het die neef was geweest die juffrouw French had opgezocht nadat Leonard Vole vertrokken was; men had hem op geen van zijn oude adressen kunnen vinden.

Alle andere navorsingen van meneer Mayherne hadden een negatief resultaat. Niemand had Leonard Vole zijn eigen huis zien binnengaan of dat van juffrouw French zien verlaten. Niemand had een andere man in de buurt van het huis in Cricklewood gezien. Het liep allemaal op niets uit.

Op de vooravond van de rechtszitting ontving meneer Mayherne echter een brief die zijn gedachten een volkomen nieuwe wending gaf. De brief kwam met de middagpost, was slordig geschreven op een goedkoop velletje lijntjespapier en zat vol fouten; de enveloppe was smoezelig, met een scheef opgeplakte postzegel.

Meneer Mayherne moest het briefje enkele malen overlezen voordat de inhoud tot hem doordrong:

Mijnheer, al kennu mijn niet ik kennu wel. Uw verdeedigt jonge van Vole. Als u dat buitelanse wijf dat leugenbrok voor snot wil zette kom dan vanavond op 16 Shaw's Rents Stepney, het kost u tweehonderd pond vraag maar naar mevrouw Mogson.

De advocaat las en herlas het vreemde epistel. Het kon natuurlijk een grap zijn, maar hoe meer hij erover dacht, hoe meer hij ervan overtuigd raakte dat het geen grap, maar dodelijke ernst betrof en dat dit de enige hoop was voor de gevangene. De getuigenverklaring van Romaine Heilger was fataal voor hem en de lijn die de verdediging dacht te volgen – de getuigenis van een vrouw, die zelf toegaf een immoreel leven te leiden – geen waarde had, was op z'n best gesproken zwak.

Meneer Mayherne aarzelde slechts even. Het was zijn plicht zijn cliënt tot elke prijs te redden. Hij moest naar Shaw's Rents gaan.

Het kostte hem enige moeite de straat te vinden. Het was een smerige steeg en het aangeduide nummer was dat van een bouwvallig huis van drie verdiepingen. Op zijn vraag naar mevrouw Mogson werd hij naar een kamer op de bovenste verdieping verwezen. Meneer Mayherne klopte. Binnen bleef alles stil. Hij klopte nog eens. Er klonk een schuifelend geluid, de deur werd voorzichtig enkele centimeters geopend, een gezicht verscheen voor de kier. Toen klonk er een soort gegiechel en de deur ging verder open.

'Zo, ben jij het, liefie,' zei een schorre vrouwenstem. 'Je ben toch wel alleen, hè? Je haalt toch geen geintjes met me uit? Nee? Dan is 't goed, kom d'r dan maar in – kom d'r maar in.'

Met tegenzin stapte de advocaat over de drempel van een bijzonder vuil kamertje, schaars verlicht door een flakkerende gaslamp. Er stond een groezelig, onopgemaakt bed in de hoek, en de rest van

30

het meubilair bestond uit een vurenhouten tafel en een paar wanke-le stoelen. De bewoonster van dit onappetijtelijke geheel was een vrouw van middelbare leeftijd met een kromme rug en een slordige bos grijs haar, waaromheen strak een sjaaltje was geknoopt. Ze zag hem naar die sjaal kijken en lachte opnieuw, een vreemd, toonloos gegiechel.

'Wil je wete waarom ik me schoonheid verberg, liefie? Hi, hi. Ben je bang da'k je anders in verleiding zal brengen, hè? Wees maar niet bang hoor, je ken bij mijn geen kwaad. Kijk maar 's, liefie, kijk maar 's goed...' en ze trok de sjaal opzij. Onwillekeurig deinsde de advo-caat achteruit bij het zien van het afschuwelijke, vormloze litteken. Ze trok de sjaal weer over haar wang.

'Dus een lekkere zoen ken er zeker nie af, liefie? Nou, het verbaast me niks hoor. En toch ben ik een knap grietje geweest, al zou je 't nou nie meer zegge – en nie eens zo lang geleje... Vitriool, liefie, vi-triool – daar komp 't van. Ah! Maar ze zal d'r trekke wel thuis krijge, dat loeder, dat vuile gemene...' en er volgde zo'n stroom vloeken en scheldwoorden, dat meneer Mayherne haar hevig geshockeerd het zwijgen trachtte op te leggen, hetgeen hem echter niet lukte. Einde-lijk scheen ze geen woorden meer tot haar beschikking te hebben en zweeg ze, haar vingers nerveus in en uit elkaar strengelend.

'Nu is het wel genoeg, geloof ik,' zei de advocaat streng. 'Ik ben hier gekomen omdat ik meende dat u me inlichtingen zou kunnen geven die tot vrijspraak van mijn cliënt, Leonard Vole, zouden kunnen leiden. Is dat zo?'

Ze loerde sluw naar hem, uit half dichtgeknepen ogen. 'En het geld, liefie – de centjes?' piepte ze schor. 'Weet je wel, die tweehonderd pond?'

'Het is uw plicht een getuigenis af te leggen; u kunt ertoe gedwon-gen worden.'

'O nee, liefie, nee... zo gek krijg je me niet. Nee, ik ben een ouwe vrouw en ik weet van niks. Maar voor tweehonderd pond zou ik me misschien iets kenne herinnere, en voor jou zou dat zo gek nie zijn. Nou?'

'Wat zou u zich dan bijvoorbeeld kunnen herinneren?'

'Een brief...? Wat zou je zegge van een brief? Een brief van *haar*? Doet er niet toe hoe ik eran kom – da's mijn zaak Maar voor jou is 't een briefie om te zoene... Nou? Is dat geen tweehonderd pond waard?'

31

Meneer Mayherne keek haar streng aan. 'U kunt tien pond krijgen, geen cent meer. En dan ook alleen als die brief het werkelijk waard is.'

'Tien pond?' krijste ze en ze zag eruit of ze hem aan wilde vliegen.

'Twintig dan,' zei meneer Mayherne. 'Dat is mijn laatste bod.'

Hij stond op alsof hij weg wilde gaan; toen, haar scherp van terzijde opnemend, haalde hij zijn portefeuille tevoorschijn en telde twintig biljetten van een pond voor haar uit, maar nam ze weer op.

'Ziet u?' zei hij. 'Meer heb ik niet bij me. Ja of nee?'

Maar hij wist al dat de aanblik van het geld te veel voor haar was. Ze bleef nog een tijdje vloeken en tieren, maar gaf uiteindelijk toe. Ze liep naar het bed en trok iets onder de kapotte matras vandaan.

'Daar he-je 't,' grauwde ze, terwijl ze hem een pakje brieven toesmeet. 'De bovenste mot je hebbe.' Ze stond naar hem te kijken en weer strengelde ze haar vingers in en uit elkaar.

Meneer Mayherne haalde het elastiekje eraf en keek het stapeltje brieven op zijn koele, methodische wijze door. De vrouw liet geen oog van hem af, maar zijn onbewogen gezicht verried niets. Hij las de brieven één voor één, en daarna de bovenste voor de tweede keer. Vervolgens deed hij het elastiekje weer om het stapeltje.

Het waren liefdesbrieven, geschreven door Romaine Heilger, en de man aan wie ze gericht waren was niet Leonard Vole. De bovenste brief was geschreven op de dag dat Vole gearresteerd werd.

'Nou, liefie, had ik gelijk of niet?' teemde de vrouw. 'Dat zal 'r de das om doen, denk je ook niet?'

Meneer Mayherne stak de brieven in zijn zak en vroeg toen: 'Hoe bent u aan deze correspondentie gekomen?'

'Voor jou een vraag, voor mijn een weet,' antwoordde ze met een sluw lachje. 'En ik weet nog meer. Ik heb die sloerie horen zeggen dat ze die avond om tien over half tien thuis was, maar as ik je een goeie raad mag geve, vraag dan maar 's bij de Lion Road-bioscoop of ze daar nie was om die tijd. Zalle ze zich nog best kenne herinnere – 't is me nogal geen moordgriet om te zien,' liet ze er met een sneer op volgen.

'Wie is die man?' vroeg meneer Mayherne. 'Ik zie hier alleen maar zijn voornaam.'

Het gezicht van de vrouw trok nu nerveus en haar handen balden zich tot vuisten. Toen zei ze, en haar stem was schor en dik van emotie: 'Da's de vent die mij dit gelapt heeft. Lang geleje. Zij heeft 'm van me gegapt – een heel jong ding was 't nog. En toen ik achter 'm an ging smeet ie me dat smerige spul in me gezicht. En dat kreng stond erbij te lachen. Jaren probeer ik 'r nou al te pakken te krijgen – 'k heb 'r niet uit 't oog verloren – bespioneerd heb ik 'r… en nou zal ze d'r trekke dan toch eindelijk thuis krijge… hè meneer de advocaat – nou zal ze d'r trekke thuis krijge…'

'Vermoedelijk zal ze wegens meineed de gevangenis in gaan,' antwoordde meneer Mayherne rustig.

'De gevangenis in – da 's nou net wat ik wil. Ga je d'r vandoor? Maar me geld? Waar is me goeie geld?'

Zonder een woord te zeggen legde meneer Mayherne de bankbiljetten op tafel. Hij haalde diep adem, keerde zich om en verliet de smerige kamer. Toen hij bij de deur nog even omkeek zag hij de oude vrouw gretig over het geld gebogen.

Hij verspilde geen tijd. Het was niet moeilijk de bewuste bioscoop in de Lion Road te vinden. De portier herkende Romaine Heilger onmiddellijk van de foto die meneer Mayherne hem liet zien. Ja, op die bewuste avond was ze hier geweest met een man – hoe die eruitzag kon hij zich niet zo best meer herinneren – maar die vrouw… daarin vergiste hij zich niet! Ze had nog een tijdje met hem staan praten over de film die toen bij hem draaide. En ze waren tot het eind gebleven, die twee – dat was zowat een uur later…

Meneer Mayherne was tevreden. De getuigenverklaring van Romaine Heilger was één net van leugens, van het begin tot het einde. Het hele verhaal was haar ingegeven door een intense haat. Zou hij ooit te weten komen – vroeg de advocaat zich af – wat de oorzaak was van die haat? Wat had Leonard Vole haar gedaan? De jongeman had sprakeloos het hoofd geschud toen meneer Mayherne hem verslag uitgebracht had over zijn bezoek aan de vrouw, die hij aldoor 'mijn vrouw' was blijven noemen; het enige wat hij tenslotte gezegd had was dat hij het niet geloofde. Het kon eenvoudig niet waar zijn… Maar toch had meneer Mayherne de indruk gekregen dat zijn protesten, na de aanvankelijke teleurstelling en verbazing, overtuigingskracht misten.

Hij begreep de motieven van Romaine Heilger – daar was meneer Mayherne van overtuigd. Hij wist wat haar dreef, maar hij was duidelijk niet van plan hun beider geheim te verraden. Meneer Mayherne vroeg zich in stilte af of hij het ooit te weten zou komen… De advocaat keek op zijn horloge. Het was al laat, maar de tijd was nu zijn enige bondgenoot. Hij hield een taxi aan en gaf een adres op. 'Dit moet Sir Charles onmiddellijk weten,' mompelde hij, terwijl hij instapte.

Het proces Leonard Vole had alom grote belangstelling gewekt. Om te beginnen was de gevangene jong en knap, vervolgens werd hij beschuldigd van een bijzonder lafhartige misdaad, en tenslotte speelde een interessante vrouw een belangrijke rol in het proces: Romaine Heilger, de voornaamste getuige à charge, van wie foto's in de kranten hadden gestaan en over wie de meest fantastische verhalen de ronde deden.

Het begin van de openbare rechtszitting verliep zonder veel emoties. Nadat al het technische bewijsmateriaal naar voren was gebracht, werd Janet Mackenzie opgeroepen. In grote trekken was haar verklaring gelijk aan die welke ze voor de politierechter had afgelegd, maar tijdens het kruisverhoor wist de verdediger haar enkele malen op een tegenstrijdigheid te betrappen, waar het haar verklaring betrof aangaande de verhouding tussen juffrouw French en Leonard Vole. Hij legde de nadruk op het feit dat Janet Mackenzie weliswaar een mannenstem in de zitkamer gehoord meende te hebben, maar dat er geen enkel bewijs was dat het juist Voles stem was geweest, en hij slaagde erin de indruk te wekken dat deze getuigenverklaring weleens sterk beïnvloed zou kunnen zijn door jaloezie en antipathie ten opzichte van de beklaagde.

Toen werd de volgende getuige opgeroepen.

'U bent Romaine Heilger?'

'Ja.'

'Oostenrijkse van geboorte?'

'Ja.'

'De afgelopen drie jaar hebt u met beklaagde samengeleefd en u uitgegeven voor zijn vrouw?'

Eén seconde ontmoetten de ogen van Romaine Heilger die van de man in de beklaagdenbank, en lag er een vreemde, ondoorgrondelijke blik in die ogen. Toen keek ze weer voor zich.

'Ja.'

De vragen volgden elkaar op. Het ene vernietigende feit na het andere kwam aan het licht. Op de bewuste avond had de beklaagde een breekijzer bij zich gestoken voor hij het huis verliet. Hij was om tien voor half elf thuisgekomen en had haar bekend de oude

34

dame te hebben vermoord. Er zaten bloedvlekken op zijn overman-
chetten, die hij in de kachel had verbrand. Hij had haar met alle mogelijke dreigementen gedwongen haar mond te houden.

Naarmate het relaas vorderde, veranderde de stemming van het
hof. In het begin was er duidelijk zo niet sympathie, dan toch een
zekere welwillendheid ten aanzien van de beklaagde te bespeuren
geweest. Nu begon de sfeer ronduit vijandig te worden. Leonard
Vole zelf zat moedeloos, met gebogen hoofd, in de beklaagdenbank,
alsof hij wist dat hij ten dode gedoemd was.

Toch viel het op dat de aanklager zelf Romaines vijandigheid iets
trachtte te temperen; hij zou duidelijk de voorkeur hebben gegeven
aan een wat objectievere getuigenis.

Toen kwam het ogenblik dat de verdediger zich verhief, en met zijn
machtige stem de aandacht vroeg. Hij slingerde de vrouw in het gezicht dat haar hele getuigenis van het begin tot het einde op leugens
berustte, dat ze op het door haar aangegeven tijdstip niet eens thuis
was geweest maar in de bioscoop had gezeten, dat ze verliefd was op
een andere man en dat ze er nu op uit was Vole aan de galg te brengen voor een misdaad die hij niet had begaan.

Met ongehoorde brutaliteit ontkende Romaine alles.

Toen kwam de verrassende ontknoping: de brief werd als bewijs-
stuk overlegd. In een ademloze stilte werd hij hardop voorgelezen.

Max, liefste. Het lot heeft hem in onze handen gespeeld! Hij is gearresteerd voor moord – ja, moord op een oude dame! Stel je voor
zeg: Leonard, die nog geen vlieg kwaad kan doen. Eindelijk zal ik
dan toch mijn wraak hebben! De arme jongen! Ik zal tegen hem getuigen, zeggen dat hij die avond met bloed aan zijn kleren thuiskwam en dat hij aan mij alles heeft bekend. Ze zullen hem opkno-
pen, Max, en op dat ogenblik zal hij weten dat Romaine hem de
dood heeft ingejaagd. En dan, liefste... dan zullen we samen gelukkig zijn. Eindelijk gelukkig zijn!

Handschriftexperts waren bereid te zweren dat de brieven door
Romaine Heilger waren geschreven – maar dat bleek niet nodig te
zijn. Geconfronteerd met de brief, zakte de vrouw snikkend ineen
en bekende alles. Leonard Vole was inderdaad om tien voor half
tien thuisgekomen, zoals hij gezegd had. En de rest had ze allemaal
maar verzonnen om van hem af te komen.

Daarmee was het pleit in feite beslist. Sir Charles riep zijn getuigen op, de beklaagde zelf kwam naar voren en legde rustig en beheerst zijn verklaring af, zonder zich ook maar door het kruisverhoor van zijn stuk te laten brengen. Wat nog door de officier van justitie, en later resumerend door de rechter, ten aanzien van Leonard Vole naar voren werd gebracht was wel niet in elk opzicht in diens voordeel, maar hij had het pleit al gewonnen en de jury had dan ook niet veel tijd nodig om tot haar uitspraak te komen: 'Onschuldig!'
Leonard Vole was vrij!
Meneer Mayherne haastte zich in de richting van zijn cliënt om hem geluk te wensen. Maar halverwege betrapte hij zich erop dat hij stil stond om met verwoede ijver zijn pince-nez op te poetsen. De dag tevoren nog had zijn vrouw hem erop gewezen dat hij bezig was daar een gewoonte van te maken. Daar moest hij toch voor oppassen... Rare dingen – gewoonten. Zelf wist je nooit dat je er een had...
Interessante zaak geweest – heel interessante zaak. Neem nu die vrouw, die Romaine Heilger. Wat een bleke, kalme vrouw had ze niet geleken in haar huis in Paddington en hier, in de rechtszaal, was ze opgevlamd als een wilde, exotische bloem. Hij hoefde maar even zijn ogen te sluiten om haar voor zich te zien: dat lange, slanke lichaam, gespannen als een veer, iets naar hem toegebogen als ze sprak – die eigenaardige manier waarop ze haar handen ineenklemde, met de vingers ineengestrengeld... in en uit elkaar... in en uit...
Rare dingen – gewoonten. Dat ineenklemmen van die vingers was ook een gewoonte – maar die had hij toch wel meer gezien? Nog niet eens zo lang geleden, maar waar? O ja... Zijn adem stokte. Die vrouw... die vrouw in de Shaw's Rents...
Het duizelde hem en hij moest zich aan een stoel vasthouden om niet te vallen. Nee, het was onmogelijk – onmogelijk... En toch... Romaine Heilger was actrice geweest.
Op dat ogenblik werd hij hartelijk op de schouder geklopt door zijn confrère: 'Dat was op het randje, hè? Ga mee, dan gaan we hem gelukwensen.'
Maar meneer Mayherne schudde zijn hoofd. Leonard Vole interesseerde hem niet langer. Maar Romaine Heilger des te meer.

Er ging enige tijd voorbij voordat hij haar weer ontmoette – bij welke gelegenheid zich die ontmoeting voordeed doet weinig ter zake.

36

'Dus u had een vermoeden,' zei ze, nadat hij haar verteld had wat hem zo hevig had beziggehouden. 'Dat gezicht? O, dat was gemakkelijk genoeg, en bij dat flikkerende gaslicht viel mijn make-up niet zo op.'

'Maar waarom – waarom...'

'Waarom ik de zaak op eigen houtje heb opgeknapt?' vroeg ze glimlachend, dezelfde uitdrukking gebruikend van toen.

'Ja. Waarom die hele ingewikkelde komedie opgevoerd, als we toch...'

'Mijn beste meneer Mayherne – ik moest hem toch redden? Hebt u niet zelf gezegd dat de getuigenis van een liefhebbende echtgenote nauwelijks enig gewicht in de schaal zou leggen? Ik weet wel iets van psychologie af. Nee, alleen een mij afgedwongen bekentenis, waarbij ik er zo lelijk mogelijk op zou komen te staan, zou voor Leonard de stemming in gunstige zin kunnen beïnvloeden. En heb ik geen gelijk gekregen?'

'En dat stapeltje brieven?'

'Zou het geen achterdocht gewekt hebben als er alleen die ene brief, die noodlottige brief, was geweest?'

'Maar die man dan – die Max?'

'Heeft nooit bestaan.'

'En toch vind ik,' zei meneer Mayherne gepikeerd, 'dat u dit niet had moeten doen. We hadden hem ook wel langs de... eh... reglementaire weg vrij kunnen krijgen.'

'Ik durfde het er niet op te wagen. Ziet u – u gelóófde dat hij onschuldig was...'

'Maar u wist het zeker... Tja, ik begrijp het,' zei meneer Mayherne.

'Maar mijn beste man,' zei Romaine, 'u begrijpt het niet helemaal. Ik wist dat hij *schuldig* was!'

Wie een kuil graaft voor een ander

Patricia Highsmith

Patricia Highsmith (1921-1995) werd geboren in Fort Worth in Texas, als Mary Patricia Plangman. Als ze zes jaar oud is, verhuist ze met haar moeder, grootmoeder en stiefvader naar New York. In 1942 behaalt Highsmith aan de Columbia Universiteit aldaar haar Bachelor of Arts-titel. Acht jaar later publiceert ze haar eerste roman, *Strangers on a Train* (1950). Het verhaal over de tennisster en de psychopaat die elkaar in een trein ontmoeten en moord 'uitwisselen' werd onmiddellijk door Alfred Hitchcock aangekocht, met de succesvolle, gelijknamige film als gevolg.

Vijf jaar later voerde Highsmith voor het eerst Tom Ripley ten tonele, in *The Talented Mr. Ripley* (1955, *Ripley, een man van talent*), de sociopaat die zo geloofwaardig wordt neergezet door Matt Damon in de gelijknamige film uit 2000. Over deze getalenteerde Ripley schreef Highsmith nog vier andere boeken, waaronder *Ripley Underground* (1970, *Ripley ondergronds*). Het is haar menselijke benadering van de psychologische effecten van criminaliteit die de reeks over deze oplichter en moordenaar zo populair maakt.

Highsmith hield haar persoonlijke leven strikt privé, maar over haar seksuele geaardheid schreef ze openlijk in *The Price of Salt* (1953), waarin een lesbische liefdesaffaire wordt beschreven. Sinds 1963 leefde ze vrijwel onopgemerkt afwisselend in Engeland, Italië, Frankrijk en Zwitserland, waar ze in 1995 ten slotte overleed.

In totaal schreef Highsmith twintig romans, zoals *A Suspension of Mercy* (1965, *Moord op papier*) en zeven verhalenbundels,

waaronder *Mermaids on the Golf Course and Other Stories*
(1985, *Zeemeerminnen op de golfbaan*). Criticus Francis
Wyndham omschreef haar stijl als volgt: 'Haar vervreemdende
vorm van horror komt eerder voort uit het feit dat een ramp
gemakkelijk voorkomen had kunnen worden, dan uit de ramp
zelf.' Highsmith ontving diverse prijzen, waaronder de Grand
Prix de Littérature Policière in 1957 en in 1964 de Silver Dagger
van de British Crime Writers Association. Uit een van haar korte
verhalenbundels is *Wie een kuil graaft voor een ander (Sauce
For The Goose)* afkomstig, een verhaal waarin haar geliefde
thema's schuld en boete aan bod komen.

Het ongeluk in de garage was de derde bijna-ramp in het huis van
de Amory's en Loren Amory haalde zich daardoor het onzalige idee
in zijn hoofd dat zijn lieve vrouw Olivia probeerde zelfmoord te
plegen.

Loren had een plastic waslijn van een hoge plank in de garage naar
beneden getrokken, die daar hing te bungelen, want hij had de lijn
netjes willen oprollen en opruimen, maar toen hij eraan trok, kwam
een hele lading koffers, een oude maaimachine en een naaimachine
die zowat een ton woog mee naar beneden en kon hij zich nog maar
net in veiligheid brengen.

Loren liep langzaam terug naar het huis, zijn hart klopte hem nog in
de keel na zijn akelige ontdekking. Hij liep de keuken in en liep door
naar boven. Olivia lag nog in bed, een stapel kussens onder haar
hoofd en een tijdschrift op schoot. 'Wat was dat voor een herrie,
schat?'

Loren schraapte zijn keel en plaatste zijn zwarte bril stevig op zijn
neus. 'Al die rommel in de garage. Ik trok aan een stuk waslijn...' en
hij legde uit wat er gebeurd was.

Ze knipperde met haar ogen alsof ze wilde zeggen: nou en? Dat
soort dingen gebeuren nu eenmaal.

'Heb je de laatste tijd die plank nog gebruikt?'

'Nee, waarom zou ik.'

'Nou, omdat... alles zo neergezet was dat het wel moest vallen, liefje.'

'Geef je mij daar soms de schuld van?' vroeg ze met een benepen
stemmetje.

'Nou, je was wel slordig. Ik heb die koffers daar goed neergezet en
niet zo dat ze er bij de kleinste beweging weer af zouden vallen. En

ik heb de naaimachine daar ook niet neergezet. Nou wil ik niet beweren...'

'Ik was wel slordig,' herhaalde ze op beledigde toon.

Hij knielde snel bij het bed neer. 'Liefje, laten we eerlijk zijn. Verleden week lag de rolveger op de keldertrap. En die ladder! Je wilde hem gebruiken om dat wespennest naar beneden te halen! Wat ik wil zeggen, liefje, is dat je gewoon wílt dat er iets met je gebeurt, of je dat nu zelf beseft of niet. Je moet echt voorzichtiger zijn, hoor, Olivia. O, liefje, huil alsjeblieft niet. Ik wil je alleen maar helpen. Ik geef je niet op je kop.'

'Dat weet ik, Loren. Je bent een goed mens. Maar mijn leven lijkt niets meer waard te zijn. Ik wil niet echt een eind eraan maken, maar...'

'Denk je nog steeds aan... Stephen?' Loren haatte de naam en hij kreeg hem bijna niet zijn strot uit.

Ze haalde haar handen bij haar roodomrande ogen vandaan. 'Je hebt me laten beloven dat ik niet meer aan hem mocht denken, dus dat heb ik ook niet meer gedaan. Echt, Loren.'

'Goed, liefje. Goed gedaan.' Hij pakte haar hand beet. 'Wat dacht je van een cruise binnenkort? Misschien in februari? Myers is binnenkort weer terug en hij kan wel een paar weken voor me invallen. Lijkt Haïti of Bermuda je wat?'

Ze leek erover na te denken, maar toen schudde ze haar hoofd en ze zei dat ze wist dat hij het alleen maar voor haar deed en niet omdat hij graag wilde gaan. Loren stribbelde even tegen, maar gaf het al gauw op. Als Olivia iets niet meteen leuk vond, dan kon hij het verder wel vergeten. Hij had een overwinning behaald: dat Olivia had toegegeven Stephen Castle drie maanden lang niet te zien.

Olivia had Stephen Castle op een feestje ontmoet dat door een van Lorens collega's op de beurs werd gegeven. Stephen was 35, tien jaar jonger dus dan Loren en een jaar ouder dan Olivia, en Stephen was acteur. Loren had geen flauw idee hoe Toohey, de gastheer, hem had ontmoet, of waarom hij hem had uitgenodigd voor het feestje, waar iedereen of in het bankwezen zat of bij de beurs werkte, maar daar was hij, als een kwaadaardig buitenaards wezen, en hij had zich de hele avond op Olivia gericht, en zij had lief teruggelachen, dezelfde glimlach waardoor Loren acht jaar geleden meteen aan haar verslingerd was geraakt.

Toen ze na het feestje naar Old Greenwich terugreden, had Olivia gezegd: 'Wat een herademing om eens met iemand te praten die niets met de beurs te maken heeft! Hij zei dat hij op het moment bezig is met repetities voor een stuk dat *The Frequent Guest* heet. Daar moeten we naartoe, Loren.'

En dat deden ze ook. Stephen Castle speelde in totaal maar zo'n vijf minuten mee in de eerste akte. Ze gingen naar Stephen toe in de kleedkamer en Olivia nodigde hem uit voor een cocktailparty die ze dat weekend gaven. Hij kwam en bleef die nacht in de logeerkamer slapen. De weken daarna reed Olivia minstens twee keer per week naar New York om te gaan winkelen, maar ze wond er geen doekjes om dat ze op die dagen met Stephen lunchte en soms zelfs ergens een drankje ging drinken met hem. Uiteindelijk biechtte ze Loren op dat ze verliefd was op Stephen en dat ze wilde scheiden. Loren was sprakeloos, en was zelfs geneigd haar de scheiding te gunnen uit sportiviteit, maar 48 uur na haar mededeling was hij weer bij de mensen. Tegen die tijd had hij zich vergeleken met zijn rivaal, niet alleen lichamelijk (Loren deed het wat dat betreft niet zo goed, hij was net zo groot als Olivia, zijn haar werd rap minder en hij had een buikje) maar ook op moreel en financieel gebied. Wat die laatste twee zaken betrof, had hij meer te bieden dan Stephen, waar hij Olivia fijntjes op wees.

'Ik zou nooit een man voor zijn geld trouwen,' wierp ze tegen.

'Ik zeg niet dat je me voor mijn geld trouwde, liefje. Maar ik heb nu eenmaal wel geld. En wat zal Stephen ooit hebben? Niet veel, als ik zo naar zijn acteerprestaties kijk. Je bent nu eenmaal meer gewend dan hij je zal kunnen geven. En je kent hem pas zes weken. Hoe kun je zeker weten dat hij altijd van je zal blijven houden?'

Die laatste opmerking zette Olivia aan het denken. Ze zei dat ze Stephen nog een keer zou zien, 'om het uit te praten'. Een paar dagen daarna reed ze naar New York toe en ze kwam pas om middernacht weer thuis. Het was op een zondag, en Stephen had op die dag geen voorstelling. Loren zat op haar te wachten. Olivia vertelde hem in tranen dat Stephen en zij een afspraak hadden gemaakt. Ze zouden elkaar een maand niet zien en als tegen die tijd hun gevoelens voor elkaar veranderd waren, zouden ze ermee stoppen.

'Maar natuurlijk zijn je gevoelens dan nog hetzelfde,' zei Loren. 'Een maand is niets. Als je het nu drie maanden probeert...'

Ze keek hem met betraande ogen aan. 'Drie maanden?'

'Afgezet tegen de acht jaar dat wij getrouwd zijn. Dat mag toch wel?

Ons huwelijk heeft toch wel een kans verdiend, dacht ik zo.'

'Nou goed dan, drie maanden. Ik bel Stephen morgen wel om het hem te vertellen. We zullen elkaar drie maanden lang niet zien of bellen.'

Sinds die dag was Olivia achteruitgegaan. Ze wilde niet meer tuinieren, had geen zin meer in de bridgeclub, en had zelfs geen interesse meer in kleding. Ze had ook geen trek meer, hoewel ze nauwelijks afviel, want ze deed bijna niets. Ze hadden nooit hulp in de huishouding gehad. Olivia had het altijd prettig gevonden dat ze vroeger gewerkt had, ze was winkelmeisje geweest in een groot warenhuis in Manhattan, toen Loren haar had ontmoet. Ze was er trots op dat ze alles zelf deed. Het huis in Old Greenwich was groot genoeg om iemand bezig te houden, hoewel Loren alles had gekocht wat het huishouden gemakkelijker maakte. Ze hadden ook een vrieskast in de kelder, zo groot dat je erin rond kon lopen, zodat ze niet steeds boodschappen hoefden te doen, en bovendien werden de diepvriesspullen nog thuisbezorgd ook. Omdat Olivia zo lusteloos was, stelde Loren een hulp voor, maar Olivia wilde er niets van weten.

Zeven weken gingen voorbij en Olivia hield haar woord en zag Stephen niet. Maar ze was duidelijk depressief en stond steeds op het punt om in huilen uit te barsten, en Loren had de neiging te zeggen dat als ze zoveel van Stephen hield, ze hem dan maar moest zien. Misschien, zo overdacht Loren, was Stephen er wel net zo slecht aan toe, en zat hij ook de dagen af te strepen dat hij Olivia weer zou zien. Als dat zo was, dan kon Loren het wel schudden.

Maar Loren had er moeite mee Stephen gevoelens toe te dichten. Hij was een lange, vrij domme vent met blond haar, en Loren had hem nog nooit gezien zonder die walgelijke glimlach op zijn gezicht, alsof hij steeds reclame voor zichzelf liep te maken, en hij er volgens hem zo op zijn best uitzag.

Loren, die pas op zijn 37e vrijgezel af was geweest toen hij met Olivia trouwde, wist vaak niet waar hij aan toe was met vrouwen. Hij begreep bijvoorbeeld niets van Olivia. Als hij zo gek was geweest op een andere vrouw, dan had hij zich prompt van haar gescheiden. Maar Olivia bleef bij hem. Wat hoopte ze ermee te bereiken, vroeg hij zich af. Dacht ze soms, of hoopte ze dat zelfs, dat haar verliefdheid op Stephen zou verdwijnen? Of wilde ze soms aan Loren bewijzen dat het nooit zou verdwijnen? Of wist ze misschien onbe-

43

wust dat haar liefde voor Stephen Castle alleen maar een fantasie was en dat haar huidige depressie alleen maar een periode was voor Loren en haar om te treuren om de liefde die ze niet durfde te volgen?

Maar na het ongeluk in de garage twijfelde Loren eraan dat Olivia in een fantasie leefde. Hij wilde liever niet toegeven dat Olivia zelfmoord probeerde te plegen, maar de aanwijzingen wezen toch in die richting. Hij had over zulke mensen gelezen. Ze waren anders dan de mensen die altijd ongelukjes kregen, die hadden de kans een natuurlijke dood te sterven, wat daar ook onder werd verstaan. De andere mensen waren eropuit zichzelf van kant te maken, en hij was ervan overtuigd dat Olivia tot de laatste groep mensen behoorde.

Een goed voorbeeld was wat er met de ladder was gebeurd. Loren stond al op de vierde of vijfde tree, toen hij de barst zag aan de zijkant van de ladder, en ze had zich er helemaal geen zorgen om gemaakt, zelfs niet toen hij het haar liet zien. Als zij niet had gezegd dat ze zich opeens duizelig voelde als ze omhoog keek naar het wespennest, dan had hij het nooit zelf gedaan en dus ook de barst niet gezien.

Loren las in de krant dat het stuk waar Stephen in speelde niet meer draaide, en het leek wel of Olivia daarna nog somberder werd. Ze had nu donkere wallen onder haar ogen. Ze beweerde dat ze pas tegen de ochtend in slaap viel.

'Bel hem maar, als je dat wilt, liefje,' had Loren uiteindelijk gezegd. 'Ontmoet hem nog een keer en kijk dan of jullie alletwee...'

'Nee, ik heb het je beloofd. Drie maanden, Loren. Ik hou me aan mijn woord,' zei ze met trillende lip.

Loren keerde zich om, hij voelde zich ongelukkig en haatte zichzelf. Olivia werd steeds zwakker. Op een keer struikelde ze op de trap en kon zich nog net aan de leuning vasthouden. Loren stelde, opnieuw, voor om naar de dokter te gaan, maar daar wilde ze niets van weten.

'Die drie maanden zijn bijna om, schat. Ik overleef het wel,' zei ze met een dapper glimlachje.

Dat was waar. Over twee weken zou het 15 maart zijn, het einde van de drie maanden.

Op zondagmiddag zat Loren in zijn studeerkamer wat werk door te nemen, toen hij een gil hoorde, gevolgd door een hoop gekletter. Hij rende als een raket de kamer uit. Dat was in de kelder geweest, dacht hij en als dat zo was, wist hij wel wat er was gebeurd. Die stomme rolveger natuurlijk!

'Olivia?'

Vanuit de kelder kwam een kreun. Loren sprintte de trap af. Hij hoorde het geluid van draaiende wieltjes, zijn benen vlogen onder hem vandaan en in de paar seconden voordat zijn hoofd tegen de betonnen vloer kapot knalde, begreep hij alles: Olivia was niet gevallen. Ze had hem hiernaartoe gelokt, al die tijd had ze geprobeerd hém te doden, en dat alles voor Stephen Castle.

'Ik lag boven in bed te lezen,' vertelde Olivia aan de politie, en ze hield haar peignoir met trillende handen stevig bij elkaar. 'Ik hoorde een vreselijke klap en toen... Ik ging naar beneden...' Ze gebaarde hulpeloos naar Lorens lijk.

De politie schreef op wat ze vertelde en voelde met haar mee. Men zou toch voorzichtiger moeten zijn, zeiden ze, met dingen als rolvegers op een onverlichte trap. Dodelijke ongelukken zoals dit vonden om de haverklap plaats. Het lijk werd opgehaald en de dinsdag erna werd Loren Amory begraven.

Olivia belde Stephen woensdag op. Ze had hem elke dag gebeld uitgezonderd op zaterdag en zondag, maar ze had hem sinds de vrijdag daarvoor niet meer gebeld. Ze hadden afgesproken dat als ze hem doordeweeks niet om elf uur thuis zou bellen, hun missie voltooid zou zijn. Bovendien had voor Loren Amory een grote rouwadvertentie in de krant van maandag gestaan. Hij had bijna een miljoen dollar aan zijn weduwe nagelaten en ook nog huizen in Florida, Connecticut en Maine.

'Lieverd! Wat zie je er moe uit!' was het eerste wat Stephen tegen haar zei toen ze elkaar in een bar in New York op vrijdag zagen.

'Welnee! Het is allemaal make-up,' zei Olivia vrolijk. 'En jij bent nog wel acteur!' Ze lachte. 'Ik moet er toch droevig uitzien voor de buren. En ik weet maar nooit of ik iemand tegenkom in New York die ik ken.'

Stephen keek zenuwachtig om zich heen, en zei toen met zijn gebruikelijke glimlachje: 'Lieve Olivia, wanneer kunnen we weer samen zijn?'

'Al snel,' zei ze meteen. 'Niet bij mij thuis, natuurlijk, maar weet je nog die cruise waar we het over hadden? Naar Trinidad misschien? Ik heb het geld bij me. Ik wil dat jij de tickets koopt.'

Ze namen aparte hutten en in de plaatselijke krant van Connecticut stond dat mevrouw Armory wegens gezondheidsredenen op reis was.

In april, toen Olivia weer bruin en wel terug was in Amerika, vertelde ze aan haar vrienden dat ze iemand had ontmoet die ze wel zag zitten. Haar vrienden verzekerden haar ervan dat dat helemaal normaal was en dat ze de rest van haar leven niet in haar eentje moest blijven kniezen. Het gekke was, dat toen Olivia Stephen uitnodigde voor een etentje bij haar thuis, geen van haar vrienden zich hem kon herinneren, hoewel ze hem op die cocktailparty een paar maanden geleden hadden ontmoet. Stephen was nu veel meer zelfverzekerd en hij gedroeg zich als een engel, dacht Olivia.

Ze trouwden in augustus. Stephen had wel wat ijzers in het vuur wat werk betrof, maar echt werk had hij nog niet gehad. Olivia zei dat hij zich geen zorgen hoefde te maken, dat er in de zomer wel weer wat zou komen. Stephen scheen zich niet echt druk te maken erover, hoewel hij zei dat hij eigenlijk wel iets zou moeten doen en dat hij desnoods voor televisie zou gaan werken. Hij vond het leuk om te tuinieren en had daar wat blauwe sparren geplant, zodat het er allemaal weer fris en kleurrijk uitzag.

Olivia was erg blij dat Stephen het huis mooi vond, want dat vond zij ook. Geen van beiden zei ooit iets over de keldertrap, maar ze hadden een lichtknop laten maken boven aan de trap, zodat het nooit meer kon gebeuren. En de rolveger werd in de bezemkast in de keuken bewaard, waar hij hoorde.

Ze gaven meer feestjes dan Olivia en Loren hadden gedaan. Stephen had veel vrienden in New York en Olivia vond hen leuk. Maar Olivia vond wel dat Stephen wat te veel dronk. Tijdens een van de feestjes, toen ze met zijn allen op het terras stonden, viel Stephen bijna over de leuning. Twee gasten konden hem toen nog net vastpakken.

'Je kunt maar beter uitkijken in dit huis, Steve,' zei Parker Barnes, een vriend van Stephen en ook acteur. 'Misschien is het wel behekst.'

'Hoe bedoel je?' vroeg Stephen. 'Ik geloof daar helemaal niets van. Ik ben dan wel acteur, maar ik ben absoluut niet bijgelovig.'

'O, dus u bent acteur, meneer Castle!' zei een vrouw in het donker.

Nadat de gasten weg waren, vroeg Stephen aan Olivia of ze weer naar het terras wilde komen.

'Misschien knap ik daar wat van op,' zei Stephen met een glimlach.

'Sorry dat ik wat aangeschoten ben. Daar is ouwe trouwe Orion. Kun je hem zien?' Hij sloeg zijn arm om Olivia heen en trok haar naar zich toe. 'Het helderste sterrenbeeld aan de hemel.'

'Je doet me pijn, Stephen. Niet zo...' Ze schreeuwde en vocht voor haar leven.

'Verdomme nog aan toe!' bracht Stephen naar adem snakkend uit, haar kracht verbaasde hem.

Ze kon zich lostrekken en stond naast de slaapkamerdeur naar hem te kijken. 'Je wilde me eraf gooien.'

'Nee! Goede hemel, Olivia! Ik verloor alleen maar mijn evenwicht. Ik dacht dat ik zelf ging vallen!'

'Fraai hoor, om dan een vrouw vast te houden en haar mee te trekken.'

'Ik was me er niet van bewust. Ik ben dronken, schatje. Het spijt me echt.'

Zoals gewoonlijk lagen ze in hetzelfde bed die avond, maar ze deden allebei alsof ze sliepen. Tot Olivia, zoals ze Loren ooit vertelde, tegen de ochtend in slaap viel.

De volgende dag keek ieder van hen, met een air alsof er niets aan de hand was, het huis van onder tot boven na. Olivia omdat ze zichzelf wilde beschermen tegen mogelijke dodelijke vallen en Stephen om juist dodelijke vallen te zetten. Hij had al besloten dat de keldertrap de beste kans bood, ook al was hij eerder gebruikt, omdat hij geloofde dat niemand het in zijn hoofd zou halen om twee keer dezelfde manier te gebruiken, als het om moord ging.

Toevallig had Olivia dit ook al bedacht.

De keldertrap was nog nooit zo veilig en zo goed verlicht geweest. Geen van beiden deed het licht uit 's avonds. Ze zeiden allebei hoeveel ze wel niet van elkaar hielden en hoeveel vertrouwen ze in elkaar hadden.

'Het spijt me dat ik dat tegen je heb gezegd, Stephen,' fluisterde ze in zijn oor toen ze hem omhelsde. 'Maar ik was bang die avond op het terras, weet je. En toen jij "verdomme nog aan toe" zei...'

'Ik weet het, allerliefste. Maar je dacht toch niet echt dat ik je wat wilde aandoen? Ik zei alleen maar "verdomme nog aan toe" omdat je daar was en ik dacht dat ik je mee die diepte in zou trekken.'

Ze hadden het weer over een cruise. In de lente wilden ze naar Europa gaan. Maar bij elke maaltijd probeerden ze eerst heel kleine hapjes uit voordat ze echt gingen eten.

47

Hoe kan ik nu iets aan eten doen? dacht Stephen bij zichzelf. Je gaat verdorie nooit de keuken uit als je aan het koken bent.

En Olivia dacht: ik vertrouw je voor geen meter, Stephen. Je schijnt maar in één ding goed te zijn.

De vernedering dat ze haar minnaar was kwijtgeraakt woog niet op tegen de afkeer die ze voor hem voelde. Ze besefte dat ze gebruikt was. Stephen had al zijn charme voor haar verloren. En toch, dacht Olivia, speelde hij nu de beste rol van zijn leven, en nog wel 24 uur per dag. Ze gaf zichzelf een schouderklopje dat ze het doorhad en overwoog het ene plan na het andere, in de wetenschap dat dit 'ongeluk' nog overtuigender moest zijn dan dat van Loren.

Stephen wist dat het voor hem heel anders lag. Iedereen die hem en Olivia kende, als was het maar zijdelings, wist hoe dol hij op haar was. Als zij een ongeluk zou krijgen, zou iedereen meteen aannemen dat het inderdaad een ongeluk was als hij dat zei. Hij zat nu te spelen met de gedachte aan de vrieskast in de kelder. Er zat aan de binnenkant geen deurknop en soms liep Olivia helemaal naar achteren om vlees of asperges te pakken. Maar zou ze er nog wel in gaan als hij in de kelder aanwezig was? Ze was inmiddels behoorlijk achterdochtig. Hij betwijfelde het.

Terwijl Olivia op een ochtend op bed ontbeet – ze sliep weer in haar eigen slaapkamer en Stephen bracht haar ontbijt op bed, zoals Loren ook altijd had gedaan – probeerde Stephen de deur van de vrieskast uit. Als hij iets raakte bij het opengaan, ontdekte hij, dan ging hij langzaam maar zeker vanzelf weer dicht. Er stond niets in de buurt dat hij kon raken, en het was de bedoeling dat de deur wijdopen zwaaide zodat hij tegen een pal aan kwam die de deur openhield. Hij had gezien dat Olivia de deur altijd wijdopen zwaaide als ze naar binnen ging, en dat hij dan open bleef staan. Maar als hij er iets neer zou zetten, al was het maar een punt van de kist met brandhout, dan zou de deur daar tegenaan slaan en weer dichtzwaaien, voordat Olivia zich bewust was van wat er aan de hand was.

Maar dat was niet het juiste moment om de kist daar neer te zetten, dus Stephen zette de val nog niet. Olivia had iets gezegd over een restaurant waar ze die avond naartoe zouden gaan. Ze zou dus niets willen ontdooien vandaag.

Om drie uur 's middags maakten ze een korte wandeling door het bos achter het huis en weer terug en ze hielden bijna elkaars hand

48

vast, in een vals vertoon van liefde; maar hun vingers raakten elkaar alleen maar even aan en trokken zich toen weer terug.

'Een kop thee zou er wel ingaan, hè, schat?' zei Olivia.

'Hmm.' Hij glimlachte. Vergif in de thee? Vergif in de koekjes? Ze had ze zelf gebakken die ochtend.

Hij wist nog hoe ze Lorens treurige dood hadden gepland, haar teder gefluister over moord tijdens hun lunches, haar oneindige geduld toen de weken verstreken en elk plan misliep. Hij had de rolveger voorgesteld op de keldertrap en dat zij hem moest lokken met een schreeuw. Want ze was te stom om dat zelf te verzinnen.

Na de thee – alles had prima gesmaakt – liep Stephen de kamer uit alsof hij niets bijzonders ging doen. Hij wilde de kist met brandhout weer proberen, om uit te vinden of hij er echt van op aan kon. Hij vond het een goed idee om nu de val te zetten en zo te laten. Het licht in de kelder was aan. Voorzichtig liep hij naar beneden.

Hij stond even te luisteren of Olivia hem misschien had gevolgd. Toen trok hij de kist met brandhout op de juiste plaats, niet pal voor de vrieskast natuurlijk, maar een beetje aan de kant, alsof iemand hem uit de schaduw had getrokken om hem beter te zien en hem toen daar had laten staan. Hij zwaaide de deur van de vrieskast open zoals Olivia dat zou doen en zette een voet naar voren en stak zijn rechterhand uit om de dichtslaande deur tegen te houden. Maar de voet die hij neerzette, gleed een paar centimeter naar voren toen de deur tegen de kist met brandhout aankwam.

Stephen was op zijn rechterknie gevallen en zijn linkerbeen stak naar voren toen de deur achter hem dichtsloeg. Hij kwam meteen overeind en keek geschrokken naar de dichte deur. Het was donker en hij zocht naar de lichtknop links van de deur, voor de lamp achter in de vrieskast.

Hoe was dat nou gebeurd? Verdomme, ijsafzetting op de vloer natuurlijk! Maar het was niet alleen maar ijsafzetting, zag hij. Hij was uitgegleden over een klein stukje vet dat nu midden op de grond lag, met een zichtbaar spoor achter zich, waar hij was uitgegleden. Stephen keek eens naar het stukje vet, keerde zich toen weer om naar de deur en duwde ertegen, en betastte de rubberen rand langs de stijl. Hij kon natuurlijk Olivia roepen. Ze zou hem uiteindelijk wel horen, of hem missen, voordat hij bevroren was. Ze zou naar de kelder komen, en daar zou ze hem in elk geval horen als ze dat in de zitkamer niet kon. En dan zou ze de deur natuurlijk opendoen.

49

Hij glimlachte flauwtjes, en probeerde zichzelf ervan te overtuigen dat ze echt de deur open zou doen.

'Olivia? Olivia! Ik zit in de kelder!'

Pas een halfuur later riep Olivia Stephen om hem te vragen naar welk restaurant hij wilde gaan, omdat ze wilde weten wat ze aan moest doen. Ze keek in de slaapkamer, in de bibliotheek, op het terras, en ze riep hem zelfs buiten bij de voordeur voor het geval hij in de tuin was.

Eindelijk ging ze naar de kelder.

Tegen die tijd liep Stephen in de vrieskast te ijsberen met zijn armen om zich heen geslagen en diep weggedoken in zijn tweed jasje, terwijl hij om de dertig seconden om hulp riep en de rest van zijn adem gebruikte om in zijn overhemd te blazen om zichzelf warm te houden. Olivia stond net op het punt de kelder te verlaten toen ze heel vaag haar naam hoorde roepen.

'Stephen? Stephen, waar ben je?'

'In de vrieskast!' riep hij zo hard mogelijk.

Olivia keek met een ongelovig glimlachje naar de vrieskast.

'Doe open alsjeblieft! Ik zit in de vrieskast!' hoorde ze een gedempte stem zeggen.

Olivia barstte in lachen uit en het kon haar niet schelen of Stephen haar kon horen. Toen, terwijl ze nog steeds zo hard lachte dat ze ervan dubbelsloeg, liep ze de trap op.

Wat zo grappig was, was dat ze de vrieskast in overweging had genomen om Stephen te vermoorden, maar ze had niets kunnen verzinnen om hem erin te krijgen. Dat hij daar nu in zat, besefte ze, was te danken aan een bizar ongeluk, misschien was hij wel bezig geweest een val voor haar te zetten. Het was allemaal wel erg grappig. En wat een geluk!

Of misschien, dacht ze achterdochtig, was het wel zijn bedoeling om haar zo gek te krijgen dat ze de deur open zou doen en dan zou hij haar naar binnen trekken en haar opsluiten. Nou, daar zou hij mooi de kans niet voor krijgen!

Olivia reed met haar auto dertig kilometer naar het noorden, at een broodje in een wegrestaurant, en ging toen naar de bioscoop. Toen ze rond middernacht thuiskwam, merkte ze dat ze de moed niet had om 'Stephen' te roepen bij de vrieskast of om zelfs maar naar de kelder te gaan. Ze wist niet of hij al dood was en ook al zei hij niets, dan kon hij wel doen alsof hij dood was of bewusteloos.

Maar morgen, dacht ze, dan was hij zeker dood. Gebrek aan lucht zou hem in elk geval de das om hebben gedaan.

Ze ging naar bed en nam een slaappil om goed te kunnen slapen. Het zou een zware dag worden morgen. Haar verhaal, dat ze ruzie met Stephen had gehad over welk restaurant ze naartoe zouden gaan, en hoe hij de kamer uitgestormd was, moest overtuigend overkomen.

Om tien uur de volgende ochtend, na een jus d'orange en een kop koffie, voelde Olivia zich sterk genoeg om de rol van de geschrokken en verdrietige weduwe op zich te nemen. Per slot van rekening, hield ze zichzelf voor, had ze genoeg oefening gehad, het was al de tweede keer dat ze die rol moest spelen. Ze besloot de politie in haar ochtendjas te ontvangen, net als de vorige keer.

Ze deed voorzichtig de deur van de vrieskast open, schrok van de in elkaar gerolde met rijp overdekte figuur op de grond, en zette toen een paar stappen in zijn richting, in de wetenschap dat haar voetstappen op de grond zichtbaar zouden zijn en haar verhaal zouden bevestigen dat ze naar binnen was gegaan om Stephen te helpen.

Kleng! De deur sloeg dicht alsof iemand hem vanbuiten een zet had gegeven.

Olivia schrok nu echt en haar mond vloog open. Ze had de deur wijd opengegooid, hij had moeten vast komen te zitten aan de muur. 'Hallo! Is daar iemand? Doe de deur open, alsjeblieft! Nu meteen!'

Maar ze wist dat er niemand buiten was. Het was gewoon een stom ongeluk. Misschien wel een ongeluk dat Stephen had bekokstoofd. Ze keek naar zijn gezicht. Zijn ogen stonden open en om zijn witte lippen speelde het bekende glimlachje, een triomfantelijk, uiterst gemeen glimlachje. Olivia keek daarna niet meer naar hem. Ze trok haar dunne ochtendjas zo strak mogelijk om zich heen en begon te schreeuwen.

'Help! Help dan toch! Politie!'

Ze hield het naar haar gevoel uren vol, tot ze hees werd en ze de kou niet meer kon voelen en ze een beetje slaperig werd.

51

Liefde op het platteland

Nadine Gordimer

Nobelprijswinnares Nadine Gordimer (1923-) werd in het goudmijnengebied van Zuid-Afrika geboren, als dochter van een juwelier. Haar lager onderwijs genoot ze op een nonnenschool, en ze studeerde af aan de Witwatersrand Universiteit in Johannesburg. Zoals zovele schrijvers, was ze als kind een eenling. Ze werd van school gehaald van haar elfde tot haar zestiende jaar vanwege een vermeende hartafwijking, en haar enige metgezellen waren haar moeder en dier vriendinnen, zonder contact met andere kinderen. Op haar vijftiende werd voor het eerst werk van haar uitgegeven en later verschenen korte verhalen van haar hand in grote Amerikaanse bladen als *The New Yorker*, *Harper's* en *Mademoiselle*. Haar eerste verhalenbundel, *The Soft Voice of the Serpent and Other Stories* (*De zachte stem van de slang en andere verhalen*) verscheen in 1952 en haar eerste roman *The Lying Days* (*De leugenachtige dagen*) in 1955. Haar visie op gelijkheid van rassen en haar voorliefde voor de verscheidenheid van mensen, die uiteindelijk leidde tot de uitgesproken oppositie van het apartheidsbewind in haar land, schrijft ze eerder toe aan haar vele lezen, dan aan het voorbeeld van haar apolitieke ouders. Als een van haar favoriete schrijvers noemt ze J.D. Salinger, ook een specialist in het portretteren van maatschappelijke buitenbeentjes.

Zowel in haar romans als in haar non-fictiewerken, was Gordimer kritisch over het Zuid-Afrikaanse regime. Een van haar romans, *Burger's Daughter* (1979, *Burger's dochter*) was korte tijd verboden in haar eigen land. Een recensent van *Time* schreef over haar tweede boek, *A World of Strangers* (1958, *Een wereld van vreemden*) dat Gordimer 'niet alleen de waarheid vertelt over haar landgenoten, maar deze ook nog zo goed vertelt dat ze tegelijkertijd hun grootste drijfveer én hun beste schrijfster is.' (Geciteerd in *Current Biography* (jaarboek 1959).) Haar gewetensvolle tegenstand was, met die van andere Zuid-Afrikaanse schrijvers en denkers, zeker een factor in de uiteindelijke ondergang van apartheid.

Over het algemeen wordt Gordimer niet beschouwd als een auteur die zich ook maar zijdelings bezighoudt met misdaad, maar *Liefde op het platteland (Country Lovers)* is een pijnlijk waar verhaal, dat haar bezorgdheid om het bewind in haar land duidelijk laat zien en dat bovendien enkele waarheden over racisme aan de kaak stelt. Het kan zeker tot het genre worden gerekend.

De kinderen van de boerderij spelen samen wanneer ze klein zijn; maar wanneer de blanke kinderen eenmaal naar kostschool gaan spelen ze weldra niet meer samen, zelfs niet tijdens de vakanties. Hoewel de meeste zwarte kinderen wel een soort onderwijs volgen raken ze elk jaar verder achter bij de klassen die de blanke kinderen doorlopen; de kinderlijke woordenschat, het kinderlijke verkennen van de avontuurlijke mogelijkheden van dam, koppies, akkers en velden – er komt een tijd dat de blanke kinderen daar boven staan met hun kostschoolvocabulaire en de mogelijkheden van sportwed-strijden tussen de scholen en de avonturen die ze in de bioscoop zien. Dit valt gewoonlijk samen met de leeftijd van twaalf of dertien jaar; zodat de zwarte kinderen tegen dat ze in de vroege puberteit komen, samen met de lichamelijke veranderingen die ze allemaal doormaken, geleidelijk overschakelen naar volwassen aanspreek-vormen en beginnen hun vroegere speelkameraadjes aan te spreken met missus en baasie – jonge meester.

Het probleem was dat Paulus Eysendyck niet scheen te beseffen dat Thebedi nu simpelweg een van de massa kinderen uit de kraal was, herkenbaar aan de oude kleren van zijn zusjes. De eerste kerstva-kantie nadat hij naar kostschool was gegaan bracht hij voor Thebedi een beschilderde doos mee die hij bij handenarbeid had gemaakt. Hij moest haar die in het geheim geven omdat hij niets had voor de andere kinderen in de kraal. Zij gaf hem, voordat hij naar school terugging, een armband die ze gemaakt had van dun koperdraad en de grijs-met-witte bonen van de ricinusplanten die zijn vader teelde en waar castorolie uit geperst werd. (Toen ze nog samen speelden was zij degene die Paulus had geleerd om ossen van klei te boetseren voor hun speelgoedkarretjes.) Het was voor jongens mode, zelfs in plattelandsstadjes zoals dat waar hij op school zat, om armbanden van olifantenhaar en ander materiaal te dragen naast hun horlogebandjes; die van hem werd bewonderd, vrienden vroegen hem om voor hen ook iets dergelijks mee te nemen. Hij zei dat de *natives* op de boerderij van zijn vader ze maakten en dat hij het zou proberen. Toen hij vijftien jaar oud was, een meter tachtig lang en op schoolfeestjes rommelde met de meisjes van de nonnenschool in dezelfde stad; toen hij had geleerd hoe hij deze meisjes, dochters van welvarende boeren zoals zijn vader, moest plagen, met ze flirten en tamelijk intiem vrijen; toen hij er zelfs een had ontmoet die, tijdens een huwelijksfeest op een boerderij in de buurt waar hij met zijn ouders naartoe was gegaan, hem in een afgesloten voorraadkamer met haar had laten doen wat mensen doen wanneer ze vrijen – toen hij zo ver van zijn kindertijd verwijderd was bracht hij nog steeds uit een winkel in de stad een rode plastic ceintuur en vergulde oorringen mee voor het zwarte meisje, Thebedi. Ze vertelde haar vader dat de bazin haar die had gegeven als beloning voor een karweitje dat ze had gedaan – het was waar dat ze soms werd geroepen om in het woonhuis van de boerderij te helpen. Tegen de meisjes in de kraal zei ze dat ze een vriendje had van wie niemand iets wist, heel ver weg, op een andere boerderij, en ze giechelden, plaagden en bewonderden haar. Er was een jongen in de kraal, Njabulo, die zei dat hij wilde dat híj een ceintuur en oorbellen voor haar had kunnen kopen.

Toen de boerenzoon thuis was met vakantie, zwierf ze ver weg van de kraal en haar vriendinnen. Hij ging alleen wandelen. Ze hadden dit niet afgesproken; het was een opwelling waaraan ze beiden onafhankelijk van elkaar gevolg gaven. Van grote afstand wist hij dat zij het was. Ze wist dat zijn hond niet tegen haar zou blaffen. Onderaan de opgedroogde rivierbedding, waar de kinderen vijf of zes jaar geleden een geweldige dag hadden beleefd omdat ze een leguaan hadden gevangen – een dier dat de ideale combinatie vormde van de afmeting en het woeste uiterlijk van een krokodil met de onschadelijkheid van een hagedis – hurkten ze naast elkaar op de zanderige oever. Hij vertelde haar reisverhalen over school, over de straffen die op school werden uitgedeeld in het bijzonder, waarbij hij zowel de zwaarte als zijn onverschilligheid ten opzichte van die straffen overdreef. Hij vertelde haar over de stad Middelburg, die ze nooit gezien had. Zij had niets te vertellen maar ze moedigde hem aan met tal van vragen, als een goed toehoorster. Terwijl hij praatte wrong en trok hij aan de wortels van de witte stinkbomen en de wilgen, die uit de geërodeerde aarde rondom hen staken. Het was daar beneden altijd een goede plek geweest voor kinderspelletjes, verborgen door de wirwar van oude, door mieren aangevreten bomen die op hun plaats werden gehouden door krachtige soortgenoten. Wilde asperge klom tussen de stammen omhoog en hier en daar stonden stekelige cactussen waarvan de bladeren ingevallen en borstelig waren als het gezicht van een oude man; zonder sap bleven ze in leven tot het volgende regenseizoen. Met een scherpe stok prikte ze onder het luisteren gaatjes in de droge huid van een cactus. Ze lachte veel om wat hij haar vertelde, soms liet ze haar hoofd op haar knieën vallen en deelde ze haar vrolijkheid met de koele, beschaduwde grond onder haar blote voeten. Ze trok haar schoenen aan – witte sandalen die dik in de Blanco waren gezet tegen het stof op de boerderij – wanneer ze thuis was, maar hier bij de rivierbedding werden ze uitgedaan en opzij gezet.

Op een zomermiddag, toen er water in stroomde en het erg warm was, waadde ze in de rivier zoals ze plachten te doen toen ze nog kinderen waren, haar jurk zedig bij elkaar genomen en in haar broek gestopt. De schoolmeisjes met wie hij ging zwemmen in stuwmeren of plassen bij naburige boerderijen droegen bikini's, maar bij de aanblik van hun buiken en dijen, oogverblindend in het zonlicht, had hij nooit gevoeld wat hij nu voelde toen het meisje tegen de oever opklom en naast hem ging zitten. De druppels die als kralen over haar donkere benen liepen waren de enige lichte plekken in de naar aarde geurende, diepe schaduw.

Ze waren niet bang voor elkaar, ze hadden elkaar altijd al gekend; hij deed met haar wat hij die keer bij het huwelijksfeest in de voorraadkamer had gedaan, en deze keer was het zo heerlijk, zo heerlijk, het verraste hem... en zij werd er ook door verrast – hij zag het in haar donkere gezicht dat een deel vormde van de schaduw, met haar grote, donkere ogen, glanzend als lieflijk water, waarmee ze hem oplettend aankeek, zoals ze had gedaan toen ze vroeger gehurkt bij hun spannen uit klei gemaakte ossen hadden gezeten, zoals ze had gedaan toen hij haar vertelde over de weekeinden waarin hij voor straf op school moest blijven.

Die zomervakantie gingen ze vaak naar de rivierbedding. Ze ontmoetten elkaar vlak voordat de schemering inviel, wat hier snel gebeurde, en gingen afzonderlijk naar huis terug wanneer het donker
werd – zij naar haar moeders hut, hij naar de boerderij – op tijd voor
het avondeten. Hij vertelde haar niet meer over school of over de
stad. Zij stelde geen vragen meer. Hij vertelde haar elke keer wanneer ze elkaar weer zouden ontmoeten. Een paar keer was dat heel
vroeg in de ochtend; het geloei van de koeien die naar de wei gedre-
ven werden om te grazen drong tot hen door waar ze lagen, ver-
deelde hen met de onuitgesproken herkenning van het geluid, die
ze in elkaars ogen lazen, wijd opengesperd en dicht bij elkaar.
Op school was hij een populaire jongen. Hij zat eerst in het tweede,
daarna in het eerste voetbalteam. Van de klassenoudste van de nonnenschool werd gezegd dat ze verliefd op hem was; hij vond haar
niet bijzonder aardig maar er was een knap, blond meisje dat haar
haar opgestoken droeg in de vorm van een donut met een zwart lint
eromheen, met wie hij naar de film ging wanneer de schooljongens
en -meisjes op zaterdagmiddag vrij hadden. Hij had met tractors en
andere landbouwvoertuigen gereden sinds zijn tiende jaar en zodra
hij achttien was haalde hij zijn rijbewijs. In de laatste zomervakantie van zijn schooltijd nam hij de dochters van de buren mee naar
dansfeestjes en naar de drive-in bioscoop die onlangs was geopend,
op twintig kilometer afstand van de boerderij. Zijn zusters waren
toen al getrouwd; zijn ouders lieten hem dikwijls tijdens een weekend toezicht houden op de boerderij wanneer ze de jonge huisvrou-
wen en hun kinderen gingen opzoeken.
Toen Thebedi op een zaterdagmiddag de boer en zijn vrouw zag
wegrijden, de achterbak van hun Mercedes gevuld met pasgeslacht
gevogelte en groenten uit de tuin, die door haar vader werd onderhouden, wist ze dat ze niet naar de rivierbedding moest gaan, maar
naar het huis. Het was een oud huis met dikke muren en alle luiken
waren dicht tegen de hitte. De keuken was een druk doorgangspunt
met bedienden, voedselvoorraden, bedelende katten en honden,
overkokende pannen, wasgoed dat werd ingevocht alvorens het ge-
streken kon worden, en de grote diepvrieskist, die de boerin uit de
stad had laten komen en waar een gehaakt kleedje op lag met een
vaas met plastic irissen. Maar de eetkamer met de zware bolpootta-
fel was vervuld van de zware, oude geur van soep en tomatensaus.
De gordijnen van de zitkamer waren dichtgeschoven en het tv-toe-

57

stel stond niet aan. De deur van de ouderslaapkamer was afgesloten en in de lege kamers waar de meisjes hadden geslapen waren plastic hoezen over de bedden gelegd. In een van deze kamers bleven zij en de boerenzoon hele nachten bij elkaar – bijna: ze moest de deur uit zijn voor de huisbedienden, die haar kenden, bij het aanbreken van de dag naar het huis kwamen. Als hij haar meenam naar zijn eigen slaapkamer liepen ze het risico dat iemand haar, of tekenen van haar aanwezigheid, zou ontdekken, hoewel ze er heel vaak naar binnen had gekeken wanneer ze in het huis moest helpen en ze de rij zilveren bekers die hij op school had gewonnen, heel goed kende.

Toen Thebedi achttien was en de boerenzoon, die bij zijn vader op de boerderij werkte tot hij aan zijn studie diergeneeskunde zou beginnen, negentien, vroeg Njabulo haar vader of hij met haar mocht trouwen. Njabulo's ouders maakten een afspraak met haar vader en moeder om het bedrag af te spreken dat hij moest betalen in plaats van de koeien, die gewoonlijk aan de ouders van een toekomstige bruid werden gegeven. Hij had geen koeien te bieden; hij was knecht op de boerderij van Eysendyck, evenals zijn vader. Een pientere jongen; de oude Eysendyck had hem leren metselen en gebruikte hem voor allerlei bouwwerkzaamheden op het bedrijf. Ze vertelde de boerenzoon niet dat haar ouders een huwelijk voor haar hadden geregeld. Ze vertelde hem evenmin, voor hij vertrok voor zijn eerste studietermijn aan de universiteit, dat ze dacht dat ze een baby verwachtte. Twee maanden na haar huwelijk met Njabulo schonk ze het leven aan een dochter. Dat was geen schande; bij haar volk is het gebruikelijk dat een jongeman zich er voor het huwelijk van overtuigt dat het door hem gekozen meisje niet onvruchtbaar is, en Njabulo was in die periode met haar naar bed geweest. Het kind had echter een heel lichte huid, die niet snel donkerder werd zoals die van de meeste Afrikaanse baby's. Al bij de geboorte had ze een massa steil, fijn dons op haar hoofdje, zoals dat waarin bepaalde zaden op de akkers groeien. De nog niet scherp ziende ogen die de baby opende, waren grijs met geel gevlekt. Njabulo had de matte, ondoorschijnende koffiekleur die altijd zwart was genoemd; de kleur van Thebedi's benen waarop waterdruppels een blauwige tint aannamen was dezelfde als die van Thebedi's gezicht, waarvan de zwarte, helder witomrande ogen, die zo geïnteresseerd keken, zo opvallend waren.

Njabulo beklaagde zich niet. Van het geld dat hij op de boerderij verdiend had kocht hij voor Thebedi's baby in de Indiase winkel een doos met een cellofaan deksel, die een roze plastic badje bevatte, zes luiers, een kaart veiligheidsspelden, een gebreid jasje, mutsje en sokjes, een jurkje en een busje Johnson's babypoeder.

Toen de baby twee weken oud was kwam Paulus Eysendyck met vakantie van de universiteit naar huis. Hij dronk een glas verse, nog warme melk in de keuken van zijn moeder, zoals hij dat als kind al had gedaan, en hoorde haar met de oude huishoudster bespreken waar ze een betrouwbare plaatsvervangster zouden kunnen vinden om haar te helpen nu het meisje Thebedi een baby had gekregen. Voor het eerst sinds hij een kleine jongen was, liep hij de kraal in. Het was elf uur 's ochtends. De mannen waren aan het werk op het land. Bezorgd keek hij om zich heen; de vrouwen wendden zich van hem af, geen van hen wilde door hem benaderd worden om aan te wijzen waar Thebedi woonde. Thebedi kwam langzaam te voorschijn uit de hut die Njabulo had gebouwd in de stijl van een huis voor blanken, met een blikken schoorsteen en een echt venster met glazen ruitjes die zo recht waren ingezet als muren van ongebakken steen maar wilden toelaten. Ze begroette hem met gevouwen handen en iets wat op het eerbiedige buiginkje leek dat ze gewend was voor zijn vader of moeder te maken. Hij bukte zich om de lage ingang van haar huis binnen te gaan. Hij zei: 'Ik wil het zien. Laat het me zien.'

Ze had het bundeltje van haar rug genomen voor ze naar buiten in het licht was gestapt om hem te begroeten. Ze liep tussen het ijzeren bed, dat was opgemaakt met Njabulo's geruite dekens, en de kleine houten tafel waarop het roze plastic badje tussen eten en pannen stond, door en pakte het bundeltje uit de kartonnen doos, waarin het behaaglijk onder een dekentje lag. Het kindje sliep en ze liet hem het kleine, bleke, bolle gezichtje zien, met een spuugbelletje in een van de mondhoeken. De kleine, tere handjes bewogen. Ze deed de baby het wollen mutsje af en het steile, dunne haar ging een beetje rechtop staan door de statische elektriciteit, als vergulde straaltjes. Hij zei niets. Ze keek naar hem zoals ze gedaan had toen ze klein waren en de groep kinderen bij hun spel een deel van de oogst hadden vertrapt of een andere overtreding hadden begaan wat hij, als de zoon van de boer, de enige blanke onder hen, zou moeten goedpraten bij zijn vader. Ze raakte het gezichtje aan door zachtjes met één vinger tegen een wangetje te tikken of te kriebelen.

59

Langzaam gingen de oogjes open, ze zagen niets, waren nog slaperig en dan, wakker en niet langer samengeknepen, keken ze hem
aan, grijs met gele vlekjes, zijn eigen lichtbruine ogen.

Hij worstelde een moment met een grimas van tranen, boosheid en
zelfmedelijden. Ze kon haar hand niet naar hem uitsteken. Hij zei:
'Je bent er niet mee in de buurt van het huis geweest?'

Ze schudde haar hoofd.

'Nooit?'

Opnieuw schudde ze haar hoofd.

'Neem het niet mee naar buiten. Blijf binnen. Kun je het niet ergens
heen brengen? Je moet het aan iemand geven – '

Ze liep met hem naar de deur.

Hij zei: 'Ik zal zien wat ik doen kan. Ik weet het niet.' En hij liet erop volgen: 'Ik zou mezelf het liefst van kant maken.'

Haar ogen begonnen te gloeien en ze sprongen vol tranen. Even was
er het gevoel tussen hen dat altijd kwam wanneer ze alleen waren,
bij de rivierbedding.

Hij wandelde weg.

Twee dagen later, toen zijn vader en moeder een dag weg waren van
de boerderij, kwam hij terug. De vrouwen waren op het land bezig
met wieden, wat ze in de zomer tussen hun andere werkzaamheden
door moesten doen; alleen de alleroudsten waren achtergebleven,
ze zaten op de grond voor de hutten in de vliegen en de zon. Thebedi vroeg hem niet om binnen te komen. De baby was niet in orde;
ze had diarree. Hij vroeg waar de babyvoeding was. Ze zei: 'De
melk komt van mij.' Hij liep Njabulo's huis in waar het kind lag;
ze kwam hem niet achterna maar bleef buiten voor de deur staan,
waar ze met nietsziende ogen naar een oud vrouwtje keek dat haar
verstand had verloren en in zichzelf zat te praten, en tegen de kip-
pen, die haar negeerden.

Ze dacht dat ze een zacht gekreun in de hut hoorde, de kreunende
geluidjes die een baby maakt wanneer hij, verzadigd, diep in slaap
is. Na een tijdje, lang of kort, dat wist ze niet, kwam hij naar buiten
en sjokte (op de manier van zijn vader) weg, uit het zicht, in de richting van zijn vaders huis.

De baby werd 's nachts niet gevoed en hoewel ze tegen Njabulo
bleef volhouden dat het kind sliep, zag hij 's morgens direct dat
het dood was. Hij troostte haar met woorden en liefkozingen. Ze
huilde niet maar bleef slechts naar de deur zitten staren. Onder zijn

aanraking voelden haar handen zo koud aan als de poten van een dode kip.

Njabulo begroef de kleine baby waar de boerenarbeiders werden begraven, op een plek in het veld die de boer hun had gegeven. Sommige heuveltjes droegen geen merkteken en verweerden op den duur, andere waren bedekt met stenen en een paar droegen omgevallen houten kruisen. Hij was van plan om een kruis te maken maar voor het af was kwam de politie, die begon te graven en de dode baby wegnam. Iemand – een van de andere arbeiders? een van hun vrouwen? – had verklaard dat de baby bijna blank was, dat het sterke, gezonde kind plotseling was gestorven nadat de zoon van de boer een bezoek had gebracht. De lijkschouwing op het lichaampje toonde aan dat er inwendige kwetsuren waren die niet altijd overeenkwam met een natuurlijke dood.

Thebedi ging voor het eerst naar de stad waar Paulus op school had gezeten, om te getuigen bij het voorlopig onderzoek naar de aanklacht van moord die tegen hem was ingediend. In de getuigenbank huilde ze hysterisch toen ze zei: ja, ja (de vergulde oorringen zwaaiden in haar oren heen en weer), ze had gezien dat verdachte de baby een vloeistof in haar mondje goot. Ze zei dat hij gedreigd had haar dood te schieten als ze het aan iemand vertelde.

Er ging meer dan een jaar voorbij voor, in dezelfde stad, de zaak voor de rechter kwam. Ze kwam naar de zitting met een pasgeboren baby op haar rug. Ze droeg vergulde oorringen; ze was kalm, ze zei dat ze niet gezien had wat de blanke man in het huis deed.

Paulus Eysendyck zei dat hij een bezoek aan de hut had gebracht maar dat hij het kind niet had vergiftigd.

De verdediging sprak niet tegen dat er een liefdesrelatie had bestaan tussen verdachte en het meisje, noch dat er gemeenschap had plaatsgevonden, maar bracht naar voren dat er geen bewijs was dat het kind van verdachte was.

De rechter zei tegen verdachte dat er een sterke verdenking tegen hem bestond maar dat er niet voldoende bewijs was dat hij het misdrijf had gepleegd. Het hof kon de getuigenverklaring van het meisje niet accepteren omdat duidelijk was dat ze meineed had gepleegd, hetzij tijdens dit proces, hetzij bij het voorlopig onderzoek. Het vermoeden bestond zelfs dat ze medeplichtig was aan het misdrijf; maar opnieuw: onvoldoende bewijs.

De rechter prees het gedrag van de echtgenoot (die in de zaal zat

61

met een bruingele golfpet die hij had gekocht om op zondag te dragen) omdat hij zijn vrouw niet had verstoten en 'zelfs, met zijn bescheiden middelen, kleertjes voor het ongelukkige kind had gekocht'.

De uitspraak luidde: 'niet schuldig'.

De jonge blanke weigerde de felicitaties van pers en publiek in ontvangst te nemen en verliet het gerechtsgebouw met zijn moeders regenmantel over zijn hoofd om zich onzichtbaar te maken voor de fotografen. Zijn vader zei tegen de journalisten: 'Ik zal zo goed mogelijk proberen mijn hoofd opgeheven te houden in de buurt.'

In een interview met een zondagskrant, die haar naam op verschillende manieren spelde, werd het zwarte meisje, sprekend in haar eigen taal, onder haar foto als volgt geciteerd: 'Het was iets uit onze kinderjaren, we zien elkaar niet meer.'

De ironie van haat

Ruth Rendell

Wanneer er over vijftig of honderd jaar een lijst wordt opgesteld met de beste schrijvers van deze tijd, zonder onderscheid naar genre, kan Ruth Rendell (1930-) daarop hoog eindigen, ondanks haar vereenzelviging met misdaad- en detectiveverhalen. Ze werd in Londen geboren als Ruth Barbara Grasemann, dochter van twee onderwijzers die beiden hun creativiteit kwijt konden in schilderen. Op achttienjarige leeftijd liet ze de universiteit voor wat hij was en startte een korte carrière als journaliste in Essex. Nadat ze collega-reporter Donald Rendell trouwde en een zoon kreeg, verliet ze de journalistiek voor het moederschap en zelfeducatie door middel van veel lezen.
In Rendells eerste boek *From Doom with Death* (1964, *Uit de sleur*), introduceerde ze het eigenaardige team van Reg Wexford en Mike Burden. Het is een zeer traditioneel verhaal, waarin de ingewikkeldheid van de plot uitnodigt tot de onvermijdelijke vergelijking met Agatha Christie. Rendell zou haar toewijding aan de ouderwetse, eerlijke puzzel nooit uit het oog verliezen, terwijl haar boeken wonnen aan psychologische en thematische diepte. Haar tweede roman, *To Fear a Painted Devil* (1965), behoort niet tot een serie, en gedurende haar hele loopbaan schreef ze zowel de Wexford en Burden boeken als de vaak duistere misdaadromans die zelfs een betere ontvangst kregen van critici. B.J. Rahn schreef over deze laatste boeken in de Scribner Writers Series in het deel *Mystery and Suspense Writers* (1998), dat ze waren 'gecentreerd rond het bewustzijn van het belangrijkste personage – dader of slachtoffer – wiens gevoelens van vervreemding, ongerustheid, angst, haat en pijn vanuit de eerste hand door de lezer worden gevoeld'. Rendell, die door haar vader Ruth werd genoemd en door haar moeder

Barbara, luistert naar beide namen en schrijft er tegenwoordig ook onder, nu ze het pseudoniem Barbara Vine heeft aangenomen met *A Dark-Adapted Eye* (1986, *Terugzien in duisternis*). Volgens Rahn tasten de boeken van Vine 'de diepte van de menselijke psyche af, meer volgens de wijze van Henry James, dan die van Patricia Highsmith of Alfred Hitchcock... De boeken onderscheiden zich door een subtiele benadering van het uitgangspunt van de vertelling en complexe patronen, die vaak verbazingwekkende, ironische verrassingen opleveren.'

Naast haar omvangrijke oeuvre van twee romans per jaar, heeft Rendell als korteverhalenschrijfster bepaald niet stilgezeten. Haar eerste bundel, *The Fallen Curtain and Other Stories* (1976, *Bijna menselijk en andere verhalen*) werd gevolgd door zeker zes andere, waaronder *Piranha to Scurfy and Other Stories* (2000, *De strandbutler en andere verhalen*). *De ironie van haat (The Irony Of Hate)*, waar in de eerste zin meteen wordt onthuld wie precies wat deed, is een goed voorbeeld van het psychologische inzicht van Rendell, evenals van haar vermogen de lezer te verrassen.

Ik heb Brenda Goring vermoord met een, naar ik meen heel ongebruikelijk motief. Ze kwam tussen mij en mijn vrouw. Daarmee bedoel ik niet te zeggen dat er iets abnormaals was aan hun relatie. Ze waren slechts heel goede vriendinnen, hoewel 'slechts' nauwelijks het woord is om een relatie aan te duiden die een voorheen geliefde echtgenoot vervreemdt en buitensluit. Ik vermoordde haar om mijn vrouw weer voor mezelf te hebben, maar in plaats daarvan heb ik ons misschien voorgoed van elkaar gescheiden en ik wacht angstig, in redeloze paniek en zo verschrikkelijk hulpeloos als ik me nog nooit gevoeld heb, het komende proces af.

Door de feiten neer te schrijven – en de ironie, de afschuwelijke ironie die erdoorheen loopt als een glanzende draad – kan ik er misschien toe komen alles duidelijker te zien. Misschien kan ik dan een manier vinden om die onverbiddelijke autoriteiten ervan te overtuigen hoe het echt was; om ervoor te zorgen dat mijn advocaat me gelooft en niet zijn wenkbrauwen optrekt en zijn hoofd schudt; om er in elk geval zeker van te zijn dat, als Laura en ik van elkaar gescheiden moeten worden, ze weet – als ze me uit de zaal ziet wegvoeren naar mijn langdurige gevangenschap – dat de waarheid bekend is en gerechtigheid is geschied.

Hier, alleen, met niets anders te doen dan te wachten op dat proces, kan ik boekdelen volschrijven over het karakter, het optreden, de neuroses van Brenda Goring. Ik zou het grootste boek aller tijden kunnen schrijven met haat als onderwerp. In deze context zou veel ervan echter niet relevant zijn, daarom zal ik het zo kort mogelijk houden.

In een of ander stuk van Shakespeare zegt een man: 'Had ik haar maar nooit gezien!' En het antwoord is: 'Dan zou je een heel mooie vrouw nooit gezien hebben.' Wel, ik wilde inderdaad dat ik Brenda nooit gezien had. En wat dat 'heel mooie vrouw' betreft, ik geloof dat ik het daar ook mee eens kan zijn. Ooit had ze een echtgenoot gehad. Ongetwijfeld om voorgoed van haar af te zijn betaalde hij haar een enorme alimentatie en had hij een bedrag op haar vastgezet waarmee ze het landhuis kocht aan dezelfde weg als waar ons huis aan ligt. Op ons dorp had ze de uitwerking die je kunt verwachten van een dergelijke nieuwkomer. Ze was geweldig, verbazingwekkend verfrissend vergeleken bij al die gepensioneerde echtparen en rustige weekendbezoekers, met haar kleren, haar lange, blonde haar, haar sportwagen, haar talenten en haar jetsetverleden. Dat wil zeggen, voor een poosje. Tot ze hun te veel werd.

Van het begin af aan klampte ze zich aan Laura vast. In zekere zin begrijpelijk, omdat mijn vrouw de enige vrouw in de buurt was van haar eigen leeftijd, daar al lang had gewoond en geen baan had. Maar ze zou zeker – althans, dat dacht ik aanvankelijk – Laura nooit uitgezocht hebben als ze een bredere keuze had gehad. Voor mij is mijn vrouw een schat, alles wat ik me had kunnen wensen, de enige vrouw om wie ik ooit werkelijk heb gegeven, maar ik weet dat ze op anderen verlegen en kleurloos overkomt – een eenvoudig, rustig huisvrouwtje. Wat had zij dus te bieden aan die extraverte, met fonkelende juwelen bezette vlinder? Laura gaf me zelf het begin van het antwoord.

'Heb je gemerkt dat de mensen beginnen haar links te laten liggen, schat? De Goldsmiths hebben haar vorige week niet op hun feestje gevraagd en Mary Williamson weigert haar op te nemen in de bazaarcommissie.'

'Ik kan niet zeggen dat het me verbaast,' zei ik. 'Zoals ze praat, en de dingen waarover ze praat.'

'Je bedoelt haar liefdesaffaires en dergelijke? Maar schat, ze heeft in kringen verkeerd waar dat heel normaal is. Het is voor haar heel natuurlijk om zo te praten, ze is gewoon open en eerlijk.'

'Ze verkeert nu niet meer in dergelijke kringen,' zei ik, 'en ze zal zich moeten aanpassen als ze geaccepteerd wil worden. Heb je op het gezicht van Isabel Goldsmith gelet toen Brenda vertelde dat ze een weekend was weggeweest met een vent die ze in een bar had opgepikt? Ik probeerde haar te laten ophouden met uitweiden over alle mannen die haar man tijdens de echtscheidingsprocedure had genoemd, maar ik kreeg de kans niet. En dan zegt ze altijd: "Toen ik met die-en-die samenleefde" en "Dat was tijdens mijn verhouding met hoe-heet-hij-ook-weer". Oudere mensen vinden dat een beetje schokkend.'

'Nou, wij zijn nog niet bejaard,' zei Laura, 'en ik hoop dat we een beetje ruimdenkender kunnen zijn. Je vindt haar aardig, toch?'

Ik ben altijd heel behoedzaam omgesprongen met mijn vrouw. Als dochter van intelligente, dominante ouders die haar kleineerden, groeide ze op met een onuitwisbaar minderwaardigheidsgevoel. Ze is een geboren slachtoffer dat er bijna om vraagt gekwetst te worden, en daarom heb ik geprobeerd haar nooit te kwetsen, haar zelfs nooit kwaad te maken. Dus het enige wat ik zei was dat Brenda heel geschikt was en dat ik, omdat ik de hele dag van huis was, blij was dat ze een vriendin van haar eigen leeftijd had gevonden die haar gezelschap hield.

Als Brenda alleen overdag haar vriendin en gezelschap was geweest, weet ik zeker dat ik er geen bewaar tegen zou hebben gehad. Ik zou eraan gewend zijn geraakt dat Laura dag in, dag uit, luisterde naar verhalen uit een wereld die ze nooit gekend had, dat ze buitenechtelijke seks en bedrog hoorde verheerlijken, en ik zou me veilig gevoeld hebben in de overtuiging dat ze onkreukbaar was. Maar ik moest 's avonds zelf ook met Brenda optrekken, wanneer ik thuiskwam van mijn lange rit. Ze was er altijd, ze hing kettingrokend op onze bank, met haar zijden broek of haar lange rok en hoge laarzen. Of ze kwam met een fles wijn aanzetten, precies op het moment dat we aan tafel gingen, om ons te betrekken in een van die favoriete gespreksonderwerpen van haar zoals: 'Is het huwelijk een uitstervend instituut?' of 'Zijn ouders noodzakelijk?' En om een of ander fraaiklinkend detail te illustreren kwam ze dan met haar persoonlijke ervaringen van het soort dat onze oudere vrienden zo van streek maakte.

Natuurlijk was ik niet verplicht om bij hen te blijven zitten. We hebben een groot huis, en ik kon naar de eetkamer gaan, of naar het vertrek dat Laura mijn studeerkamer noemde. Maar het enige wat ik wilde was, terugkrijgen wat ik altijd had gehad, een rustige avond samen met mijn vrouw. Het was nog erger wanneer we door Brenda werden uitgenodigd voor koffie of een borrel in haar uitbundig ingerichte, veel te volle landhuis, om het laatste te bekijken wat ze had gemaakt – ze was altijd aan het borduren en weven en pottenbakken en kliederen met waterverf – en de cadeaus te bewonderen die ze bij een of andere gelegenheid had gekregen van Mark of Larry of Paul of van een van de tientallen andere mannen die er in haar leven waren geweest. Wanneer ik weigerde te gaan werd Laura nerveus en terneergeslagen en daarna weer overdreven opgetogen als ik, na een paar gelukzalige Brenda-loze avonden, om haar een plezier te doen voorstelde even bij die aardige Brenda binnen te lopen.

Wat me geruststelde was de zekerheid dat een vrouw die kennelijk zo populair was bij het andere geslacht vroeg of laat een vriend zou krijgen en dan minder of helemaal geen tijd meer voor mijn vrouw zou hebben. Ik kon niet begrijpen waarom het niet al gebeurd was en dat zei ik tegen Laura.

'Ze ziet haar vrienden wanneer ze naar Londen gaat,' zei mijn vrouw.

'Ze nodigt er nooit een hier uit,' zei ik, en die avond, toen Brenda ons vergastte op een sterk gekleurd verhaal over een schilder die ze kende, ene Laszlo, die verschrikkelijk aantrekkelijk was en die haar aanbad, zei ik dat ik hem wel eens wilde ontmoeten en waarom nodigde ze hem niet uit voor het weekend?

Brenda wapperde met haar lange, groengelakte nagels en wierp Laura een samenzweerderige van-vrouw-tot-vrouw blik toe. 'En wat zouden al die oude bemoeials daarover te zeggen hebben, vraag ik me af?'

'Daar sta jij toch zeker boven, Brenda,' zei ik.

'Natuurlijk. Dan hebben ze weer iets om over te kletsen. Ik weet heel goed dat het alleen maar een kwestie van afgunst is. Ik kan Laszlo zo hier uitnodigen als ik dat wil, maar hij zou niet komen. Hij haat het buitenleven, hij zou zich dood vervelen.'

Blijkbaar hadden Richard en Jonathan en Stephen ook een hekel aan het buitenleven, of wilden ze zich niet vervelen, of hadden ze

67

geen tijd. Het was veel beter dat Brenda naar de stad ging om hen op te zoeken, en het viel me op dat ze, na mijn gevis naar Laszlo, vaker naar Londen scheen te gaan en dat de verhalen over haar escapades na deze bezoeken steeds sensationeler werden. Ik beschouw mezelf als een opmerkzaam man en weldra begon zich in mijn hoofd een idee te vormen dat zo fantastisch was dat ik, zelfs tegenover mezelf, weigerde eraan toe te geven. Maar ik nam een proef. In plaats van alleen naar Brenda te luisteren en zo nu een dan een zure opmerking ertussendoor te maken, begon ik haar vragen te stellen. Ik ving haar op namen en data. 'Ik dacht dat je zei dat je Marc in Amerika had ontmoet?' zei ik dan, of: 'Maar je ging toch pas na je scheiding met Richard op vakantie?' Ik zorgde ervoor dat ze in haar eigen verhalen verstrikt raakte zonder dat ze het besefte, en uiteindelijk begon het idee toch niet zo fantastisch te lijken. De laatste test vond plaats met Kerstmis.

Ik had gemerkt dat Brenda een totaal andere vrouw was wanneer ze met mij alleen was dan wanneer Laura bij ons was. Bijvoorbeeld, wanneer Laura naar de keuken was om koffie te zetten of, zoals in de weekends wel eens gebeurde, wanneer Brenda kwam aanlopen en Laura niet thuis was, gedroeg ze zich nogal koel en verlegen tegenover mij. Dan geen flamboyante gebaren en geen provocerende opmerkingen. Nee, Brenda babbelde dan over even alledaagse dorpsaangelegenheden als Isabel Goldsmith altijd deed. Niet bepaald gedrag dat je zou verwachten van een zogenaamde verleidster die alleen was met een jonge, redelijk knappe man. Toen drong tot me door dat Brenda, in de periode dat ze nog voor feestjes in het dorp werd uitgenodigd en nu, wanneer ze nog steeds buren ontmoette bij ons thuis, nooit ook maar één keer had geprobeerd met iemand te flirten. Waren alle mannen te oud voor haar om er moeite voor te doen? Was een slanke, knappe man die tegen de vijftig liep te oud om een prooi te zijn voor een vrouw die toch ook al de dertig gepasseerd was? Natuurlijk waren ze allemaal getrouwd, maar dat waren haar Paul en Stephen ook, en als je haar kon geloven, had ze geen wroeging gekoesterd dat ze hen van hun vrouwen had afgepakt.

Als je haar kon geloven. Dat was het punt. Geen van hen wilde de kerstdagen bij haar doorbrengen. Geen enkele Londense minnaar nodigde haar uit voor een feestje of bood aan om met haar weg te gaan. Ze zou natuurlijk bij ons zijn, met de kerstlunch, daarna de hele verdere dag, en op de party die we tweede kerstdag voor vrienden en familie gaven. Ik had een bosje mistletoe in onze hal opgehangen en op kerstochtend liet ik haar zelf binnen, omdat Laura druk bezig was in de keuken.

'Vrolijk kerstfeest,' zei ik. 'Geef me een zoen, Brenda,' en ik nam haar in mijn armen onder de mistletoe en kuste haar op de mond. Ze verstijfde. Ik durf te zweren dat ze huiverde. Ze was zo verlegen, zo bang en zo geschrokken als een onrijp meisje van twaalf. Toen wist ik het. Ze mocht dan getrouwd zijn geweest – en het was nu niet moeilijk te raden waardoor haar scheiding was veroorzaakt – maar ze had nooit een minnaar gehad of in iemands armen gelegen of was langer met een man alleen geweest dan ze kon voorkomen. Ze was frigide. Ze was een knap, levendig, gezond meisje, maar toch leed ze aan die speciale afwijking. Ze was zo koud als een non. Omdat ze de vernedering het te moeten toegeven echter niet kon verdragen had ze voor zichzelf een fantasieleven en een fantasieverleden gecreëerd, waarin ze de hoofdrol speelde van een verzonnen nymfomane.

Eerst beschouwde ik het als een enorme grap en ik kon bijna niet wachten om het aan Laura te vertellen. Maar ik was niet voor twee uur 's nachts met haar alleen en toen ik in bed stapte sliep ze al. Ik kon de slaap niet vatten. Mijn opwinding ebde weg toen ik begreep dat ik geen echt bewijs had en dat Laura, als ik haar zou vertellen wat ik had uitgehaald met mijn gevis en vragen en proefnemingen, zich slechts gekwetst en verontwaardigd zou voelen. Hoe kon ik haar vertellen dat ik haar beste vriendin had gekust en een ijzige reactie had gekregen? Dat ik, in haar afwezigheid, had geprobeerd met haar beste vriendin te flirten en dat ik was afgewezen? Naarmate ik er meer over nadacht begreep ik wat ik werkelijk had ontdekt: dat Brenda mannen haatte, dat er nooit een man zou komen die haar hier weghaalde of met haar wilde trouwen, hier zou komen wonen en al haar tijd in beslag nemen. Ze zou hier voorgoed alleen blijven, op een steenworp afstand van ons, dagelijks ons huis in- en uitlopen, en zij en Laura zouden samen oud worden.

Ik had natuurlijk kunnen verhuizen. Ik had Laura hier weg kunnen halen. Weg van haar vrienden? Van het huis en het buitenleven waar ze zo van hield? En welke garantie zou ik hebben gehad dat Brenda niet ook zou verhuizen om toch maar bij ons in de buurt te blijven? Want ik wist nu wat Brenda in mijn vrouw zag, een mak-

69

kelijk beet te nemen onschuldige vrouw, een vriendelijke, altijd goedgelovige toehoorster wier eigen gebrek aan ervaring haar ervan weerhield de hiaten en ongerijmdheden in dat warnet van onzin te doorzien en wier aandoenlijke pogingen om een vrouw van de wereld te lijken haar ervan weerhielden om afkeer te tonen. Toen de ochtend aanbrak en ik vol liefde en verdriet naar de naast me slapende Laura keek, wist ik wat ik moest doen. Het was het enige wat ik kon doen. In de periode van vrede en goede wil besloot ik Brenda Goring te vermoorden – voor mijn eigen gemoedsrust en die van Laura.

Het was gemakkelijker besloten dan gedaan. Ik werd aangemoedigd en gesterkt door de wetenschap dat ik in de ogen van iedereen geen motief zou hebben. Onze buren vonden ons geweldig liefdadig en verdraagzaam omdat we ons met Brenda inlieten. Ik besloot om heel aardig tegen haar te zijn in plaats van negatief en laconiek en toen het nieuwe jaar aanbrak begon ik bij Brenda aan te lopen wanneer ik van het postkantoor of de dorpswinkel terugkwam. Wanneer ik van mijn werk thuiskwam en Laura alleen aantrof vroeg ik waar Brenda was, waarna ik voorstelde haar meteen te bellen en te vragen of ze kwam eten, of een borrel drinken. Dit deed Laura enorm veel genoegen.
'Ik heb altijd het gevoel gehad dat je Brenda niet echt mocht, schat,' zei ze, 'en daar voelde ik me nogal schuldig over. Het is geweldig dat je begint in te zien hoe aardig ze feitelijk is.'
Wat ik werkelijk begon in te zien was hoe ik haar kon vermoorden zonder ontdekt te worden, want er gebeurde iets wat haar in mijn net dreef.
Aan de rand van het dorp, in een afgelegen huisje, woonde een oudere, ongetrouwde vrouw, Peggy Daley, en in de laatste week van januari werd in het huisje ingebroken en werd Peggy doodgestoken met een van haar eigen keukenmessen. Het werk van een psychopaat, scheen de politie te geloven, want er was niets gestolen of vernield. Toen het waarschijnlijk leek dat ze de moordenaar niet zouden vinden begon ik erover te denken of ik Brenda niet op dezelfde manier zou kunnen ombrengen, zodat het het werk zou lijken van dezelfde indringer. Ik was nog bezig dit uit te werken toen Laura griep kreeg, aangestoken door Mary Williamson.
Brenda kwam haar natuurlijk verplegen, ze kookte eten voor me en

ze hield het huis schoon. Omdat iedereen geloofde dat de moordenaar van Peggy Daley nog steeds in het dorp rondzwierf, wandelde ik 's avonds met Brenda mee naar haar huis, al stond dat maar een paar meter verder aan het smalle paadje dat langs onze achtertuin liep. Het was er aardedonker omdat we ons allemaal hevig verzet hadden tegen de aanleg van straatverlichting, en met ironisch genoegen merkte ik dat Brenda ineenkromp en zich terugtrok wanneer ik haar bij die gelegenheden een arm gaf. Ik stond er altijd op met haar mee naar binnen te gaan en alle lampen aan te doen. Toen Laura beter begon te worden, maar het enige wat ze 's avonds doen wilde was slapen, ging ik soms wat vroeger naar Brenda, dronk een slaapmutsje met haar en een keer, bij het weggaan, gaf ik haar op de drempel een vriendschappelijke kus om de buren, zo die al keken, te laten zien hoe goed we bevriend waren en hoezeer ik Brenda's vriendelijkheid tegenover mijn zieke vrouw op prijs stelde.

Toen kreeg ik zelf griep. Eerst leek dat mijn plannen in de war te sturen, want ik kon me niet veroorloven te lang te wachten. De mensen begonnen al minder bang te worden voor onze plunderende moordenaar en vervielen weer in hun oude gewoonte om hun achterdeuren niet op slot te doen. Opeens begreep ik echter hoe mijn ziekte in mijn voordeel kon werken. Op een maandag, toen ik al drie dagen aan mijn bed gekluisterd was en Brenda als zorgende engel bijna evenveel drukte over me maakte als mijn eigen vrouw, merkte Laura op dat ze die avond niet naar de Goldsmiths zou gaan zoals ze beloofd had, omdat het haar niet goed leek me alleen te laten. In plaats daarvan zou ze, als ik me dan wellicht beter voelde, woensdag gaan om Isabel te helpen een jurk te knippen. Brenda had natuurlijk kunnen aanbieden om in Laura's plaats bij me te blijven en ik geloof dat het Laura een beetje verbaasde dat ze het niet deed. Ik kende de reden en moest er inwendig een beetje om lachen. Dat Brenda zich uitsloofde en ons onthaalde op verhalen over alle mannen die ze in het verleden had verpleegd was één ding, om bij een niet al te zieke man alleen in diens slaapkamer te blijven was iets totaal anders.

Daarom moest ik ziek genoeg zijn om mezelf een alibi te verschaffen maar niet ziek genoeg om Laura thuis te laten blijven. Op de bewuste woensdagochtend voelde ik me een stuk beter. Dokter Lawson kwam op de terugweg van zijn middagvisites even langs en verklaarde, na een grondig onderzoek, dat er nog steeds slijm in mijn

71

borstholte zat. Terwijl hij in de badkamer zijn handen waste en iets met zijn stethoscoop deed hield ik de thermometer, die hij in mijn mond had gestopt, tegen de radiator aan het voeteneind van het bed. Het werkte beter dan ik had gehoopt; feitelijk werkte het bijna te goed. Het kwik liep op tot bijna veertig graden en ik speelde erop in door met zwakke stem te zeggen dat ik me duizelig voelde en afwisselend lag te transpireren en te rillen.

'Hou hem in bed,' zei dokter Lawson, 'en geef hem veel warm drinken. Ik betwijfel of hij kan opstaan, ook al zou hij het proberen.'

Ik zei nogal beschaamd dat ik het had geprobeerd maar dat het niet gelukt was en dat mijn benen aanvoelden als gelatinepudding. Onmiddellijk zei Laura dat ze die avond niet weg zou gaan en ik dankte Lawson in stilte toen hij tegen haar zei dat ze niet zo mal moest doen. Het enige waar ik behoefte aan had was rust, en veel slaap. Na een massa protesten en zelfverwijt en de belofte dat ze niet langer zou wegblijven dan op zijn hoogst twee uur, ging ze eindelijk om zeven uur weg.

Zodra de auto was weggereden stond ik op. Vanuit mijn slaapkamerraam kon ik Brenda's huis zien; er brandde licht, maar de lamp in het portiek was niet aan. Het was een donkere nacht, zonder maan of sterren. Ik trok een broek en een trui aan over mijn pyjama en daarna liep ik naar beneden.

Halverwege de trap wist ik dat ik niet had hoeven doen of ik ziek was en evenmin de list van de thermometer had hoeven toepassen. Ik wás ziek. Ik rilde en stond te slingeren op mijn benen, grote golven duizeligheid overspoelden me en ik moest me om steun vasthouden aan de leuning. Dat was niet het enige wat mis was gegaan. Ik was van plan geweest om, wanneer de daad was volbracht en ik weer thuis was, mijn jas en handschoenen in stukken te knippen met Laura's elektrische schaar en daarna de stukken te verbranden in de open haard in de zitkamer. Ik kon de schaar echter niet vinden en ik begreep dat Laura die moest hebben meegenomen om de jurk te knippen. Nog erger, er brandde geen vuur in de haard. Onze centrale verwarming werkte uitstekend en we hadden de haard alleen omdat het prettig en gezellig was, maar Laura had niet de moeite genomen een vuur aan te leggen nu ik ziek boven lag. Op dat moment gaf ik het bijna op. Maar het was nu of nooit. Ik zou nooit meer in dergelijke omstandigheden verkeren of de kans hebben op zo'n alibi. Of ik vermoord haar nu, dacht ik, of ik blijf de rest van mijn leven gevangen in een weerzinwekkende ménage à trois.

De regenjassen en handschoenen die we gebruikten wanneer we in de tuin werkten, bevonden zich in een keukenkast naast de achterdeur. Laura had alleen de lamp in de hal aangelaten en het leek me niet verstandig om meer licht te maken. In het halfduister tastte ik in de kast naar mijn regenjas; ik vond hem en trok hem aan. Hij leek strak te zitten, mijn lichaam was zo stram en bezweet, maar ik slaagde erin de jas dicht te knopen en daarna trok ik de handschoenen aan. Ik pakte een van onze keukenmessen en liet mezelf uit via de achterdeur. Het vroor niet, maar de avondlucht was schraal, kil en vochtig.

Ik liep de tuin uit, het pad op en daarna de tuin van Brenda's huis in. Op de tast schuifelde ik langs het huis, want er brandde daar helemaal geen licht. De keukenlamp was echter aan en de achterdeur zat niet op slot. Ik klopte aan en ging naar binnen zonder op antwoord te wachten. Brenda was, in volledige avondkleding, glanzend truitje, gouden ketting, lange rok, bezig haar eenzame avondmaaltijd klaar te maken. Op dat moment, voor het eerst, toen het er niet meer toe deed, toen het te laat was, kreeg ik medelijden met haar. Ze was een knappe, rijke, begaafde vrouw met de reputatie van een verleidster, maar in werkelijkheid ontbrak het haar aan mensen die echt om haar gaven, zoals dat ook met de arme, oude Peggy Daley het geval was geweest. Daar stond ze, gekleed alsof ze naar een feestje moest, spaghetti uit blik op te warmen in een keuken van een landhuisje, ergens in nergensland.

Ze draaide zich om, angstig, maar dat was geloof ik alleen omdat ze altijd bang was, wanneer we met zijn tweeën waren, dat ik zou proberen om met haar te vrijen.

'Wat doe je uit bed?' vroeg ze en daarna: 'Waarom heb je die kleren aan?'

Ik gaf geen antwoord. Ik stak haar in haar borst, en nog eens, en nog eens. Ze gaf geen ander geluid dan een zacht, verstikt gekreun en daarna zakte ze in elkaar op de grond. Hoewel ik geweten had hoe het zou zijn en erop had gehoopt, was de schok zo groot en had ik me aldoor zo zweverig en vreemd gevoeld, dat het enige wat ik wilde was, zelf ook op de grond gaan liggen, mijn ogen dichtdoen en slapen. Dat was onmogelijk. Ik draaide de vlam van het fornuis uit. Ik controleerde of er geen bloed aan mijn broek en mijn schoenen was gekomen, hoewel er natuurlijk veel op de regenjas zat, en vervolgens strompelde ik naar buiten, nadat ik het licht achter me had uitgedaan.

Ik weet niet meer hoe ik de weg terug heb gevonden, het was erg donker, ik voelde me licht in het hoofd en mijn hart bonsde. Ik had nog voldoende tegenwoordigheid van geest om de regenjas en de handschoenen uit te trekken en die in de vuilverbrander in de tuin te stoppen. De volgende ochtend zou ik genoeg kracht moeten verzamelen om ze te verbranden voor Brenda's lichaam werd gevonden. Het mes waste ik af, waarna ik het weer in de la legde.

Ongeveer vijf minuten nadat ik weer in bed was gestapt, kwam Laura thuis. Ze was minder dan een half uur weggeweest. Ik draaide me om en het lukte me om me op te richten en te vragen waarom ze zo snel terug was. Ik kreeg de indruk dat ze eigenaardig afwezig keek.

'Wat is er?' mompelde ik. 'Was je ongerust over me?'

'Nee,' zei ze, 'nee.' Maar ze kwam niet naar me toe om haar hand op mijn voorhoofd te leggen. 'Het was – Isabel Goldsmith vertelde me iets – ik raakte overstuur – ik... Het heeft geen zin om er nu over te praten, daar ben je te ziek voor.' Ze zei het op scherpere toon dan ik haar ooit had horen gebruiken. 'Kan ik iets voor je doen?'

'Ik wil alleen maar slapen,' zei ik.

'Ik slaap wel in de logeerkamer. Welterusten.'

Dat klonk heel redelijk, maar gedurende ons hele huwelijk hadden we nog nooit apart geslapen en ze kon toch zeker niet bang zijn om griep te krijgen, die had ze nog maar kort geleden gehad. Ik was echter niet in een toestand om me daar druk over te maken en ik viel in de onrustige, door ijldromen geteisterde slaap van iemand die koorts heeft. Een van die dromen kan ik me nog herinneren. Daarin vond Laura zelf Brenda's lichaam, een niet onwaarschijnlijke gebeurtenis.

Ze vond het echter niet. Dat deed Brenda's werkster. Ik wist wat er gebeurd moest zijn want door het raam zag ik de politieauto aankomen. Zowat een uur later kwam Laura naar mijn kamer om me het nieuws te vertellen; ze had het van Jack Williamson gehoord.

'Het moet dezelfde man geweest zijn die Peggy vermoord heeft,' zei ze.

Ik voelde me al beter. Alles ging goed. 'Arme schat,' zei ik, 'je moet je ellendig voelen, jullie waren zulke goede vriendinnen.'

Ze zei niets. Ze trok mijn dekens recht en daarna liep ze de kamer uit. Ik wist dat ik zou moeten opstaan om de inhoud van de vuilverbrander te verbranden, maar ik kon niet uit mijn bed komen. Ik probeerde mijn voeten op de grond te zetten, maar het leek alsof de vloer omhoogkwam en me terugduwde. Ik maakte me niet al te veel zorgen. De politie zou denken wat Laura dacht, wat iedereen zou denken.

Die middag kwamen ze – een inspecteur en een brigadier. Laura nam hen mee naar onze slaapkamer en daar praatten ze met ons beiden. De inspecteur zei dat hij had begrepen dat we goede vrienden waren van de overleden vrouw, hij wilde weten wanneer we haar voor het laatst gezien hadden en wat we de vorige avond hadden gedaan. Daarna vroeg hij of we er enig idee van hadden wie haar vermoord zou kunnen hebben.

'Die maniak die de andere vrouw heeft vermoord, natuurlijk,' zei Laura.

'Ik begrijp dat u de krant nog niet gelezen hebt,' zei hij.

Meestal deden we dat wel. Het was mijn gewoonte om op kantoor een ochtendblad te lezen en een avondblad mee naar huis te nemen. Maar ik was ziek thuis geweest. Het bleek dat er de vorige ochtend een man was gearresteerd voor de moord op Peggy Daley. Door de schok kromp ik in elkaar en ik weet zeker dat ik bleek werd, maar de politiemensen schenen het niet te merken. Ze bedankten ons voor onze medewerking, verontschuldigden zich omdat ze een zieke hadden lastiggevallen, en daarna vertrokken ze. Toen ze weg waren vroeg ik Laura wat Isabel de vorige avond tegen haar had gezegd, waardoor ze zo van streek was geraakt. Ze kwam naar me toe en sloeg haar armen om me heen.

'Het doet er nu niet meer toe,' zei ze. 'Die arme Brenda is dood en het was een afschuwelijke manier om te sterven, maar – nou, het is misschien heel slecht van me – maar het spijt me niet. Kijk me niet zo aan, lieverd. Ik hou van je en ik weet dat jij van mij houdt, en nu moeten we haar vergeten en dan wordt het weer net als vroeger. Je weet wel wat ik bedoel.'

Ik wist het niet, maar ik was blij dat het, wat het dan ook was, over was gewaaid. Ik had al genoeg aan mijn hoofd, daar kon ik geen verkoeling tussen mij en mijn vrouw bij gebruiken. Hoewel Laura die nacht weer naast me lag kon ik bijna niet slapen omdat ik me zorgen maakte over die kleren in de vuilverbrander. De volgende ochtend

75

verklaarde ik met zoveel bravoure als ik kon opbrengen, dat ik me een stuk beter voelde. Ik kleedde me aan en kondigde, ondanks Laura's tegenwerpingen, aan dat ik de tuin in ging. De politie was er al, ze doorzochten de tuinen van iedereen en in die van Brenda waren ze zelfs aan het graven.

Die dag en de daarop volgende lieten ze me met rust, maar ze kwamen nog wel een keer langs om alleen met Laura te praten. Ik vroeg haar wat ze gezegd hadden, maar ze wimpelde mijn vragen achteloos af. Ik veronderstel dat ze vond dat ik me niet goed genoeg voelde om te horen dat ze naar mijn bewegingen hadden gevraagd en naar mijn houding ten opzichte van Brenda.

'Alleen een massa routinevragen, schat,' zei ze, maar ik was ervan overtuigd dat ze bang was om me, en er ontstond tussen ons een barrière van haar angst om mij en mijn angst voor mezelf. Het lijkt ongelooflijk, maar die zondag spraken we nauwelijks met elkaar en wanneer we het deden werd Brenda's naam niet genoemd. 's Avonds zaten we zwijgend bij elkaar, ik met mijn arm om Laura heen geslagen, haar hoofd rustte op mijn schouder – wachtend, wachtend...

De ochtend bracht ons de politie met een huiszoekingsbevel. Ze vroegen Laura naar de zitkamer te gaan en mij om in de studeerkamer te wachten. Ik wist dat het nog slechts een kwestie van tijd was. Ze zouden het mes vinden, en natuurlijk zouden ze Brenda's bloed erop aantreffen. Ik had me zo ziek gevoeld toen ik het schoonmaakte, dat ik me niet meer kon herinneren of ik het had schoongeboend of het eenvoudig onder de kraan had afgespoeld.

Na een hele tijd kwam de inspecteur alleen binnen.

'U hebt ons verteld dat u een goede vriend van mevrouw Goring was.'

'Ik kon goed met haar opschieten,' zei ik, pogend mijn stem rustig te houden. 'Ze was eigenlijk meer een vriendin van mijn vrouw.'

Hij schonk er geen aandacht aan. 'U hebt ons niet verteld dat u intiem met haar was, dat u, om precies te zijn, een seksuele relatie met haar had.'

Niets wat hij had kunnen zeggen zou me meer verbaasd hebben. 'Dat is absolute nonsens!'

'O, ja? We hebben het uit heel goede bron.'

'Welke bron?' zei ik. 'Of is dat een van die dingen die u niet mag zeggen?'

'Ik zie er geen kwaad in om het u te vertellen,' zei hij vlot. 'Mevrouw Goring zelf heeft het in Londen aan twee vriendinnen meegedeeld. Ze heeft het tegen een van uw buren gezegd, die ze op een feestje bij u thuis had ontmoet. U werd gezien toen u avonden alleen doorbracht bij mevrouw Goring terwijl uw vrouw ziek was, en we hebben een getuige die gezien heeft dat u haar een kus gaf bij het afscheid.'

Nu wist ik wat het was dat Isabel Goldsmith aan Laura had verteld en wat haar zo overstuur gemaakt had. De ironie ervan, de ironie... Waarom had ik, Brenda's reputatie en Brenda's fantasieën kennende, niet vermoed welke draai er zou worden gegeven aan mijn zogenaamde vriendschap met haar? Dat was een motief, en ik had me juist aan het gebrek aan een motief vastgeklampt als laatste strohalm. Mannen vermoorden hun maîtresses, uit jaloezie, uit frustratie, uit angst voor ontdekking.

Maar ik kon Brenda's fantasieën toch wel zo verdraaien dat ik er voordeel bij had?

'Ze had tientallen vrienden, minnaars of hoe u ze noemen wilt. Ieder van hen kan haar vermoord hebben.'

'Integendeel,' zei de inspecteur, 'afgezien van haar ex-man die in Australië woont, hebben we geen andere man in haar leven kunnen ontdekken dan u.

Wanhopig riep ik uit: 'Ik heb haar niet vermoord! Dat zweer ik!'

Hij keek verbaasd. 'O, dat weten we.' Voor het eerst sprak hij me met meneer aan. 'Dat weten we, meneer. Niemand beschuldigt u ergens van. We hebben de verklaring van dokter Lawson, dat u die avond fysiek niet in staat was om uit bed te komen, en de regenjas en de handschoenen die we in uw vuilverbrander hebben aangetroffen zijn niet van u.'

Tastend in het donker, wankelend, de mouwen van de regenjas te kort, de schouders te krap... 'Waarom heb je die kleren aan?' had ze gevraagd voor ik haar neerstak.

'Ik zou graag zien dat u probeert kalm te blijven, meneer,' zei hij heel zacht. Maar sindsdien ben ik niet meer kalm geweest. Ik heb telkens weer bekend. Ik heb verklaringen geschreven. Ik heb geprotesteerd, ben tekeergegaan, heb met hen alle details doorgenomen van wat ik die avond gedaan had. Ik heb gehuild. Daarna zei ik niets meer. Ik kon hem alleen maar aanstaren. 'Ik ben naar u toegekomen, meneer,' zei hij, 'om eenvoudig een feit bevestigd te zien waarvan we al zeker waren, en om u te vragen of u met uw vrouw wilt meegaan naar het politiebureau, waar ze in staat van beschuldiging zal worden gesteld voor de moord op mevrouw Brenda Goring.'

Een doodordinaire moord

P.D. James

P(hyllis) D(orothy) James (1920-) werd geboren in Oxford. Al op jonge leeftijd ontdekte ze haar liefde voor schrijven en het liefst had ze daarvan haar professie gemaakt. Maar het gewone leven kwam tussenbeide: haar man raakte arbeidsongeschikt tijdens de Tweede Wereldoorlog en zo werd James kostwinner van haar jonge gezin. Bijna twintig jaar lang werkte ze in een ziekenhuis in Noordwest-Londen. Daarna was ze tot 1979 werkzaam bij het ministerie van Binnenlandse Zaken, waar ze zich bezighield met politieaangelegenheden. Na haar pensioen was James nog geruime tijd actief als voorzitter van de sectie Letteren van het Arts Council en als bestuurslid van de BBC.
Via haar werk kwam James uitgebreid in aanraking met laboratoriumtechnieken, forensische methodiek en crimineel gedrag. Zo vergaarde zij ruim voldoende stof voor haar romans. James' eerste boek *Cover Her Face* (1962, *Geen prijs te hoog*) schreef ze, volgens de overlevering, grotendeels in de forensentrein. Hierin introduceert ze Scotland Yard-detective/dichter Adam Dalgliesh. Bijna alle boeken over de scherpe, sardonische en gereserveerde Dalgliesh zijn, zoals *Death of an Expert Witness* (1977, *Dood onder deskundigen*) en *A Taste for Death* (1986, *Dodenmis*) voor televisie verfilmd, overigens niet altijd tot volle tevredenheid van zijn schepster.
James' werkwijze kenmerkt zich door een grondige voorbereiding van de puzzel. Ze pleegt uitgebreid research en pas daarna worden plot en verhaallijn, ingenieus en vol valkuilen voor de lezer, vakkundig met elkaar verweven. Op de vraag of het misdaadgenre wel tot de literatuur kan worden gerekend, zegt James stellig 'dat misdaadromans niet zomaar opzij kunnen worden gezet eenvoudigweg omdat het

misdaadromans zijn'. Zij is van mening dat binnen het genre een aantal van de beste Engelstalige romans zijn verschenen, en bovendien: 'zijn romans gewoon goed of slecht'.
In 1991 werd James op twee continenten geëerd voor haar verdiensten; in Engeland werd ze in de adelstand verheven als Barones James of Holland Park en in de Verenigde Staten ontving zij de Mystery Writers of America Grandmasters Award. Voor haar gehele oeuvre ontving ze bovendien de Diamond Dagger.
James schreef tot op heden zestien romans, waarin behalve Dalgliesh ook tweemaal de privé-detective Cordelia Gray voorkomt (in *The Skull Beneath the Skin* (1982, *Treurspel voor een moordenaar*) kruisen beiden zelfs elkaars pad). In 2000, in haar tachtigste levensjaar, publiceerde ze haar autobiografie, *Time To Be in Earnest*. James schreef ook een aantal korte verhalen, waarin ze vooral het thema menselijke dwalingen van verschillende kanten benaderde. *Een doodordinaire moord (Moment Of Power)* is een rechtbankdrama.

'Op zaterdag zijn we om twaalf uur dicht,' zei het blondje in het makelaarskantoor. 'Dus als u de sleutel dan nog hebt, doe hem dan door de brievenbus. Het is de enige sleutel die we hebben, en misschien zijn er mensen op maandag die het willen bezichtigen. Wilt u hier uw handtekening zetten, meneer?'
Het 'meneer' kwam er moeizaam achteraan. Haar toon was afkeurend. Ze wist bijna wel zeker dat deze verlopen oude man met zijn verfijnde maniertjes en zijn harde stem, de flat niet zou kopen. In haar werk kreeg je een neus voor wie echt geïnteresseerd was. Ernest Gabriel. Vreemde naam: zowel burgerlijk als chic.
Maar hij nam de sleutel beleefd genoeg aan en bedankte haar voor de moeite. Het was bepaald geen moeite, dacht ze. Er waren maar heel weinig mensen geïnteresseerd in die smerige flat, en zeker tegen de prijs die ze ervoor vroegen. Wat haar betrof kon hij die sleutel een week lang houden.
Ze had gelijk. Gabriel wilde inderdaad niet kopen, alleen maar kijken. Na zestien jaar kwam hij eindelijk weer terug. Hij kwam niet als pelgrim en ook niet als boeteling. Hij was teruggekomen zonder precies te weten waarom. Hij was onderweg naar het enige familielid dat nog leefde, een oudere tante, die kort geleden in een rusthuis

was gaan wonen. Hij had niet eens geweten dat de bus langs de flat zou rijden.

Maar opeens denderden ze door Camden Town en kwam de weg hem bekend voor, als een foto die opeens scherp wordt, en met een schok herkende hij de winkel en de flat erboven. Er hing een aanplakbiljet van een makelaar voor het raam. Zonder erbij na te denken, stapte hij de volgende halte uit en liep hij terug om te controleren of hij de naam goed had gelezen, en liep toen naar het kantoor dat een kilometer verderop lag. Het was net zo natuurlijk en onvermijdelijk geweest als de dagelijkse busreis naar zijn werk.

Twintig minuten later draaide hij de sleutel om in het slot van de voordeur en liep hij de bedompte lege flat binnen. De smerige muren roken nog naar eten. Er lagen een heleboel enveloppen op de grond waar eerder geïnteresseerden op hadden gelopen en vies gemaakt hadden. Er hing een peertje in de gang en de deur naar de woonkamer stond open. Rechts van hem was de trap en links de keuken.

Gabriel keek even om zich heen en ging toen naar de keuken. Door het raam, met de smoezelige vitrage, kon hij het grote zwarte gebouw zien dat achter de flat stond. Het had bijna geen ramen, op eentje na op de vierde verdieping. Door dat ene raam had hij zestien jaar geleden Dennis Speller en Eileen Morrisey hun drama tot het bittere eind zien spelen.

Hij had hen helemaal niet mogen zien, hij had zelfs helemaal daar niet mogen zijn na zes uur 's avonds. Dat was nu het hele punt geweest. Het was toeval geweest. Meneer Maurice Bootman had hem als archiefmedewerker opdracht gegeven om de papieren van de overleden meneer Bootman te bekijken in de kamer boven, voor het geval er stukken tussen zaten die gearchiveerd moesten worden. Het waren geen vertrouwelijke of belangrijke stukken, die waren al maanden geleden door de familie en de advocaten van het bedrijf in orde gebracht. Het ging hier om een vergeelde verzameling verouderd papier, oude rekeningen, ontvangstbewijzen en krantenartikelen die bij elkaar gebonden in meneer Bootmans bureau hadden gelegen. Hij had een heleboel onbelangrijke dingen bewaard.

Maar achter in de onderste linkerla had Gabriel een sleutel gevonden. Zonder te weten waarom had hij geprobeerd de kast in de hoek ermee te openen. Hij paste. En in de kast had Gabriel de kleine maar zeer exquise collectie pornografie van de overleden meneer Bootman aangetroffen.

Hij wilde de boeken lezen en niet hier en daar een regel terwijl hij met een oor zat te luisteren of er iemand de trap op kwam of dat de lift naar boven kwam, en bang dat iemand zou merken dat hij niet op zijn plek zat in het archief. Nee, hij wilde ze lezen in alle rust en alleen. En dus bedacht hij een plan.

Het was geen ingewikkeld plan. Als trouwe medewerker had hij een Yale sleutel voor de zij-ingang waar de leveranciers hun spullen brachten. De portier sloot hem 's avonds aan de binnenkant af voor zijn dienst erop zat. Omdat Gabriel altijd als een van de laatsten wegging, kon hij zonder problemen de deur weer van het slot doen voor hij met de portier via de hoofdingang het pand verliet. Hij durfde het maar één keer per week te doen, en daar koos hij de vrijdag voor.

Hij ging dan snel naar zijn zitslaapkamer, at in zijn eentje naast de gaskachel zijn eten op, ging weer terug naar zijn werk en ging door de zij-ingang naar binnen. Hij moest er nog wel voor zorgen op maandagmorgen als eerste aanwezig te zijn zodat hij de zij-ingang weer op slot kon doen voor de portier hem zoals altijd opende voor de leveranciers.

Die vrijdagavonden werden een heerlijke en schandelijke vreugde voor Gabriel. Het was altijd hetzelfde. Hij zat in de lage leren stoel van de oude meneer Bootman voor de haard, gebogen over het boek op zijn schoot, terwijl hij de woorden las die door de zaklantaarn beschenen werden. Hij durfde het licht nooit aan te doen en al was het nog zo koud, hij deed nooit de kachel aan. Hij was bang dat het geluid ervan naderende voetstappen zou maskeren, dat de gloed door de dikke gordijnen te zien zou zijn, of dat de gaslucht er maandagochtend nog zou hangen en hem zou verraden. Hij was als de dood dat hij gesnapt zou worden, maar deze angst droeg wel bij tot de opwinding van dat geheime pleziertje.

Op de derde vrijdag in januari zag hij hen voor het eerst. Het was een bewolkte nacht zonder sterren en niet zo koud. Het had eerder die avond geregend en de straten waren nog nat. Gabriel veegde goed zijn schoenen voor hij de trappen naar de vierde verdieping nam. De kleine kamer rook zurig en bedompt, het was er kouder dan buiten. Hij vroeg zich af of hij misschien het raam open kon doen voor wat frisse lucht.

Op dat moment zag hij de vrouw. Onder hem bevonden zich de achteruitgang van twee winkels, met boven elk een flat. De ene flat had dichtgetimmerde ramen, maar de andere zag er bewoond uit. Je kon er komen via een ijzeren trap op het binnenplaatsje. Hij zag de vrouw in het schijnsel van een straatlantaarn terwijl ze onder aan de trap stond te zoeken in haar tas. Opeens liep ze vlug de trap op en rende ze over de galerij naar de deur van de flat.

Hij zag haar steels de deur van de flat openmaken en snel naar binnen gaan. Hij zag nog net dat ze een lichte regenjas droeg en dat ze een bos blond haar had en een netje droeg met wat boodschappen erin. Het had er allemaal stiekem uitgezien, zoals ze daar in haar eentje dat huis in ging.

Gabriel wachtte. Na een paar seconden zag hij het licht aangaan in een ruimte links van de deur. Dat zou de keuken kunnen zijn. Hij zag haar silhouet heen en weer lopen, bukken en opstaan. Hij had het vermoeden dat ze de boodschappen aan het uitpakken was. Toen ging het licht uit.

Heel even was de hele flat donker. Toen ging het licht boven aan, een helderer licht zodat de vrouw beter te zien was. Ze wist waarschijnlijk zelf niet hoe goed. De gordijnen waren wel dicht, maar ze waren erg dun. Misschien waren de eigenaars onvoorzichtig geworden in de overtuiging dat er toch niemand op hen lette. Hoewel het silhouet van de vrouw niet scherp gedefinieerd was, kon Gabriel toch zien dat ze een dienblad droeg. Het kon zijn dat ze wat in bed wilde eten. Ze was zich nu aan het uitkleden.

Hij kon zien hoe ze de kledingstukken over haar hoofd uittrok en zich toen bukte om haar kousen los te maken en haar schoenen uit te doen. Opeens kwam ze vlak bij het raam en kon hij haar silhouet heel duidelijk zien. Het zag er naar uit dat ze stond te kijken en te luisteren. Gabriel merkte dat hij zijn adem inhield. Toen liep ze weg en werd het licht zwakker. Hij vermoedde dat ze de grote lamp uitgeknipt en een leeslampje bij het bed had aangedaan. De kamer had nu een zachtere, roze gloed waarin de vrouw zich bewoog, zo onwerkelijk als in een droom.

Gabriel stond met zijn neus tegen het raam gedrukt te kijken. Even na acht uur verscheen de jongen. Gabriel dacht altijd aan hem als de 'jongen'. Zelfs van die afstand was zijn jeugdige kwetsbaarheid duidelijk te zien. Hij liep met meer vertrouwen naar de flat toe dan de vrouw, maar ook hij liep snel en hij bleef even boven aan de trap stilstaan om het plaatsje onder hem te controleren.

Ze had vast zitten wachten op zijn klopje. Ze deed onmiddellijk de deur op een kier open. Gabriel wist dat ze daar in haar blootje stond. En toen waren er twee schaduwen in de kamer boven, schaduwen die samen kwamen, zich losmaakten en weer samen kwamen voor ze naar het bed liepen waar Gabriel ze niet meer kon zien.

De volgende vrijdag stond hij op de uitkijk om te zien of ze weer zouden komen. Ze kwamen inderdaad, en rond dezelfde tijd, eerst de vrouw om tien voor halfacht en veertig minuten later de jongen. En weer stond Gabriel op zijn wachtpost gefascineerd toe te kijken en werd het licht boven aangedaan. De twee naakte figuren, zwak te zien door de gordijnen, bewogen heen en weer, kwamen samen, maakten zich los, werden een en stonden in een rituele parodie van een dans heen en weer te deinen.

Deze keer wachtte Gabriel tot ze weggingen. De jongen kwam het eerst naar buiten, glipte door de kleine deuropening en sprong zowat de trap af, alsof hij uitzinnig van vreugde was. De vrouw volgde vijf minuten later, ze deed de deur op slot en sprintte met gebogen hoofd naar de trap.

Daarna keek hij elke vrijdag naar hen. Ze waren nog fascinerender dan meneer Bootmans boeken. Het was bijna altijd hetzelfde. Heel af en toe was de jongen wat te laat en dan zag Gabriel de vrouw doodstil achter de gordijnen in de slaapkamer staan wachten. Hij stond dan ook met ingehouden adem te wachten, net zo ongeduldig als zij, tot de jongen eindelijk op kwam dagen. De jongen had meestal een fles bij zich, maar een keer zat die in een mandje en deed hij er heel voorzichtig mee. De vrouw had altijd boodschappen bij zich. En ze aten altijd samen in de slaapkamer.

Elke vrijdag stond Gabriel in het donker naar dat raam te turen, probeerde hij hun naakte lichamen te zien en stelde hij zich voor wat ze samen deden.

Ze hadden elkaar zeven weken daar ontmoet, toen het noodlot toesloeg. Gabriel was die avond laat. De bus die hij altijd had kwam niet opdagen en die daarna was vol. Tegen de tijd dat hij op zijn post aankwam, was het licht in de slaapkamer al aan. Hij drukte zijn neus tegen het raam, dat door zijn hete adem besloeg. Snel veegde hij het schoon met zijn mouw en keek weer. Even dacht hij dat er twee figuren waren in de slaapkamer, maar dat was vast een speling van

84

het licht. De jongen zou er pas over dertig minuten zijn. Maar de vrouw was, zoals altijd, op tijd.

Twintig minuten later ging hij naar het toilet op een verdieping lager. Hij had de afgelopen weken steeds meer zelfvertrouwen gekregen en kwam nu overal in het gebouw. Hoewel hij zachtjes deed en een zaklantaarn gebruikte, liep hij bijna net zo zelfverzekerd rond als overdag. Op zijn horloge zag hij dat het even na achten was tegen de tijd dat hij weer bij het raam was, en aanvankelijk dacht hij dat hij de jongen gemist had. Maar nee, de tengere figuur rende net op dat moment de trap op en de galerij over naar de veilige deur.

Gabriel zag hem aankloppen en wachtte tot de deur open zou gaan, maar hij ging niet open. Ze kwam niet opendoen. Het licht was aan in de slaapkamer, maar er was geen silhouet te zien. De jongen klopte opnieuw. Gabriel kon nog net zien hoe de knokkels tegen de deur sloegen. En weer wachtte hij. De jongen liep naar achteren en keek naar het verlichte raam. Misschien durfde hij het aan haar zacht te roepen. Gabriel hoorde niets, maar hij zag de spanning in de wachtende figuur.

En weer klopte de jongen aan. En weer gebeurde er niets. Gabriel keek toe en voelde met hem mee, tot om tien voor halfnegen de jongen het eindelijk opgaf en wegging. Gabriel rekte zich uit omdat hij helemaal verkrampt was en ook hij ging weg. De wind kwam opzetten, en een nieuwe maan piepte door de wolkenflarden heen. Het werd kouder. Hij had geen jas aan en miste de warmte. Hij dook in elkaar tegen de snijdende wind en wist dat dit de laatste vrijdag was dat hij zo laat naar het kantoor was gegaan. Voor hem, net als voor die eenzame jongen, was het een afgesloten hoofdstuk.

Pas op de maandagochtend daarna las hij in de krant op weg naar werk iets over de moord. Hij herkende de flat op de foto meteen, hoewel het er vreemd uitzag met overal rechercheurs en agenten.

Ze wisten nog niet veel. Eileen Morrisey, 34 jaar, was op zondagavond in een flat in Camden Town gevonden, doodgestoken. Ze was gevonden door de huurders, mevrouw en meneer Kealy, die zondagavond waren teruggekeerd na een bezoek aan de ouders van meneer Kealy. De overledene, moeder van twee twaalfjarige meisjes, was een vriendin van mevrouw Kealy. Hoofdinspecteur William Holbrook had de leiding van het onderzoek. De overledene was verkracht, werd vermeld. Gabriel vouwde de krant net zo netjes op als anders. Hij moest natuurlijk de politie vertellen wat hij had gezien. Hij kon een onschuldige man niet ervoor op laten draaien, hoe vervelend het voor hem ook zou zijn. Hij was trots op zichzelf, dat hij wilde helpen en het recht een helpende hand wilde bieden. De rest van de dag liep hij in het archief rond met de geheime genoegzaamheid van een man die zichzelf wilde opofferen.

Maar er kwam niets van een bezoek aan het politiebureau. Er was ook geen haast bij. Als de jongen werd gearresteerd, dan zou hij zijn zegje doen, maar het was natuurlijk belachelijk om zijn reputatie en zijn baan op het spel te zetten voordat hij wist of de jongen verdacht werd. Als hij nu wat zei, zou dat misschien alleen maar nadelig zijn voor de jongen. Een voorzichtige man zou wachten. Gabriel vond het beter om voorzichtig te zijn.

Drie dagen later werd de jongen gearresteerd. Ook dit las Gabriel in de ochtendkrant. Er stond deze keer geen foto bij en er was ook bijna geen tekst. Een stel dat in de publieke belangstelling stond was stiekem getrouwd en er had een grote vliegramp plaatsgevonden, dus de moord was geen voorpaginanieuws meer. Er stond alleen: 'Dennis John Speller, werkzaam in een slagerij, 19 jaar, woonachtig in Muswell Hill, is vandaag aangeklaagd wegens de moord op Eileen Morrisey, moeder van een twaalfjarige tweeling, die afgelopen vrijdag in een flat in Camden Town is neergestoken.'

De politie wist dus inmiddels dat ze op vrijdag overleden was. Misschien moest hij er nu maar eens naartoe gaan. Maar was die Dennis Speller wel de jonge minnaar die hij al die keren had gezien? Een vrouw als zij, nou ja, misschien had ze wel heel veel mannen. Er zou pas na de rechtszaak een foto van de verdachte in de krant staan. Maar na de voorgeleiding van de zaak zou er meer bekend worden. Hij zou daarop wachten. Misschien werd de verdachte dan wel vrijgelaten.

En bovendien moest hij ook aan zichzelf denken. Hij had er veel over nagedacht. Als Spellers leven op het spel stond, ja, dan zou Gabriel uiteraard vertellen wat hij had gezien. Maar dat zou wel zijn ontslag betekenen bij Bootman. Erger nog, hij zou nooit meer een andere baan krijgen, daar zou Maurice Bootman wel voor zorgen. Gabriel zou gebrandmerkt worden als een vunzige, stiekeme voyeur, een gluurder die zijn baan in de waagschaal stelde om een uurtje of twee in een vies boekje te lezen en andere mensen te bespioneren. Maurice zou hem nooit vergeven als dat naar buiten kwam.

En al de andere medewerkers zouden zich gek lachen. Het zou het leukste zijn wat ze in jaren hadden meegemaakt, kostelijk en zielig en onbetekenend. Die pedante, eerzame zedenmeester van een Ernest Gabriel had zich knap belachelijk gemaakt! En ze zouden niet eens waarderen dat hij de moeite had genomen naar voren te komen. Het zou niet in hen opkomen dat hij zijn mond had kunnen houden.

Kon hij maar een goede smoes bedenken waarom hij die vrijdagavond in het gebouw was. Maar hij kon nergens op komen. Hij kon moeilijk zeggen dat hij aan het overwerken was, nadat hij zo zijn best had gedaan om tegelijk met de portier weg te gaan. En hij kon ook niet zeggen dat hij later was teruggekomen om wat achterstallig archiefwerk te doen. Hij had nooit achterstallig werk, zoals hij zelf altijd graag opmerkte. Zijn efficiency nekte hem nu.

Bovendien was hij slecht in liegen. De politie zou zijn verhaal niet zonder meer aanvaarden. Nadat ze al zoveel tijd in de zaak hadden gestoken, zou zijn late openbaring van nieuwe feiten niet erg welkom zijn. Hij kon hun grimmige, beschuldigende gezichten al zien, waarop de beroepsbeleefdheid hun misnoegen en verachting niet kon maskeren. Het had geen zin dat allemaal te moeten doorstaan zonder dat hij alle feiten wist.

Maar na de voorgeleiding waar Dennis Speller werd veroordeeld tot een rechtszaak, bleken dezelfde redenen nog net zo te gelden. Inmiddels wist hij dat Spelling de jongen was die hij had gezien. Hij had er eigenlijk ook nooit aan getwijfeld. Inmiddels was ook duidelijk hoe de staat de zaak aan zou pakken. De aanklager zou willen aantonen dat dit een crime passionel was, dat de jongen, aangeslagen omdat ze hem wilde verlaten, haar uit jaloezie of wraak had vermoord. De verdachte zou ontkennen dat hij die avond in de flat was geweest, zou keer op keer vertellen dat hij aangeklopt had en weg was gegaan. Gabriel was de enige die zijn verhaal kon bevestigen. Maar het was nog te vroeg om ermee naar voren te komen.

Hij besloot de rechtszaak bij te wonen. Zo zou hij erachter komen hoe sterk de staat stond. Als het ernaar uitzag dat de uitspraak 'niet schuldig' zou zijn, dan zou hij zijn mond houden. En als het verkeerd liep, dan was het wel zo spannend om in die stille rechtszaal op te staan en te vertellen wat hij wist. De ondervraging, de kritiek, de bekendheid zouden allemaal daarna komen. Maar dan had hij al zijn triomf beleefd.

De rechtszaal stelde hem enigszins teleur. Hij had een veel impo-
santere en dramatischer achtergrond van het recht verwacht dan
deze moderne, naar schoonmaakmiddelen ruikende, zakelijke kamer. Het was er rustig en netjes. Er stond geen menigte bij de deur
die vocht om een stoel. De rechtszaak was zelfs helemaal niet populair bij het publiek.

Gabriel ging achterin zitten en keek om zich heen, eerst voorzichtig, maar al gauw met meer zelfvertrouwen. Maar hij hoefde zich
geen zorgen te maken, er waren geen bekenden. Eigenlijk waren
het allemaal saaie mensen, nauwelijks het drama waardig dat zich
daar zou afspelen. Sommigen zagen eruit alsof ze met Speller hadden gewerkt of in dezelfde straat hadden gewoond. Ze waren allemaal slecht op hun gemak, en keken net zo steels rond als iedereen
die zich in een ongebruikelijke of intimiderende situatie bevindt.
Een magere vrouw zat zachtjes te huilen met een zakdoek voor haar
gezicht. Niemand lette op haar, niemand troostte haar.

Af en toe ging een van de deuren achter in de rechtszaal open en
kwam er iemand stilletjes binnen die gauw ergens ging zitten. Elke
keer dat dit gebeurde, keek iedereen even om en keken ze de nieuwkomer ongeïnteresseerd aan, zonder herkenning in hun blik, voor
ze zich weer omdraaiden en keken naar de kleine figuur in de beklaagdenbank.

Gabriel keek ook. Aanvankelijk keek hij heel snel even, alsof het
vreselijk gevaarlijk was. Het was ondenkbaar dat de gevangene
hem zou aankijken en zou beseffen dat hij de man was die hem
kon redden en hem wanhopig een teken zou geven. Toen hij twee
of drie keer had gekeken, wist hij dat er geen gevaar was. Die eenzame figuur zag niemand, maakte zich om niemand druk, alleen
maar om zichzelf. Hij was alleen maar een verwarde, doodsbange
jongen, met een naar binnen gerichte blik. Hij zag eruit als een dier
in een val, zonder hoop en zonder vechtlust.

De rechter was dik en had een rood gezicht met een paar onderkin-
nen. Hij had kleine handen, die op het bureau voor hem lagen tenzij
hij zat te schrijven. De aanklager wachtte dan even met praten en
ging dan langzaam door, alsof hij de edelachtbare niet wilde opja-
gen, en keek naar hem als een bezorgde vader die iets langzaam uit-
legt aan een niet zo slim kind.

Maar Gabriel wist wie de macht in handen had. De mollige handen
van de rechter, gevouwen op het bureau, als een parodie van een

kind dat aan het bidden was, hadden het leven van een man in hun macht. Maar er was maar een persoon in de rechtszaal die meer macht had dan de rechter. En dat was hij, Gabriel. Het besef kwam opeens bij hem naar boven en het maakte hem dronken. Hij genoot van deze sensatie, hij had zoiets nog nooit gevoeld en het was een heerlijk gevoel.

Hij keek naar al de sombere gezichten om zich heen en vroeg zich af wat ze zouden doen als hij op zou springen en zou zeggen wat hij wist. Hij zou het zakelijk en met zelfvertrouwen zeggen. Ze zouden hem niet nerveus maken. Hij zou zeggen: 'Edelachtbare, de verdachte is onschuldig. Hij heeft inderdaad aangeklopt en is weer weggegaan. Ik, Gabriel, heb hem gezien.'

En wat zou er dan gebeuren? Hij wist het niet. Zou de rechter de rechtszaak onderbreken zodat ze in zijn kamers de verklaring nog eens konden horen? Of zou Gabriel gevraagd worden om plaats te nemen in de getuigenbank? Een ding was zeker, er zou geen opstootje komen, geen hysterie.

Maar stel nou dat de rechter hem de rechtbank uitstuurde. Stel nou dat hij te verrast zou zijn om te begrijpen wat Gabriel zei. Gabriel zag hem al voor zich, ietwat geïrriteerd naar voren geleund, met zijn hand achter zijn oor terwijl de agenten achter in de rechtszaal naar hem toe zouden komen en hem naar buiten zouden slepen. De waarheid zou in deze rustige, antiseptische sfeer, waar het recht zelf een theoretisch ritueel was, alleen maar een ordinaire indringer zijn. Niemand zou hem geloven. Niemand zou luisteren. Ze wilden dit drama naar behoren uit kunnen spelen. Ze zouden het hem niet in dank afnemen als hij het nu voor hen verknalde. Het moment om iets te zeggen was voorbij.

En al zouden ze hem geloven, dan zouden ze hem nog niet bedanken omdat hij naar voren was gekomen. Ze zouden hem verwijten dat hij niet eerder iets had gezegd, dat hij een onschuldige man zo dicht bij de galg had laten komen. Als Speller natuurlijk onschuldig was. En wie wist dat? Ze zouden zeggen dat hij misschien wel aangeklopt had en weg was gegaan, maar dat hij later terug was gekomen, naar binnen was gegaan en haar had vermoord. Gabriel had dat niet kunnen zien, want hij was weggegaan. Zijn opoffering zou dan voor niets zijn geweest.

En hij hoorde die zuigende stemmen op kantoor al: 'Gabriel moet dat natuurlijk weer op het allerlaatst vertellen. Stomme lafaard.

Nog vieze boekjes gelezen de laatste tijd, aartsengel?' Hij zou ontslagen worden zonder dat het publiek hem bewonderde.

O, hij zou zeker wel in de krant komen. Hij zag het al voor zich: REL IN DE RECHTSZAAL. MAN ONDERSTEUNT HET ALIBI VAN DE VERDACHTE. Maar het was geen alibi. Wat bewees het nu helemaal? Het publiek zou hem een engerd vinden, een zielige voyeur die te laf was om meteen naar de politie te gaan. En Dennis Speller zou nog steeds tot de strop veroordeeld worden.

Toen de verleiding om iets te zeggen was verdwenen en Gabriel voor honderd procent zeker wist dat hij niets meer zou zeggen, ging hij het bijna leuk vinden. Per slot van rekening ging je niet elke dag naar een rechtszaak. Hij luisterde, merkte dingen op en waardeerde wat er werd gezegd. Het was een zaak van formaat die de aanklager samen had gesteld. Gabriel vond de aanklager erg goed. Hij zag er met zijn hoge voorhoofd, haakneus en magere intelligente gezicht een stuk waardiger uit dan de rechter. Zo hoorde een beroemde rechtsgeleerde eruit te zien. Hij bracht de zaak naar voren zonder passie, bijna ongeïnteresseerd. Maar Gabriel wist dat het zo nu eenmaal hoorde. De aanklager had niet tot taak een veroordeling te bewerkstelligen. Hij moest alleen maar zo eerlijk en nauwkeurig mogelijk de zaak voor de staat naar voren brengen.

Hij riep de getuigen op. Brenda Kealy, de vrouw van de huurder van de flat. Een blonde, goed geklede, ordinaire slet vond Gabriel. O, hij kende haar type wel. Hij wist precies wat zijn moeder over haar zou zeggen. Het was duidelijk waar zij in geïnteresseerd was. En zo te zien zat ze bepaald niet op een droogje. Ze zag eruit alsof ze naar een bruiloft ging. Een echte hoer.

Ze zat daar in haar zakdoek wat te snikken en haar antwoorden waren zo zachtjes dat de rechter haar moest vragen om wat harder te praten. Ja, ze had inderdaad toegestaan dat Eileen op vrijdagavond de flat mocht gebruiken. Zij en haar echtgenoot gingen elke vrijdag naar zijn ouders in Southend. Ze gingen weg zo gauw de winkel gesloten was. Nee, haar man wist niets van de afspraak af. Ze had mevrouw Morrisey een sleutel gegeven zonder het hem te vertellen. Er was niet nog een sleutel geweest zover ze wist. Waarom ze het had gedaan? Ze had medelijden met Eileen gehad. Eileen had erg aangedrongen. Volgens haar hadden de Morriseys bepaald geen prettig huwelijk.

De rechter onderbrak haar op dat moment en zei dat de getuige al-

90

leen maar de vragen moest beantwoorden. Ze draaide zich naar hem om. 'Ik wilde alleen maar Eileen helpen, edelachtbare.'

En dan was er de brief. Hij werd aan de huilende vrouw in de getuigenbank gegeven en zij bevestigde dat de brief door mevrouw Morrisey was geschreven en aan haar was gericht. De rechtbankmedewerker haalde de brief weer op en gaf hem met veel poeha aan de advocaat, die hem hardop voorlas:

Lieve Brenda,
We gaan toch naar de flat op vrijdag. Ik vertel het je maar, voor het geval Ted en jij andere plannen hebben. Maar het is echt de laatste keer. George is erg achterdochtig en ik moet ook aan de kinderen denken. Ik heb altijd wel geweten dat het ooit afgelopen zou zijn. Je bent een goede vriendin.

Eileen

De afgemeten, bekakte stem was klaar met voorlezen. Terwijl hij de jury aankeek, legde de rechtsgeleerde de brief langzaam neer. De rechter boog zijn hoofd en schreef iets op. Het was even stil in de rechtszaal. Toen mocht de getuige gaan.

En zo ging het door. Een krantenverkoper op Moulton Street wist zich te herinneren dat Speller een *Evening Standard* had gekocht net voor acht uur. De verdachte had een fles onder zijn arm gehad en was erg vrolijk geweest. Hij wist zeker dat die klant en de verdachte een en dezelfde man waren.

Er was een bardame van de Rising Sun op de hoek van Moulton Street en High Street die getuigde dat ze de gevangene een whiskey had geserveerd even voor halfnegen. Hij was niet lang gebleven. Net lang genoeg om het glas leeg te drinken. Hij was erg overstuur geweest. Ja, ze wist zeker dat het de aangeklaagde man was geweest. Een bonte verzameling klanten bevestigden wat ze had gezegd. Gabriel vroeg zich af waarom de aanklager de moeite had genomen hen op te roepen, tot hij zich realiseerde dat Speller ontkend had dat hij naar de Rising Sun was gegaan, had ontkend dat hij een borrel nodig had gehad.

Toen kwam George Edward Morrisey, medewerker op een makelaarskantoor, een man met een mager gezicht, dunne lippen, die kaarsrecht in zijn zondagse pak in de getuigenbank stond. Hij verklaarde dat zijn huwelijk goed was, dat hij niets had geweten, niets had vermoed. Zijn vrouw had hem verteld dat ze vrijdagavond naar pottenbakken ging. Er werd hier en daar gegrinnikt. De rechter keek streng de zaal in.

Morrisey gaf als antwoord op een vraag van de aanklager dat hij thuis was geweest om op de kinderen te passen. Ja, hij was thuis geweest de avond dat zijn vrouw werd vermoord. Hij vond het verschrikkelijk dat ze dood was. Haar relatie met de verdachte was een grote schok geweest voor hem. Hij sprak het woord 'relatie' uit met boze verachting, alsof het een bittere smaak had. Hij keek niet één keer naar de gevangene.

Ook was er een medische verklaring, onsmakelijk, gedetailleerd, maar zakelijk en kort, gelukkig. De overleden vrouw was eerst verkracht en toen drie keer in de halsslagader gestoken. De baas van de verdachte getuigde dat er waarschijnlijk een vleesmes werd vermist. De huisbazin van de gevangene verklaarde dat hij de avond van de moord helemaal overstuur was thuisgekomen en dat hij de volgende ochtend niet naar zijn werk was gegaan. Sommige getuigenissen sneden weinig hout. De getuigenis van de slager sneed zelfs weinig hout in de ogen van de aanklager. Maar alles bij elkaar werd er toch een bewijslast opgebouwd die sterk genoeg was om een man te veroordelen tot de strop.

De verdediger deed zijn best, maar hij zag eruit alsof hij wist dat hij het zou verliezen. Hij riep getuigen op die verklaarden dat Speller een zachtmoedige, aardige jongen was, een trouwe vriend, een goede zoon en broer. De jury geloofde hen. Ze geloofden ook dat hij zijn maîtresse had vermoord. Hij riep de verdachte op. Speller was een slechte getuige, ongeloofwaardig en hij kon nauwelijks uit zijn woorden komen. Het zou een hoop schelen, dacht Gabriel, als de jongen wat medelijden had getoond jegens de overleden vrouw. Maar hij was te zeer bezig met zichzelf om aan iemand anders te kunnen denken. Liefde moet wijken voor angst, dacht Gabriel, en hij vond zichzelf heel knap dat hij dat verzonnen had.

De rechter vatte alles zonder partij te trekken samen en trakteerde de jury op een verhandeling over wat aanwijzingen waren en keiharde bewijzen en wat gerede twijfel inhield. De jury luisterde aandachtig. Wat ze allemaal dachten was niet te zeggen, maar ze hadden niet veel tijd nodig om tot een uitspraak te komen.

Veertig minuten nadat ze de zaal hadden verlaten, waren ze alweer

92

terug, de aangeklaagde stond weer in de beklaagdenbank en de rechter vroeg hen wat de uitspraak was. De voorzitter van de jury gaf het antwoord: 'Schuldig, edelachtbare.' Niemand was zo te zien verbaasd.

De rechter legde aan de gevangene uit dat hij schuldig was bevonden aan de afgrijselijke en meedogenloze moord op de vrouw die van hem had gehouden. De verdachte, met afgetrokken en lijkwit gezicht, staarde de rechter aan alsof hij niet goed kon horen. Het vonnis werd geveld en kwam eens zo hard aan omdat het in zachte juridische bewoordingen werd gevat.

Gabriel bekeek de zwarte kap die de rechter droeg omdat hij iemand ter dood veroordeelde eens goed en zag tot zijn teleurstelling dat het niet meer was dan een lap stof die boven op de witte krullenpruik van de rechter werd gelegd. De jury werd bedankt. De rechter pakte zijn spullen bij elkaar als een zakenman die zijn bureau opruimt na een dag hard werken. Iedereen stond op. De gevangene werd weggeleid. Het was over.

Er werd bijna niets over de rechtszaak gezegd op kantoor. Niemand wist dat Gabriel er naartoe was gegaan. Zijn vrije dag 'wegens omstandigheden thuis' wekte geen nieuwsgierigheid op, evenals al zijn vorige vrije dagen. Hij was te veel een eenling en te impopulair om roddel aan door te vertellen. In zijn stoffige en slecht verlichte kantoortje, omringd door de talloze archiefkasten, werd vanuit de hoogte op hem neergekeken, of werd hij op zijn best, medelijdend getolereerd. Het archief was nooit een middelpunt geweest voor gezellige roddels. Maar hij hoorde wel de mening van een van de medewerkers.

Op de dag na de rechtszaak kwam meneer Bootman met een krant in de hand het kantoor in terwijl Gabriel de post rondbracht. 'Ze hebben onze plaatselijke schandvlek veroordeeld, zie ik,' zei meneer Bootman. 'De knaap krijgt de galg. En terecht. Het was zo'n smerig verhaaltje van illegale passie en algemene stupiditeit. Een doodordinaire moord.'

Niemand gaf antwoord. De medewerkers bleven even staan en kwamen toen weer tot leven. Ze hadden waarschijnlijk het gevoel dat er niets meer te zeggen viel.

Even na de rechtszaak begon Gabriel te dromen. De droom, die hij zo'n drie keer per week kreeg, was altijd dezelfde. Hij strompelde door een woestijn onder een bloedrode zon op weg naar een verafgelegen fort. Soms kon hij het fort heel duidelijk zien, maar hij kwam nooit dichterbij. Er was een binnenplaats die volstond met mensen, allen gekleed in het zwart en ze keken allemaal naar een platform in het midden. Op het platform stond een galg. Het was een vreemd elegante galg, met twee stevige balken waar tussen een prachtig bewerkt stuk hout zat waaraan de strop hing.

De mensen, net als de galg, waren niet van deze tijd. Ze zagen er Victoriaans uit, de vrouwen droegen sjaals en hoedjes, de mannen hoge hoeden of bolhoeden. Zijn moeder was er ook, haar smalle gezicht verscholen achter een sluier. Opeens begon ze te huilen, en terwijl ze huilde, veranderde haar gezicht en werd het het gezicht van de huilende vrouw in de rechtszaal. Gabriel wilde haar graag aanraken, haar troosten. Maar bij elke stap die hij deed, zakte hij dieper weg in het zand.

Er stonden nu mensen op het platform. Hij wist dat een van hen de gevangenisdirecteur was, de man met de hoge hoed, de geklede jas, baard en een ernstige uitdrukking op zijn gezicht. De kleren die hij droeg waren Victoriaans, maar zijn gezicht, onder die weelderige baard, was dat van meneer Bootman. Naast hem stond de dominee, in toga, en aan weerszijden stonden de bewakers, met donkere jasjes helemaal tot boven dichtgeknoopt.

Onder de strop stond de gevangene. Hij droeg een broek en een overhemd waarvan de bovenste knopen open waren. Zijn nek was net zo wit en delicaat als die van een vrouw. Het had zelfs die andere nek kunnen zijn, zo delicaat zag hij eruit. De gevangene staarde naar Gabriel, zijn blik was niet smekend maar wel oneindig verdrietig. En Gabriel wist dat hij hem nu wel moest redden, dat hij daar op tijd moest komen.

Maar het zand hield zijn pijnlijke enkels tegen en hoewel hij riep dat hij eraan kwam, blies de bulderende wind zijn woorden weg. Zijn keel was uitgedroogd, zijn gekromde rug was verbrand door de zon. Hij had geen jas aan. Hij maakte zich vreemd genoeg zorgen over die jas, dat er iets mee gebeurd was wat hij zich moest herinneren.

Hij zwoegde moeizaam voort, door het moeras van zand, hij kon het fort zien in de zinderende hitte. Toen verdween het fort in de verte, steeds kleiner werd het tot het alleen nog maar een onduidelijke vorm was tussen verafgelegen zandduinen. Hij hoorde een hoge wanhopige kreet vanaf de binnenplaats en werd wakker en wist dat het zijn stem was en dat het vocht op zijn voorhoofd zweet was en geen bloed.

Weer helemaal bij de mensen analyseerde hij de droom en wist dat het een plaatje was dat hij ooit had gezien in een Victoriaanse krant die in de etalage van een antiquair had gelegen. Zover hij zich kon herinneren, ging het daar om de executie van William Corder wegens de moord op Maria Marten. De herinnering stelde hem gerust. Gelukkig was hij nog niet helemaal gek geworden.

Maar het vrat wel aan hem. Hij moest eens goed nadenken over wat hij eraan kon doen. Hij was altijd al intelligent geweest, te goed voor dit baantje. En daarom had de rest van het personeel ook een hekel aan hem. En nu moest hij zijn hersens maar eens gebruiken. Waar maakte hij zich nu druk om? Een vrouw was vermoord. Wiens schuld was dat? Waren er niet verschillende mensen daar schuldig aan?

Die blonde del, bijvoorbeeld, die hen de flat had laten gebruiken. De echtgenoot, die zich zo had laten bedonderen. De jongen, die haar bij haar man en kinderen had weggelokt. Het slachtoffer zelf, met name het slachtoffer zelf. De prijs van de zonde. En de prijs was hoog geweest. Eén man was niet genoeg voor haar geweest.

Gabriel zag weer het onduidelijke silhouet voor zich afgetekend op de slaapkamergordijnen, de omhoog geheven armen die Spellers hoofd tegen haar borst drukten. Walgelijk. Smerig. Het ene bijvoeglijk naamwoord na het andere schoot hem te binnen. Nou, zij en haar minnaar hadden hun pleziertje gehad. Het was niet meer dan eerlijk dat ze ervoor moesten boeten. Hij, Ernest Gabriel, kon het niets schelen. Het was puur toeval dat hij hen gezien had en ook puur toeval dat hij Speller had aan zien kloppen en weggaan.

Het recht had zegegevierd. Hij had de wonderschone gerechtigheid gevoeld tijdens Spellers rechtszaak. En hij, Gabriel, had daar deel van uitgemaakt. Als hij nu wat zei, dan zou een overspelige vrijuit gaan. Zijn plicht was duidelijk. De verleiding om iets te zeggen, was voorgoed verdwenen.

Zo voelde hij zich nog steeds toen hij met een kleine stille menigte buiten de gevangenis stond te wachten op Spellers executie. Zodra de klok acht uur begon te slaan, zetten hij en alle andere mannen, de hoed af. Hij keek omhoog naar de lucht boven de gevangenismuren en opnieuw voelde hij de warme opwinding dat het gevoel van macht hem gaf. Het was door hem, het was aan Gabriel te wijten, dat de anonieme beul daarbinnen zijn dodelijke beroep uit kon oefenen.

Maar dat was allemaal zestien jaar geleden. Vier maanden na de rechtszitting was het bedrijf van Camden Town naar Noord-Londen verhuisd, omdat ze groeiden en in een betere buurt wilden zitten. Gabriel was meeverhuisd. Hij was een van de weinige mensen die zich nog het oude gebouw konden herinneren. Personeel kwam en ging zo snel tegenwoordig, niemand was nog trouw aan hun baan.

Toen Gabriel aan het eind van dat jaar met pensioen ging, waren alleen nog meneer Bootman en de portier over van de oude garde. Zestien jaar. Zestien jaar dezelfde baan, dezelfde zit-slaapkamer, dezelfde semi-tolerante afkeer van het personeel. Maar hij had zijn moment van triomf gehad. Hij kon het zich weer herinneren terwijl hij rondkeek in de kleine smerige zitkamer met het afbladderende behang en de vuile vloer. Het had er zestien jaar geleden anders uitgezien.

Hij wist nog waar de bank had gestaan, de plek waar ze was gestorven. Hij herinnerde zich ook andere dingen: het bonken van zijn hart toen hij de galerij op liep, het zachte klopje, de manier waarop hij snel naar binnen glipte voordat ze erachter kwam dat hij niet haar minnaar was; het naakte lichaam dat zich bang terugtrok in de zitkamer; de strakke witte keel; de stoot met zijn priem die erin ging als was het boter. Het staal was er zo gemakkelijk, zo prachtig ingegaan.

En hij had nog iets anders met haar gedaan. Maar het was maar beter dat hij zich dat niet kon herinneren. En later had hij de priem mee terug naar het kantoor genomen en in de wc afgespoeld totdat er geen bloedspat meer op te zien was. Hij had hem in zijn la gelegd bij de zes andere. Zelfs hij kon hem niet onderscheiden van de andere priemen.

Het was allemaal zo gemakkelijk geweest. Er had alleen een beetje bloed op zijn manchet gezeten dat eruit was gegutst toen hij de priem terugtrok. En hij had de jas in de verwarmingsketel van kantoor verbrand. Hij kon zich nog herinneren hoe de hitte in zijn gezicht was geslagen toen hij de jas erin stopte en hoe de gemorste sintels knarsten als zand onder zijn schoenen.

Hij had alleen nog maar de sleutel van de flat over. Hij had hem op de eettafel zien liggen en meegenomen. Hij haalde hem nu tevoorschijn uit zijn jaszak en vergeleek hem met de sleutel van de makelaar, legde ze naast elkaar in zijn palm. Ja, ze waren precies hetzelfde. Het merk was anders, maar niemand had de moeite genomen het slot te veranderen.

Hij keek naar de sleutel en probeerde zich de opwinding van de weken te herinneren toen hij zowel rechter als beul was geweest. Maar hij voelde niets meer. Het was allemaal zo lang geleden. Hij was toen vijftig geweest en nu was hij zesenzestig. Hij was te oud om nog iets te voelen. En toen hoorde hij opeens weer de woorden van meneer Bootman. Het was inderdaad een doodordinaire moord.

Ze kwam niet meer naar huis

Sue Grafton

Sue Grafton groeide op in Louisville in Kentucky, waar ze in 1940 werd geboren. Eenentwintig jaar later studeerde ze af aan de universiteit in diezelfde stad. Nog steeds bezit Grafton in haar geboortestad een huis, hoewel ze vooral woont en werkt in de buurt van Santa Barbara ('Santa Theresa') in Californië. Haar vader, Chip Grafton, was advocaat in Kentucky maar is tevens de auteur van wat tegenwoordig wordt beschouwd als een klassieker op het gebied van de rechtbankthriller: *Beyond a Reasonable Doubt*.

Grafton begon haar schrijverscarrière op haar 27e met de roman *Keziah Dane* (1967), tussen de bedrijven van het opvoeden van haar drie kinderen door. Daarna was ze vijftien jaar werkzaam voor Hollywood, waar ze met veel succes scripts schreef voor televisiefilms. Toen ze merkte dat de filmwereld haar steeds minder begon aan te staan, zocht ze een uitweg. Tijdens een moeizame echtscheiding fantaseerde ze over de perfecte moord op haar bijna ex-echtgenoot. Dit moordplan resulteerde in het eerste deel van haar inmiddels welbekende alfabetserie over de privé-detective Kinsey Millhone, *A is for Alibi* (1982, *A is voor alibi*). Daarna verschenen onder andere nog *B is for Burglar* (1985, *B staat voor bedrog*) en *C is for Corpse* (1986, *C staat voor crimineel*). En onlangs verscheen deel zeventien van de reeks, *P is for Peril* (2001). Grafton zelf verwacht de serie rond het jaar 2015 te voltooien.

Net als V.I. Warshawski van Sara Paretsky – met wie Kinsey Millhone en Grafton altijd in één adem worden genoemd omdat beide scheppingen in hetzelfde jaar geïntroduceerd werden – is Kinsey Millhone een zelfstandige, alleenstaande professionele vrouw. Ze begon haar loopbaan als politieagente, waarna ze als parttime privé-detective voor een verzekeringsmaatschappij werkte. Inmiddels doet ze alleen op freelance basis onderzoek voor verzekeraar California Fidelity Insurance en heeft ze een eigen bedrijf. Kinsey Millhone krijgt hulp van een netwerk van vrienden en bekenden, van wie de bekendsten haar huisbaas Henry zijn en Rosie, die in haar buurt een eethuis runt. Dit is eigenlijk Millhones surrogaatfamilie, aangezien ze op vijfjarige leeftijd wees werd. Deze omstandigheid verleent haar de status van iemand die geheel haar eigen gang gaat, in de beste traditie van Raymond Chandlers Philip Marlowe, maar dan zonder diens 'hard-boiled' karakter. Zelf zegt Grafton over Kinsey Millhone: 'Een boel privé-detectives hebben dure meestertitels. Kinsey heeft niet eens een onderscheiding van de Anonieme Alcoholisten. Ze is superslim, maar houdt niet van school. Ze komt uit een arbeidersmilieu, is een werkende vrouw, zo gewoon ligt het en het lukt haar aardig zichzelf te onderhouden. Dat is de reden dat ik aan het eind van elk boek vaak het honorarium aangeef dat ze voor een zaak ontving.'

Grafton ontving verschillende prijzen voor haar werk, waaronder in eigen land de Anthony Award voor haar romans in de opeenvolgende jaren 1986 en 1987 én voor haar korte verhalen in dat laatste jaar. Ook ontving zij de Shamus Award van de Private Eye Writers of America voor haar korte verhalen in 1986. In *Ze kwam niet meer naar huis (She Didn't Come Home)* steekt, hoe kan het ook anders, Kinsey Millhone haar speurneus in een familieaangelegenheid.

Het was september in Santa Teresa. Iedereen die ik ken, wordt altijd een beetje onrustig zo tegen de herfst. Het is het seizoen van nieuwe schoolkleding, nieuwe schriften en nieuwe potloden zonder tandafdrukken erin. We zijn allemaal weer acht jaar en alles is mogelijk. Het nieuwe jaar zou gewoon niet op 1 januari moeten beginnen. Het begint in het najaar en gaat net zolang door tot onze leren schoenen kale neuzen krijgen en ons lunchtrommeltje vol deuken zit.

Ik ben Kinsey Millhone. Ik ben een vrouw van 32, twee keer gescheiden en heb een eigen bedrijf genaamd Kinsey Millhone Investigations in een klein stadje 150 kilometer ten noorden van Los

Angeles. Ik heb geen winkel zoals bijvoorbeeld een schoonheidssalon. De meesten van mijn cliënten komen in de problemen te zitten en roepen dan mijn diensten in, in de hoop dat ik hen uit de penarie kan helpen voor een schamele dertig dollar per uur, exclusief onkosten. Op maandagochtend, toen ik om negen uur binnen kwam, stond Robert Ackermans boodschap op mijn antwoordapparaat.

'Hallo, met Robert Ackerman. Kunt u me terugbellen, alstublieft? Mijn vrouw is verdwenen en ik maak me erg ongerust. Hopelijk kunt u me helpen.' Op de achtergrond hoorde ik jengelende kinderen, en daar ben ik toch al zo dol op. Hij herhaalde zijn naam en gaf zijn telefoonnummer op. Voordat ik hem terugbelde, zette ik een pot koffie.

Een klein mensje nam de telefoon op. Ik hoorde een kinderstem hallo mompelen en daarna een hoop gehijg.

'Hoi,' zei ik, 'is je vader er ook?'

'Ja.' Stilte.

'Mag ik hem spreken?' voegde ik eraan toe.

De hoorn werd op een tafel gesmeten en ik hoorde het kind wegrennen alsof er in de kamer geen vaste vloerbedekking was. Na een tijdje kwam Robert Ackerman aan de telefoon.

'Lucy?'

'Met Kinsey Millhone, meneer Ackerman. U hebt een boodschap op mijn antwoordapparaat ingesproken. Kunt u me wat meer vertellen?'

'O, jee, ja...'

Hij werd onderbroken door een doordringend gekrijs dat leek op zo'n fluitje dat de politie je geeft als je lastig wordt gevallen door een hijger. Ik hield de hoorn net iets te laat bij mijn oor vandaan.

'Shit, dat deed pijn.'

Ik luisterde geduldig toe terwijl hij met het kind bezig was.

'Sorry hoor,' zei hij toen hij weer aan de lijn was. 'Zeg, zou je misschien hier naartoe kunnen komen? Ik heb het hartstikke druk en ik kan niet weg.'

Ik schreef zijn adres op en hoe ik er moest komen en liep naar mijn auto.

Robert en de vermiste mevrouw Ackerman woonden in een wijk die eruitzag alsof het in de jaren vijftig was gebouwd, toen niemand nog een tweede huiskamer, ruime keuken en een aparte badkamer voor

101

hem en haar had. Wat er wel was, was een uit stapelmuren opgebouwde ruimte, met een kleine L-vormige ziteetkamer, een keuken en een badkamer gelegen tussen twee slaapkamers van drie bij vier meter. Toen Robert de deur opendeed zag ik bijna het hele huis in een oogopslag. Het enige waar de bouwers gul mee waren geweest, waren de planken vloeren, wat in dit geval niet echt handig was. Kinderen hadden deze vloeren gebutst en beschadigd en grind naar binnen gelopen dat ik al voelde voordat ik een voet in huis had gezet. Robert, hoewel hij zich duidelijk zorgen maakte, had een jeugdige uitstraling; hij was begin dertig, slank en knap, met bruine ogen en bruin haar. Hij had een kakibroek aan en een gewoon wit T-shirt. Hij droeg een baby van zo'n acht maanden op zijn heup, alsof het een boodschappentas was. Een ander kind klampte zich vast aan zijn rechterbeen en een derde reed luid schreeuwend rond op een driewieler. 'Hoi, kom erin,' zei Robert. 'We kunnen in de tuin praten terwijl de kinderen spelen.' Hij had een lieve glimlach.

Ik volgde hem door het kleine wanordelijke huis naar de tuin, waar hij de baby in een berg zand zette die afgezet was met planken. Het tweede kind hield zich vast aan Roberts riem en keek me aan met zijn duim in de mond terwijl het kind op de driewieler naar de rand van de veranda probeerde te rijden. Ik ben niet dol op kinderen. Nee, echt niet. En al helemaal niet op kinderen met zware bruine schoenen aan. Net als honden, voelden deze kinderen mijn afkeer aan en ze bleven bij me vandaan terwijl ze me minachtend en wraakzuchtig opnamen.

De tuin was een zootje, er stond een hek omheen en de grote zakken waar het zand in had gezeten, lagen her en der. Robert gaf de kinderen koekjes uit een kartonnen doos en joeg hen weg. Over vijftien minuten zouden ze vast hyper zijn door al de suiker. Ik keek even hoe laat het was, met een beetje geluk zou ik tegen die tijd weg zijn. 'Zal ik een tuinstoel voor je pakken?'

'Nee, dat hoeft niet,' zei ik en ik ging op het gras zitten. Er was nergens een tuinstoel te bekennen, maar het was goed bedoeld.

Hij ging op de rand van de zandbak zitten en haalde afwezig zijn hand door zijn haar. 'Sorry hoor, voor de rotzooi, maar Lucy is al twee dagen weg. Ze is na haar werk vrijdag niet thuisgekomen en ik ben er kapot van.'

'U hebt de politie inmiddels ervan op de hoogte gesteld?'

'Ja, vrijdagavond al. Ze is nooit op komen dagen bij de oppas om de kinderen op te halen. Die belde me hier om zeven uur op om te vragen waar ze bleef. Ik ging ervan uit dat ze naar de supermarkt was gegaan of zo en dus heb ik hen opgehaald en naar huis gebracht. Maar toen ik om tien uur nog niets van haar had gehoord, wist ik dat er iets aan de hand was. Ik heb haar baas thuis gebeld en hij zei dat ze volgens hem gewoon om vijf uur naar huis was gegaan, dus toen heb ik de politie gebeld.'

'Hebt u haar toen officieel als vermist opgegeven?'

'Dat kan pas vandaag. Bij een volwassene moet je tweeënzeventig uur wachten en zelfs dan kunnen ze weinig doen.'

'Zeiden ze wat u verder nog kon doen?'

'Iedereen bellen die we kennen, dat soort dingen. Ik heb haar moeder in Bakersfield gebeld en een collega. Niemand weet waar ze is. Ik ben zo bang dat er iets met haar gebeurd is.'

'Je hebt alle ziekenhuizen in de buurt gebeld, neem ik aan?'

'Ja, dat heb ik meteen gedaan.'

'Heeft ze gezegd dat ze ergens mee zat?'

'Nee, niets.'

'Was ze depressief of gedroeg ze zich anders dan anders?'

'Nou, ze was wel wat onrustig de afgelopen maanden. Ze werd altijd een beetje opgewonden zo rond deze tijd van het jaar. Het deed haar denken aan de periode op de basisschool, zei ze.' Hij haalde zijn schouders op. 'Ik haatte mijn schooltijd.'

'Maar ze is nooit zomaar weggebleven?'

'O, hemel, nee. Ik zei alleen maar iets over hoe ze zich voelde omdat je ernaar vroeg. Volgens mij stelde het verder niets voor.'

'Gebruikt ze misschien drugs of drinkt ze te veel?'

'Lucy is zo niet,' zei hij. 'Ze is een frêle en rustig type. Een huismus zou je kunnen zeggen.'

'En jullie twee? Kunnen jullie goed met elkaar opschieten?'

'Zover ik weet wel. We hebben wel eens woorden, maar nooit echt slaande ruzie.'

'Waar hebben jullie dan woorden over?'

'Vaak over geld,' zei hij met een spijtige glimlach. 'Met drie kinderen is er nooit genoeg geld. Ik ben dol op grote gezinnen hoor, maar financieel gezien valt het niet mee. Ik heb altijd vier of vijf kinderen gewild, maar zij vond drie genoeg, zeker omdat de oudsten nog niet naar school gaan. Daar hebben we wel eens ruzie over... over of we nog meer kinderen zullen nemen.'

103

'Werken jullie allebei?'

'Dat moet wel, anders redden we het niet. Zij werkt voor een notariskantoor in de stad en ik werk voor de telefoonmaatschappij.'

'Wat doet u?'

'Ik ben installateur,' zei hij.

'Is er misschien iemand anders in het spel?'

Hij zuchtte en plukte het gras weg bij zijn voeten. 'Was dat maar waar, zou ik bijna zeggen. Ik zou graag willen denken dat ze er genoeg van had en een motelletje had genomen voor het weekend. Zoiets.'

'Maar dat geloof je niet echt?'

'Nee, en ik ben zo langzamerhand gek van bezorgdheid. Iemand moet haar zien te vinden.'

'Meneer Ackerman...'

'Zeg maar Rob,' zei hij.

Dat zeggen cliënten altijd. Nou ja, tenzij ze anders heten natuurlijk. 'Rob,' zei ik, 'de politie kan het meeste doen in dit soort situaties. Ik ben maar alleen. Zij hebben zoveel mogelijkheden tot hun beschikking en het kost je niets.'

'Ben je zo duur dan?'

'Ik reken dertig dollar per uur exclusief onkosten.'

Hij dacht daar even over na en keek me toen onderzoekend aan. 'Zou je er tien uur voor uit willen trekken? Ik heb nog driehonderd dollar die we hadden gespaard voor een uitje naar de dierentuin in San Diego.'

Ik deed net alsof ik erover na moest denken, maar ik kon gewoon geen nee zeggen tegen dat jongensgezicht. Trouwens, de kinderen begonnen te drenzen en ik wilde snel weg. Ik sloeg zijn aanbod van een voorschot af en zei dat ik hem een gedetailleerde rekening zou sturen als de tien uur voorbij waren. Het contract zou ik wel opsturen, zo zou ik tenminste niet weer in de buurt komen van die kinderen die nu weer stonden te bedelen om snoep. Ik vroeg of hij een recente foto van Lucy had, maar hij had alleen een twee jaar oud kiekje van haar met de twee oudste jongens. Ze zag eruit alsof ze onder zware druk stond, toen al, nog voor de derde baby er was. Ik dacht aan de rustige frêle Lucy Ackerman wier drie flinke zoons al benen hadden zo dik als mijn arm. Als ik haar was, was ik allang weggeweest.

Lucy Ackerman werkte bij een klein notariskantoor aan State Street, vlak bij mijn werk. Het kantoor was rustig ingericht met witte muren, roestbruin geruite meubels en oranje vloerbedekking. Er hingen Gauguinposters aan de muur en op elk bureau stond een echte plant. Ik stelde me voor aan de administratrice, mevrouw Merriman. Ze was in de zestig, had opgestoken haar en droeg veterlaarzen met hoge hakken. Ze zag eruit als het soort vrouw dat haar hele pensioen zou over hebben voor plastische chirurgie voor haar hele lijf.

Ik zei: 'Robert Ackerman heeft me gevraagd om zijn vrouw te vinden.'

'Ach, de arme man. Dat heb ik inderdaad gehoord,' zei ze. Maar in haar ogen stond te lezen dat ze hem weinig kans gaf.

'Weet u misschien waar ze is?'

'U kunt maar beter met meneer Sotherland praten.' Ze was opeens heel afstandelijk geworden, maar volgens mij wist ze iets en stond ze gewoon te popelen om erover te praten. Dat was ik ook van plan, nadat ik met hem had gepraat. Van de hiërarchie in kleine kantoortjes kun je maar beter niet afwijken is mijn ervaring.

Gavin Sotherland stond op uit zijn draaistoel en stak een grote hand naar me uit over het bureau heen. Het andere lid van het personeel, Barbara Hemdahl, de boekhoudster, stond tegelijkertijd op en verontschuldigde zich. Meneer Sotherland keek haar na terwijl ze wegliep en bood me toen haar stoel aan. Het leer waar ik in wegzakte was nog steeds warm van Barbara Hemdahls achterwerk, wat een vreemd intiem effect had. Ik moet te weten komen wat zij weet dacht ik bij mezelf, en toen keek ik belangstellend naar de notaris van het bedrijf. Ik wist hoe iedereen heette en wat ze deden, omdat zijn naam op een bronzen bordje stond op zijn bureau en omdat de twee dames witte naamkaartjes op hun borst gespeld hadden, net als verpleegkundigen. Zover ik kon zien werkten er maar vier mensen in het kantoor, inclusief Lucy Ackerman, en ik snapte niet waarom ze naambordjes nodig hadden. Misschien was het wel voor de cliënten, die anders niet zouden weten wie wie was.

Gavin Sotherland zag eruit als een ex-sporter, was zo'n 45 jaar, met blond haar dat een beetje dun werd bovenop. Hij had een klein buikie, iets gekromde rug en hij gaf een bezwete hand. Zijn jasje had hij uitgedaan en zijn ooit gesteven witte overhemd hing als een zak om hem heen, een en al kreukel, en zijn beige gabardine broek had diepe plooien in het kruis. Hij zag eruit als iemand die net een lange treinreis had gemaakt. Maar ik moest toegeven dat hij een knappe vent was, ook al had hij zich laten gaan.

'Aangenaam kennis te maken, mevrouw Millhone. Ik ben blij dat u er bent.' Zijn stem was diep en verdragend, een stem die vertrouwen wekte. Maar de blik in zijn ogen stond me niet aan. Voor hetzelfde geld was hij een oplichter. 'Mevrouw Ackerman is vrijdag nooit thuisgekomen, heb ik gehoord,' zei hij.

'Dat heb ik ook gehoord,' antwoordde ik. 'Kunt u me misschien vertellen wat ze die dag heeft gedaan?'

Hij keek me even aan. 'Tja, om eerlijk te zijn is onze boekhoudster achter bepaalde dingen gekomen die niet kloppen. Het ziet ernaar uit dat Lucy Ackerman de benen heeft genomen met een half miljoen dollar.'

'Hoe heeft ze dat voor elkaar gekregen?'

Ik zag Lucy Ackerman al voor me, zonder die vreselijke kinderen, languit op een strand in Rio, drinkend van een cocktail met rum uit een kokosnoot.

Meneer Sotherland was in verlegenheid gebracht. 'Eigenlijk heel simpel,' zei hij. 'Ze heeft een bankrekening geopend in Montebello en daar tien cheques op gestort die naar andere rekeningen hadden moeten gaan. Afgelopen vrijdag heeft ze 500.000 dollar contant opgenomen, onder het voorwendsel dat we een grote onroerendgoedzaak aan het afhandelen waren. Het bankboekje lag in de onderste la van haar bureau. Hij gooide het boekje op het bureau voor me en ik pakte het op. Het woord LEEG stond er in gaatjes in gestanst. Ik zag dat de afgelopen drie maanden er tien keer geld overgemaakt was en dat er afgelopen vrijdag niets meer op stond.

'Worden dit soort dingen niet altijd twee keer gecontroleerd?'

'In juni hebben we de jaarlijkse controle uitgevoerd. Alles klopte. We vertrouwden haar onvoorwaardelijk en daar hadden we alle reden toe.'

'U hebt het vanochtend ontdekt?'

'Ja, maar ik geef toe dat ik achterdochtig werd toen Robert Ackerman me vrijdag thuis belde. Het was gewoon niets voor haar om zomaar te verdwijnen. Ze heeft hier acht jaar gewerkt en ze is altijd even punctueel en gewetensvol geweest.'

'Nou ja, in elk geval punctueel,' zei ik. 'Hebt u de politie gebeld?'

'Dat wilde ik net doen. Ik kan gewoon niet geloven dat ze dit heeft gedaan. Dat betekent ontslag voor mij. Ze zullen waarschijnlijk dit kantoor sluiten.'

'Mag ik misschien even rondkijken?'

'Waarom?'

'Misschien kan ik erachter komen waar ze naartoe is gegaan. Als we snel zijn, kunnen we haar misschien nog bij de kladden grijpen.'

'Dat lijkt me sterk,' zei hij. 'Ze is vrijdagmiddag voor het laatst gezien. Twee dagen geleden. Die vinden we nooit meer.'

'Meneer Sotherland, haar echtgenoot heeft me al voor tien uur betaald. Waarom zou u daar geen gebruik van maken?'

Hij keek me aan. 'Mag dat van de politie?'

'Misschien niet. Maar ik blijf uit hun buurt en als ik iets vind, dan geef ik dat aan hen door. Er kan waarschijnlijk toch pas morgenochtend een fraude-expert komen. Als ik iets ontdek, dan is dat goed voor uw kantoor én voor de politie.'

Hij zuchtte verslagen en wuifde met zijn hand. 'Ach, wat maakt het verdomme ook uit. Ga uw gang maar.'

Toen ik zijn kamer uit liep, hoorde ik hem de politie bellen.

Ik zat even aan Lucy's bureau, dat ordelijk en netjes was. In de laden zaten kantoorbenodigdheden en niets van haarzelf. Er stond een kalender op het bureau, een van die gevallen met een heel vel papier voor elke dag. Ik keek de afgelopen maanden na, maar de enige privé-afspraak was een afspraak bij een medische kliniek op 2 augustus en nog een voor de afgelopen vrijdag. Dat was me het dagje wel voor Lucy, niet alleen een afspraak met een dokter maar ook nog eens de diefstal van een half miljoen dollar. Ik schreef het adres op dat bij haar eerste bezoek stond. De twee vrouwen hielden me voortdurend in de gaten zag ik, hoewel ze net deden alsof ze het druk hadden.

Nadat ik klaar was met zoeken, stond ik op en liep naar mevrouw Merrimans bureau. 'Kan ik misschien een kopietje maken van het bankboekje van mevrouw Ackerman?'

'Als meneer Sotherland het goed vindt wel,' zei ze.

'Ik vroeg me ook af waar ze haar jas en tas overdag liet.'

'Achterin. We hebben ieder een kastje in het magazijn.'

'Dat zou ik ook graag willen zien.'

Ik wachtte geduldig terwijl ze beide verzoeken met haar baas besprak en toen liep ik met haar mee naar achteren. Er was een deur naar het parkeerterrein met links daarvan een wc en rechts een voorraadkamer met vier metalen stellingen naast elkaar, de kopieermachine en een heleboel planken vol met kantoorbenodigdheden. Elk kastje was ongeveer een meter vijftig hoog en voorzien van een naam. Lucy Ackermans kastje was stevig afgesloten. Het kastje zag er op de een of andere manier onheilspellend uit. Ik bekeek het slot eens goed en wilde er graag mijn lopers op uitproberen, maar nu de politie gebeld was leek me het maar beter van niet. 'Zou iemand me kunnen vertellen wat er in het kastje zit als het eenmaal is geopend?' vroeg ik aan mevrouw Merriman terwijl zij kopieën maakte van het bankboekje.

'Deze ook graag,' zei ik en ik gaf haar een doorslag van het formulier dat Lucy moest ondertekenen toen ze het geld opnam. Het had opgevouwen achter in het bankboekje gezeten. 'Hebt u enig idee waarom ze ervandoor ging?'

Mevrouw Merriman keek zuinig, alsof ze niet zeker wist wat ze nu wel of niet moest vertellen.

'Ik zou niet graag willen dat men zegt dat ik uit de school klap,' begon ze voorzichtig.

'Mevrouw Merriman, het ziet ernaar uit dat er een misdrijf is gepleegd,' zei ik. 'De politie zal u straks hetzelfde vragen.'

'O. Nou ja, dan is het waarschijnlijk wel in orde. Ik heb geen flauw idee waar ze is, maar volgens mij gedroeg ze zich knap vreemd de afgelopen maanden.'

'Hoe dan?'

'Ze deed geheimzinnig. Alsof ze iets wist wat wij niet wisten.'

'Nou, dat klopt wel,' zei ik.

'O, daar had het niets mee te maken,' zei ze aarzelend. 'Volgens mij had ze een relatie.'

Dit was interessant. 'Een relatie? Met wie dan wel?'

Ze wachtte even en speelde met een van de haarspelden die in haar overdadige kapsel zaten. Ze keek opzettelijk in de richting van meneer Sotherlands kamer. Ik draaide me om en keek ook.

'Echt waar?' zei ik. Geen wonder dat hij zich zo op zat te vreten, dacht ik.

'Ik weet het niet voor honderd procent zeker,' mompelde ze, 'maar zijn huwelijk is al jaren slecht en zij was ook niet bepaald gelukkig. Ze heeft die afschuwelijke kinderen en dan ook nog eens een man die er nog meer wil. Zij en meneer Sotherland, Gavie noemde ze

hem, hebben... nou ja, ik weet gewoon zeker dat ze iets hadden samen. Of het iets met het verduisterde geld te maken heeft weet ik niet.' Nadat ze zoveel had gezegd, werd ze opeens nerveus. 'U zegt dit toch niet tegen de politie, hoop ik?'
'Nee hoor,' zei ik. 'Tenzij ze me het natuurlijk vragen.'
'O, juist ja.'
'Is er trouwens een reisbureau dat jullie kantoor altijd gebruikt?'
'Hiernaast,' antwoordde ze.

Ik had een kort gesprek met de boekhoudster, die niets nieuws kon vertellen over Lucy Ackermans laatste werkdagen. Ik haalde mijn Volkswagen van het parkeerterrein en reed naar de kliniek een paar straten verderop terwijl ik me afvroeg waarom Lucy daar naartoe was gegaan. Ik hield het op geboortebeperking en wel in zijn meest rigoureuze vorm. Als zij een relatie had (en als ze beslist niet meer zwanger wilde worden), dan leek me dat wel logisch, maar ik wist niet hoe ik daarachter kon komen. Medisch personeel draagt bepaald het hart niet op de tong over dat soort zaken.
Ik parkeerde voor de kliniek en pakte mijn klembord van de achterbank. Ik heb een hele voorraad formulieren voor dit soort situaties. Ze zien eruit als een kruising tussen een sollicitatieformulier en een verzekeringsformulier. Ik vulde er eentje in op naam van Lucy en vervalste haar handtekening waarmee ze toestemming gaf voor informatie. Als voorbeeld had ik de kopie van de bankwissel die in haar bankboekje had gezeten. Zeker, dat was niet erg netjes, zelfs illegaal, maar de inlichtingen die ik zou krijgen, zouden toch nooit voor de rechtbank gebruikt worden, dus dan maakte het niet zóveel uit hoe ik eraan kwam.
Ik liep de kliniek in en was opgelucht te zien dat de wachtkamer bijna leeg was. Ik ging naar de balie en haalde mijn portefeuille met mijn identiteitsbewijs van California Fidelity tevoorschijn. Ik doe wel eens een onderzoek voor deze verzekeringsmaatschappij en in ruil daarvoor mag ik een kamer van hen gebruiken. Ooit waren ze zo dom om me een identificatiebewijs met foto te geven en ik maak er dankbaar gebruik van.
Ik kon kiezen uit drie receptionistes en na ampele overweging probeerde ik oogcontact te krijgen met de oudste. Meestal staan de jongere medewerkers het laagst op de ladder en die kon je dan ook vaak niet voor de gek houden. Mensen die niets te vertellen hebben, vol-

gen meestal blindelings de regels. Omdat ze onbetekenend waren, genoten ze ervan als anderen moesten doen wat ze zeiden.

De vrouw kwam naar voren achter de balie en keek me afwachtend aan. Ik liet haar het identificatiebewijs zien en zorgde ervoor dat het formulier op het klembord duidelijk te zien was.

'Dag, ik ben Kinsey Millhone,' zei ik. 'Misschien kunt u me helpen, mevrouw...'

Ze gaf haar naam schoorvoetend, alsof die magische krachten had die op deze manier haar ontnomen werden. 'Lilian Vincent,' zei ze met tegenzin. 'Waarmee kan ik u helpen?'

'Lucy Ackerman heeft een claim ingediend en we willen nagaan of ze daar inderdaad recht op heeft. Hier hebt u een kopie van haar toestemming voor uw archief.'

Ik gaf haar het nepformulier en deed toen net alsof ik bezig was met mijn klembord om haar af te leiden.

Ze was meteen op haar hoede. 'Wat is dat?'

Ik keek haar aan. 'O, sorry. Ze wil zwangerschapsverlof en we hebben de datum nodig waarop ze is uitgerekend.'

'Zwangerschapsverlof.'

'Ze is toch een cliënt van deze kliniek?'

Lilian Vincent keek me aan. 'Wacht even,' zei ze en ze liep weg met het formulier in de hand. Ze pakte een kaart uit een archiefkast en kwam ermee terug. Ze gaf het aan mij. 'Die vrouw heeft haar eileiders laten afbinden,' zei ze zakelijk.

Ik knipperde met mijn ogen en glimlachte ongelovig. 'Er is vast ergens een vergissing gemaakt.'

'Door Lucy Ackerman als ze denkt dat ze dat kan flikken.' Ze sloeg de kaart open en tikte veelbetekenend op de datum van 2 augustus. 'Op vrijdag was ze hier nog voor de laatste controle. Ze is onvruchtbaar.'

Ik keek op de kaart. En ja hoor, het stond er echt. Ik trok een verbaasd gezicht en schudde toen mijn hoofd. 'Hemeltjelief. Nou. Mag ik daar misschien een kopie van?'

'Zeker weten,' zei de baliemedewerkster en ze maakte er een kopie van voor me. Ze legde het op de balie en keek toe toen ik het in mijn klembord stopte.

Ze zei: 'Ik snap niet dat ze geloven dat het hen zal lukken.'

'Mensen belazeren de boel nu eenmaal graag,' antwoordde ik.

110

Het was al bijna middag tegen de tijd dat ik bij het reisbureau was naast het kantoor van Lucy Ackerman. Het was een fluitje van een cent om achter de reservering te komen die ze twee weken eerder had gemaakt. Buenos Aires, eerste klas, met Pan Am. Voor één persoon. Ze had het ticket opgehaald net voor het reisbureau die vrijdagmiddag dicht zou gaan.

De reisagent steunde met zijn ellebogen op de balie en keek me vol interesse aan, hij hoopte vast dat ik hem alle smerige details zou vertellen. 'Ik heb gehoord over dat gedoe hiernaast,' zei hij. Hij was jong, ongeveer 24, en had een wipneus, bruin haar en een spleet tussen zijn voortanden. Hij zou het fantastisch doen als een van de acteurs in zo'n typisch Amerikaanse tv-serie.

'Hoe heeft ze voor het ticket betaald?'

'Contant,' zei hij. 'Wie had dat gedacht, hè?'

'Zei ze nog iets bijzonders?'

'Nee, niet echt. Ze was behoorlijk opgewonden en we maakten nog wat grapjes over de wraak van Montezuma en zo. Ik wist dat ze getrouwd was en ik vroeg haar wie voor de kinderen zou zorgen, en wat haar man ging doen terwijl ze weg was. Shit, ik had echt nooit maar dan ook nooit gedacht dat ze zoiets zou doen.'

'Heb je nog gevraagd waarom ze in haar eentje naar Argentinië ging?'

'Ja, en zij zei dat het een verrassing was.' Hij haalde zijn schouders op. 'Dat snapte ik, maar zij moest er zo om lachen, dat ik dacht dat ik de clou niet snapte.'

Ik vroeg om een kopie van de reispapieren. Ze had voor een retourticket betaald, maar had geen datum voor de terugreis vastgesteld. Misschien wilde ze de retourticket inwisselen als ze eenmaal daar was. Ik stopte de kopie van haar reispapieren in het klembord bij de medische formulieren. Er klopte ergens iets niet, maar ik kon mijn vinger er niet op leggen.

'Bedankt voor de medewerking,' zei ik onderweg naar de deur.

'Geen punt. Volgens mij snapte die andere vent hem ook niet,' merkte hij op.

Ik draaide me naar hem om. 'Wat snapte hij ook niet?'

'De clou. Ik hoorde hen hiernaast tekeergaan als gekken. Hij was laaiend.'

'Echt waar?' zei ik. Ik keek hem aan. 'Hoe laat was dat?'

'Kwart over vijf. Rond die tijd. Ze waren al gesloten, net als wij, maar pa wilde dat ik bleef tot de schoonmaakploeg kwam. Hij is de eigenaar, en daarom werk ik hier. Er kwam een nieuwe ploeg en hij wilde zeker weten dat ze wisten wat ze moesten doen.'

'Ben je voorlopig nog hier?'

'Ja hoor.'

'Prima. De politie zal dit waarschijnlijk ook willen weten.'

Ik liep al piekerend naar het notariskantoor. Barbara Hemdahl en mevrouw Merriman hadden allebei besloten hun lunch op kantoor te gebruiken. Of misschien had de politie wel gezegd dat ze niet weg mochten. De boekhoudster zat achter haar bureau met een boterham, een appel en een pak melk keurig voor haar uitgestald, terwijl mevrouw Merriman iets at uit een plastic bakje dat ze in een fastfoodrestaurant had gekocht.

'Hoe gaat het?' vroeg ik.

Barbara Hemdahl gaf antwoord. 'De rechercheurs zijn een huiszoekingsbevel gaan halen om de kastjes te openen. Voor bewijs.'

'Er is er maar een op slot,' merkte ik op.

Ze haalde haar schouders op. 'Ze mogen misschien niet kijken zonder schriftelijke toestemming.'

Mevrouw Merriman zag er een tikje schuldbewust uit toen ze zei: 'Ze hebben ons gevraagd om onze kastjes open te maken en dat hebben we natuurlijk gedaan.'

Mevrouw Merriman en Barbara Hemdahl keken elkaar veelbetekenend aan.

'En?'

Mevrouw Merriman werd rood. 'Er zat een tas in het kastje van meneer Sotherland met haar spullen erin.'

'Staat die er nog?'

'Eh... ja, maar er staat een agent bij op wacht zodat niemand ermee vandoor kan gaan. Alles ligt op het kopieerapparaat.'

Ik liep naar achteren en wierp een blik in het magazijn. Ik kende de knul die op wacht stond en van hem mocht ik de spullen bekijken, zolang ik maar overal af bleef.

De tas had vol gezeten met spullen die een vrouw graag bij de hand heeft als de bagage per ongeluk ergens anders naartoe wordt gevlogen. Er zat een tandenborstel in, tandpasta, slippers, een piepklein doorzichtig nachtjaponnetje, een recept, een borstel en een reservebril in etui. Onder wat ondergoed zag ik een rond plastic doosje, met een bol deksel en zo groot als een poederdoos.

Gavin Sotherland zat nog aan zijn bureau toen ik zijn kamer binnen stapte. Zijn gezicht was grauw en zijn overhemd hing uit zijn broek en er zaten grote zweetplekken onder zijn oksels. Hij rookte een sigaret op de manier van iemand die was opgehouden maar door de stress toch maar weer was begonnen. Rechts van me stond een andere agent.

Ik leunde tegen de deurpost, maar Gavin keek niet op.

Ik zei: 'Je wist wat ze aan het doen was, maar je dacht dat ze je mee zou nemen.'

Hij glimlachte bitter. 'Het leven is één grote verrassing,' zei hij.

Ik moest Robert Ackerman vertellen wat ik had ontdekt, en daar keek ik erg tegenop. Om het uit te stellen en om te bewijzen wat voor een braaf meisje ik wel was, reed ik eerst naar het politiebureau om ze alles door te geven wat ik wist en hun mijn theorie te vertellen. Ze gaven me nu niet meteen een medaille, maar ze waren ook niet zo kwaad op me als ik had gedacht, het aantal overtredingen dat ik had begaan in overweging nemende. Ze waren zelfs een tikje beleefd, en dat was ik bepaald niet gewend. Helaas duurde dat allemaal niet zo lang en voor ik het wist stond ik weer bij de Ackermans op de stoep.

Ik belde aan en wachtte terwijl er allemaal flauwe grapjes door mijn hoofd spookten. Er is goed nieuws en er is slecht nieuws, Robert. Het goede nieuws is dat het al zo snel opgelost is dat je me geen driehonderd dollar hoeft te betalen. Het slechte nieuws is dat je vrouw een dievegge is, waarschijnlijk dood is en dat we bezig zijn met een huiszoekingsbevel omdat we denken te weten waar het lijk is.

De deur ging open en daar stond Robert met zijn vinger tegen de mond. 'Stt. De kinderen liggen net op bed,' fluisterde hij.

Ik knikte overdreven, om zo te laten zien dat ik het snapte.

Hij gebaarde dat ik naar binnen kon gaan en samen liepen we op onze tenen door het huis naar de tuin, waar we bleven fluisteren. Ik had geen flauw idee waar de ettertjes sliepen, en ik wilde hen beslist niet wakker maken.

Na een halve dag zorgen voor de jongens, zag Robert er ontredderd uit, hard toe aan aflossing.

'Ik had niet verwacht je nu alweer te zien,' fluisterde hij.

Ik ging vanzelf ook fluisteren, alsof het om een groot geheim ging. Het deed me aan de kleuterschool denken, de herfstlucht, wij tweeën die op de rand van de zandbak zaten als twee kleine kinderen die kattenkwaad zitten uit te broeden. Ik wilde zijn hart niet breken, maar er zat niets anders op.

'Het is zo'n beetje opgelost,' zei ik.

Hij keek me even aan en zag waarschijnlijk aan de uitdrukking op mijn gezicht dat het geen goed nieuws was. 'Is ze in orde?'

'We hebben het vermoeden van niet,' zei ik. En toen vertelde ik hem alles wat ik te weten was gekomen, te beginnen bij de verduistering en de relatie met Gavin en eindigend met de ruzie die de reisagent had gehoord. Robert wist al wat er komen ging.

'Ze is dood, hè?'

'Dat weten we niet zeker, maar we denken het wel.'

Hij knikte en de tranen sprongen hem in de ogen. Hij sloeg zijn armen om zijn knieën en legde zijn kin op zijn vuisten. Hij zag er zo jong uit dat ik hem troostend in mijn armen wilde nemen. 'Had ze echt een relatie?' vroeg hij zielig.

'Dat wist je toch eigenlijk wel,' zei ik. 'Je zei zelf dat ze al maandenlang onrustig en opgewonden was. Dat zei toch al genoeg?'

Hij haalde zijn schouders op en veegde met de mouw van zijn T-shirt de tranen weg die over zijn wangen biggelden. 'Tja,' zei hij. 'Misschien wel.'

'En toen ging je vrijdag naar het kantoor en zag je dat ze op het punt stond te vertrekken. Toen heb je haar vermoord, hè?'

Hij zat stokstil en staarde naar me. Ik dacht aanvankelijk dat hij het zou gaan ontkennen, maar toen zag hij waarschijnlijk in dat het geen nut had. Hij knikte zwijgend.

'En toen nam je mij aan, zodat jij onschuldig zou lijken, hè?'

Hij maakte een eigenaardig piepend geluid achter in zijn keel en snikte. Fluisterend zei hij: 'Ze had dat niet moeten doen... ons zo in de steek laten. We hielden zoveel van haar...'

'Is het geld hier?'

Hij knikte en zag er vreselijk uit. 'Ik zou je daar niet mee betaald hebben, hoor,' zei hij, alsof dat iets uitmaakte. 'We hadden echt wat geld gespaard voor San Diego.'

'Ik vind het erg dat het allemaal zo gelopen is,' zei ik.

'Zo slecht heb ik het niet gedaan, toch? Het was me bijna gelukt, hè?'

Ik bedoelde het reisje naar de dierentuin, maar hij dacht dat ik het over de moord op zijn vrouw had. Over langs elkaar heen praten gesproken!

'Ja hoor, het was je bijna gelukt,' zei ik. Shit, zat ik hier moeite te doen die knul een beetje op te peppen.

Hij keek me zielig aan met rode betraande ogen en trillende lippen. 'Maar wat heb ik verkeerd gedaan? Wat heeft me de das omgedaan?'

'Je hebt haar pessarium in de tas gestopt die je voor haar pakte. Je wilde daarmee Gavin Sotherland verdacht maken, maar je wist niet dat ze haar eileiders af had laten binden.'

Ik zag de woede in hem ontsteken, maar toen zakte die weer. Die vrijwillige sterilisatie vond hij waarschijnlijk erger dan de relatie met haar baas.

'Jezus, ik weet niet wat ze in hem zag,' zei hij kwaad. 'Hij was echt een zak.'

'Nou,' zei ik, 'misschien is het een troost voor je dat ze hem ook niet wilde meenemen. Ze wilde gewoon vrij zijn, snap je?'

Hij pakte een zakdoek en snoot zijn neus in een poging zichzelf weer in de hand te krijgen. Hij veegde zijn ogen af, trillend van de emoties. 'Maar hoe kunnen jullie het bewijzen eigenlijk, zonder lijk? Weten jullie waar ze is?'

'Dat geloven we wel,' zei ik zachtjes. 'De zandbak, Robert. Recht onder ons.'

Hij leek in elkaar te krimpen. 'O, god,' fluisterde hij, 'o, god, geef me niet aan. Je krijgt al het geld, kan mij het schelen. Maar laat me bij mijn kinderen blijven. Die knulletjes hebben me nodig. Ik heb het voor hen gedaan. Ik zweer het je. Je hoeft het toch niet aan de politie te vertellen?'

Ik schudde mijn hoofd en sloeg de kraag van mijn bloes omhoog; eronder zat een microfoontje. 'Ik hoef het aan niemand te vertellen. Je wordt afgeluisterd,' zei ik en ik keek naar de tuin van de buren. Ik was nog nooit zo blij geweest inspecteur Dolan te zien.

De Andromache van Pietro

Sara Paretsky

Sara Paretsky (1947-) werd in Ames in Iowa, geboren en studeerde aan de universiteit van Canada in Lawrence en de universiteit van Chicago waar ze doctor in de geschiedenis werd. Nadat ze eerst als broodschrijfster werkte en als marketing manager bij een verzekeringsmaatschappij, begon ze haar schrijversloopbaan met *Indemnity Only* (*Bloed is dikker dan goud*), waarin ze de in Chicago woonachtige privé-detective V.I. Warshawski introduceerde. Het is een van de twee bekendste vrouwelijke privé-detectives die in dat belangrijke jaar 1982 debuteerden. Zoals dat gaat met detectives in boeken, is Warshawski een specialiste.

In *St. Jamess Guide to Crime & Mystery Writers* (4e editie, 1996) schrijft Paretsky: 'Net als Lew Archer voor haar, kijkt ze verder dan oppervlakkig naar "de keerzijde van de munt", de kant waar macht en geld mensen corrumperen tot het nemen van misdadige beslissingen om hun positie te behouden. In al haar zaken onderzoekt ze een aspect van witteboordencriminaliteit waarin hoge piefen hun machtsposities willen versterken of hun bedrijven willen opkrikken, zonder zich te storen aan de gewone mensen die voor hen werken.' Deze richtlijnen bieden genoeg mogelijkheden tot variatie op het thema, bijvoorbeeld tegen een achtergrond van de geneeskunde, de politiek, het geloof, of de politie.

Behalve met het schrijven van haar eigen werk, heeft Paretsky veel gedaan om de positie van de vrouwelijk misdaadschrijvers te verstevigen, door bloemlezingen van hun werk te redigeren en de uiterst succesvolle Sisters in Crime op te richten. Paretsky's naam wordt in één adem genoemd met die van Sue

Grafton, die haar privé-detective Kinsey Millhone eveneens in 1982 introduceerde. De twee detectives zijn aan elkaar gewaagd, hoewel V.I. Warshawski wat harder is en in elk geval duidelijker in haar politieke voorkeur dan Millhone. Een nadeel van de eeuwige vergelijking, zo geeft Paretsky toe in een recent interview in het tijdschrift *Crime Time*, is dat ze Grafton niet langer kan lezen, terwijl ze er vroeger zo dol op was, omdat ze bang is dat ze onbewust beïnvloed wordt.

Net als vele andere vrouwelijke privé-detectives, heeft V.I. Warshawski een uitgebreide vrienden- en kennissenkring die in elk boek voorkomt. Twee van hen, Lotty Herschel en Max Loewenthal, komen voor in *De Andromache van Pietro (The Case Of The Pietro Andromache)*, een verhaal dat inmiddels de status van moderne klassieker bezit, gezien het aantal malen dat het in bloemlezingen verschijnt.

'Je hebt er alleen in toegestemd hem aan te stellen vanwege zijn kunstverzameling, dat weet ik zeker.' Lotty Herschel bukte zich om haar kousen recht te trekken. 'En wiebel niet zo met je wenkbrauwen – je ziet eruit als een puberachtige Groucho Marx.'

Max Loewenthal hield gehoorzaam zijn wenkbrauwen stil, maar zei: 'Het komt door je benen, Lotty, die herinneren me aan mijn jeugd. Je weet wel, naar beneden gaan in de ondergrondse om te wachten tot de luchtaanvallen voorbij waren, kijken naar de vrouwen die van de roltrappen afkwamen. De opwaartse luchtstroom liet hun rokken altijd opwaaien.'

'Je verzint het, Max. Ik ben ook in die metrostations geweest, en voorzover ik me herinner waren de vrouwen altijd omhuld door mantels en kinderen.'

Max liep bij de deur vandaan en sloeg zijn arm om Lotty heen. 'Dat houdt ons bij elkaar, Lottchen: ik ben een romanticus en jij bent strikt logisch. En je weet dat we Caudwell niet hebben aangesteld vanwege zijn verzameling. Hoewel ik moet toegeven dat ik die dolgraag wil zien. De raad van bestuur wil dat het Beth Israel-ziekenhuis een transplantieprogramma ontwikkelt. Het is de enige manier waarop we het tegen onze concurrenten kunnen opnemen –'

'Je hoeft bij mij niet met je reclamepraatjes aan te komen,' zei Lotty bits. Haar dikke wenkbrauwen trokken zich samen tot ze een zware, zwarte streep op haar voorhoofd vormden. 'Volgens mij is hij een gek met de handen van een slager en de persoonlijkheid van Attila.' Lotty's nauwe betrokkenheid bij de geneeskunde liet geen ruimte voor zoiets als laag-bij-de-grondse geldzaken. Maar als financieel directeur van het ziekenhuis zat Max er, samen met de bewindvoerders, bovenop om ervoor te zorgen dat Beth Israel winst maakte. Of althans een kleiner verlies leed dan ze de afgelopen jaren hadden gedaan. Ze hadden Caudwell ten dele erbij gehaald om meer particuliere patiënten aan te trekken – én om te helpen een aantal van de behoeftigen te selecteren die twaalf procent uitmaakten van Beth Israels patiëntenbestand. Max vroeg zich af hoe lang het ziekenhuis zich kon veroorloven mensen te steunen die zo veel van elkaar verschilden als Lotty en Caudwell met hun volslagen uiteenlopende visie op de geneeskunde.

Hij liet zijn arm zakken en glimlachte vragend tegen haar. 'Waarom haat je hem zo, Lotty?'

'Ik ben degene die moet rechtvaardigen dat ik patiënten overlever aan deze – deze holbewoner. Besef je wel dat hij geprobeerd heeft mevrouw Mendes uit de operatiekamer weg te houden toen hij hoorde dat ze aids had? Er was hem niet eens gevraagd om zijn handen met haar bloed te bezoedelen, maar hij wilde niet dat ik haar opereerde.'

Lotty ging een paar stappen bij Max vandaan en wees naar hem met een beschuldigende vinger. 'Je kunt de raad van bestuur vertellen dat ze, als hij mijn oordeel in twijfel blijft trekken, een nieuwe gynaecoloog kunnen zoeken. Ik meen het. Luister vanmiddag maar Max, dan kun je horen of hij me al dan niet "onze kleine babydokter" noemt. Ik ben achtenvijftig, ik ben lid van het Royal College of Surgeons en bovendien heb ik in dit land genoeg geloofwaardigheid opgebouwd om een heel ziekenhuis aan te sturen, en dan ben ik voor hem "een kleine babydokter".

Max ging op de bank zitten en trok Lotty naast zich. 'Nee, nee, Lottchen, niet tegenstribbelen. Waarom heb je me dat niet eerder verteld?'

'Doe niet zo stom, Max: jij bent directeur van het ziekenhuis. Ik kan onze bijzondere relatie niet gebruiken om problemen die ik met de staf heb, af te handelen. Ik heb gezegd wat ik te zeggen had tijdens Caudwells laatste sollicitatiegesprek. Een aantal collega's was niet gelukkig met zijn optreden. Als je het je nog herinnert, we hebben de raad gevraagd om hem eerst aan te stellen als hartchi-

119

rurg en hem na een jaar te bevorderen tot chef-arts, als iedereen tevreden was over zijn prestaties.'

'We hebben er inderdaad over gesproken om het op die manier te doen,' gaf Max toe. 'Maar hij wilde de benoeming niet accepteren, behalve als hij chef-arts zou worden. Dat was de enige manier waarop we hem het salaris konden bieden dat hij bij een van de universiteitsziekenhuizen, of bij Humana, kon krijgen. En, Lotty, zelfs als je hem als mens niet mag, zul je moeten toegeven dat hij een eersteklas chirurg is.'

'Ik geef niets toe.' Er dansten rode lichtjes in haar zwarte ogen. 'Als hij mij al neerbuigend toespreekt, een van zijn collega's, hoe denk je dan dat hij zijn patiënten behandelt? Je kunt de geneeskunde niet beoefenen als – '

'Nu is het mijn beurt om te zeggen: spaar me je praatjes,' viel Max haar vriendelijk in de rede. 'Maar als je zo over hem denkt zou je misschien vanmiddag niet naar zijn feestje moeten gaan.'

'En toegeven dat hij me klein kan krijgen? Dat nooit.'

'Goed dan.' Max stond op en legde een met gouddraad doorweven wollen sjaal over Lotty's schouders. 'Maar je moet me beloven dat je je zult gedragen. Het is een sociale bijeenkomst waar we naartoe gaan, denk daar wel aan, geen gladiatorenstrijd. Caudwell probeert vanmiddag iets terug te doen voor onze gastvrijheid, niet jou te kleineren.'

'Ik heb van jou geen lesje in beleefdheid nodig. De Herschels gingen al op bezoek bij de keizers van Oostenrijk toen de Loewenthals nog met groentekraampjes op de markt stonden,' zei Lotty uit de hoogte.

Lachend kuste Max haar hand. 'Denk dan aan de koninklijke Herschels en doe net als zij, Eure Hoheit.'

Caudwell had ongezien een appartement gekocht toen hij naar Chicago verhuisde. Een gescheiden man wiens kinderen aan de universiteit studeren hoeft in dergelijke zaken slechts op zijn eigen smaak af te gaan. Hij had de raad van bestuur van het Beth Israel gevraagd hem een makelaar aan te bevelen, had die zijn wensen kenbaar gemaakt – een gebouw uit de jaren twintig, bij Lake Michigan, goede beveiliging, modern sanitair – en vervolgens zevenhonderdvijftigduizend dollar aanbetaald voor een appartement met acht kamers, aan Scott Street, met uitzicht op het gigantische meer.

Omdat het Beth Israel een behoorlijk bedrag betaalde voor het voorrecht dokter Charlotte Herschel als hun gynaecoloog te behouden, was er niets dat haar dwong te wonen in een flat met vijf kamers, zonder lift, aan de rand van het centrum, dus het was een beetje onredelijk van haar om tegen Max te mompelen 'parvenu', toen ze de hal in liepen.

Max liet Lotty dankbaar gaan nadat ze uit de lift waren gestapt. Haar minnaar zijn was te vergelijken met de metgezel zijn van een Bengaalse tijger: je wist nooit wanneer ze een dodelijke uitval naar je zou doen. Toch, als Caudwell haar – en haar beoordelingsvermogen – beledigde zou hij misschien eens met de chirurg moeten praten om hem uit te leggen hoe belangrijk Lotty was voor de reputatie van het Beth Israel.

Caudwells twee kinderen waren op hun verplichte kerstbezoek. Het waren een jongen en een meisje, Deborah en Steve, die nog geen jaar scheelden; beiden lang, beiden blond en zelfbewust, met een wereldwijsheid die voortkwam uit een in dure skioorden doorgebrachte jeugd. Max was niet al te groot en terwijl de een zijn jas aannam en de ander hen kort aan elkaar voorstelde, voelde hij zich krimpen en verloor hij iets van zijn zelfverzekerdheid. Hij accepteerde een glas speciale cuvée van een van hen – was het de jongen of het meisje, vroeg hij zich verward af – en vervolgens stortte hij zich in het gewoel.

Hij kwam terecht naast een van de bewindvoerders van het Beth Israel, een vrouw van een jaar of zestig, die een grijze mini-jurk droeg waarvan de zwarte schouderbandjes uit veren bestonden. Ze leverde opgewekt commentaar op Caudwells kunstverzameling, maar Max voelde een vijandige onderstroom: rijke bewindvoerders vinden het geen prettig idee dat ze de staf niet kunnen overtroeven.

Terwijl Max met gepaste tussenpozen met opgetrokken wenkbrauwen knikte, begon de gedachte bij hem op te komen dat Caudwell niet wist hoezeer het ziekenhuis Lotty nodig had. Hartchirurgen hebben niet het kleinste ego van de wereld: wanneer je hun vraagt de namen te noemen van de drie meest vooraanstaande collega's ter wereld willen de namen van de twee anderen hen nooit te binnen schieten. Lotty stond aan de top in haar vakgebied en ook zij was eraan gewend haar zin door te drijven. Omdat haar manier om een confrontatie aan te gaan meer deed denken aan het Ardennenoffen-

121

sief dan aan het keizerlijke hof van Wenen kon hij het Caudwell niet kwalijk nemen dat deze probeerde haar uit het ziekenhuis weg te werken.

Max liep bij Martha Gildersleeve vandaan om een paar van de schilderijen en de beeldjes te bewonderen waarover ze had gesproken. Als verzamelaar van Chinees porselein trok Max zijn wenkbrauwen op en floot hij geluidloos bij het zien van de tentoongestelde werken. Een kleine Watteau en een aquarel van Charles Demuth waren evenveel waard als het Beth Israel Caudwell in een jaar betaalde. Geen wonder dat mevrouw Gildersleeve zo geïrriteerd was geweest.

'Indrukwekkend, vind je niet?'

Max draaide zich om en zag Arthur Gioia hoog boven hem uittorenen. Max was kleiner dan de meeste stafleden van het Beth Israel, kleiner dan iedereen behalve Lotty. Maar Gioia, een lange, gespierde immunoloog, stak boven iedereen uit. Hij had aan de universiteit van Arkansas gestudeerd met een football-beurs en had zelfs een seizoen als stopper in Houston gespeeld voor hij aan zijn studie medicijnen begon. Het was twintig jaar geleden sinds hij voor het laatst aan gewichtheffen had gedaan, maar zijn nek leek nog steeds op de stam van een sequoia.

Gioia had de oppositie tegen Caudwell aangevoerd. Destijds had Max vermoed dat het meer eraan lag dat een arts een bepaalde chirurg niet als zijn chef wilde hebben dan aan iets anders, maar na Lotty's uitbarsting was hij er niet meer zo zeker van. Hij stond zich nog af te vragen of hij de dokter zou vragen hoe hij over Caudwell dacht nu hij een half jaar met hem had samengewerkt, toen hun gastheer op hem toegesneld kwam en hem een hand gaf.

'Sorry dat ik je niet heb zien binnenkomen, Loewenthal. Bevalt de Watteau je? Het is een van mijn lievelingsschilderijen. Hoewel een verzamelaar eigenlijk niet mag voortrekken, zomin als een vader dat mag, nietwaar, liefje?' De laatste opmerking was tegen de dochter, Deborah, gericht, die achter Caudwell was opgedoken en een arm om hem heen had geslagen.

Caudwell had meer weg van een Victoriaanse zeevaarder dan van een chirurg. Hij had een rond, rood gezicht onder een dikke bos gelig-wit haar, een gulle kerstmannenlach en een bruuske, directe manier van optreden. Niettegenstaande Lotty's schampere opmerkingen was hij immens populair bij zijn patiënten. In de korte tijd

122

dat hij aan het ziekenhuis verbonden was, waren de opnamen voor hartoperaties met vijftien procent toegenomen.

Zijn dochter kneep hem speels in zijn schouder. 'Ik weet dat je geen van ons voortrekt, pap, maar je liegt tegen meneer Loewenthal over je verzameling; vooruit, dat weet je zelf ook.'

Ze wendde zich tot Max. 'Hij bezit iets waar hij zo trots op is dat hij het niet graag aan anderen wil laten zien – hij wil niet dat ze merken dat hij ook zijn kwetsbare plekken heeft. Maar het is Kerstmis, pap, ontspan je, toon de mensen voor de verandering nu eens je gevoelens.'

Max keek de chirurg nieuwsgierig aan, maar Caudwell leek blij met de familiariteit van zijn dochter. De zoon kwam erbij en voegde er zijn eigen schertsende vleierij aan toe.

'Dit is echt paps' trots en glorie. Hij heeft het van oom Griffen gestolen toen grootvader overleed en hij heeft moeder ervan weerhouden de hand erop te leggen toen ze uit elkaar gingen.'

Caudwell reageerde erop met een mild verwijt. 'Je geeft mijn collega's een verkeerde indruk van me, Steve. Ik heb het niet van Grif gestolen. Ik heb hem gezegd dat hij de rest van de bezittingen mocht hebben als hij mij de Watteau en de Pietro liet houden.'

'Hij had natuurlijk met de opbrengst van die twee tien keer zoveel kunnen krijgen als de rest van de erfenis,' mompelde Steve tegen zijn zuster over Max' hoofd heen.

Deborah liet haar vaders arm los om over Max heen te leunen en terug te fluisteren: 'Mam ook.'

Max schoof bij het onruststokende stel vandaan en hij zei tegen Caudwell: 'Een Pietro? Je bedoelt Pietro d'Alessandro? Heb je een replica, of een echt beeld?'

Caudwell liet zijn staccato admiraalslach horen. 'Een echte, Loewenthal. Een echte. Albast.'

'Albast?' Max trok zijn wenkbrauwen op. 'Dat kan toch niet. Ik dacht dat Pietro alleen in brons en marmer werkte.'

'Ja, ja,' grinnikte Caudwell handenwrijvend. 'Dat denkt iedereen, maar er waren een paar albasten beelden in privé-collecties. Ik heb deze door experts laten verifiëren. Ga mee, dan kun je het zien – het zal je de adem benemen. Jij ook, Gioia,' blafte hij de immunoloog toe. 'Je bent Italiaan, je wilt vast wel graag zien waartoe je voorouders in staat waren.'

'Een albast van Pietro?' Max schrok op van Lotty's afgemeten stem

– hij had niet gemerkt dat ze zich bij het groepje had gevoegd. 'Die zou ik heel graag willen zien.'

'Ga dan maar mee, dokter Herschel, ga mee.' Caudwell ging hen voor naar een smalle gang, in het voorbijgaan joviale woorden wisselend met zijn gasten, op een John William Hill wijzend die ze misschien over het hoofd hadden gezien, en nog een paar mensen meenemend die om verschillende redenen zijn kostbare bezit wilden zien.

'Tussen twee haakjes, Gioia, vorige week was ik in New York, zoals je weet. Daar heb ik een oude vriend van je ontmoet uit Arkansas. Paul Nierman.'

'Nierman?' Gioia leek niet te weten over wie hij het had. 'Ik ben bang dat ik me hem niet herinner.'

'Nou, hij herinnerde zich jou heel goed. Hij laat je allerlei boodschappen overbrengen – je moet maandag maar even bij mijn kamer langskomen dan zal ik je er alles van vertellen.'

Caudwell opende een deur aan de rechterkant van de gang en liet hen in zijn studeerkamer. Het was een achthoekige kamer die in de hoek van het gebouw was ontworpen. Aan twee kanten boden grote ramen uitzicht over Lake Michigan. Caudwell trok zalmkleurige gordijnen dicht, intussen pratend over de kamer en waarom hij die als studeerkamer had gekozen, ook al hield het uitzicht hem van zijn werk.

Lotty luisterde niet naar hem. Ze wandelde naar een kleine sokkel die apart stond tegen de houten betimmering van een van de verste muren. Max volgde haar en staarde met ontzag naar het beeld. Zelden had hij zo'n prachtig meesterwerk buiten een museum gezien. Het was ongeveer vijfendertig centimeter hoog en stelde een vrouw voor, in een klassiek, gedrapeerd gewaad, die zich diep bedroefd over het lichaam boog van een dode soldaat die aan haar voeten lag. De smart op haar mooie gezicht was zo intens dat die je deed denken aan de som van al het verdriet dat je ooit had meegemaakt.

'Wie stelt het voor?' vroeg Max nieuwsgierig.

'Andromache,' zei Lotty met gesmoorde stem. 'Andromache, rouwend om Hector.'

Max keek Lotty aan. Hij was verbaasd, zowel over haar emotie als over het feit dat ze het beeld kende – Lotty had totaal geen belangstelling voor beeldhouwkunst.

124

Caudwell kon het zelfvoldane lachje van een verzamelaar die een uniek stuk te pakken heeft gekregen, niet verbergen. 'Prachtig, vindt u niet? Hoe weet u wat het voorstelt?'

'Als iemand het moet weten ben ik het.' Lotty's stem was schor van emotie. 'Mijn grootmoeder bezat een dergelijke Pietro. Een albasten beeld, dat aan haar overgrootvader was geschonken door keizer Jozef II persoonlijk, voor zijn hulp bij het verstevigen van de keizerlijke betrekkingen met Polen.'

Ze nam het beeld van zijn voetstuk, zonder op Max te letten die hijgde van schrik, en ze draaide het om. 'Je kunt hier de resten van het keizerlijke zegel nog zien, en de schilfer die van Hectors voet is afgebroken, wat feitelijk de reden was waarom de Habsburgs het beeld wilden weggeven. Hoe komt u hieraan? Waar hebt u het gevonden?'

Het groepje dat met Caudwell was meegekomen stond zwijgend bij de deur, geschokt door Lotty's uitbarsting. Gioia leek verschrikter dan de anderen, maar hij vond Lotty zelfs onder de gunstigste omstandigheden al overweldigend – een olifant die zich geconfronteerd ziet met een vijandige muis.

'Ik denk dat u zich door uw emoties laat meeslepen, dokter.' Caudwell hield zijn toon luchtig, waardoor Lotty in tegenstelling tot hem onbehouwen leek. 'Ik heb dit beeld geërfd van mijn vader die het – volkomen legaal – in Europa gekocht heeft. Misschien van uw – grootmoeder, was het toch? Maar ik vermoed dat u het verwart met iets wat u als kind in een museum hebt gezien.'

Deborah stootte een schril lachje uit en riep luid tegen haar broer: 'Pap mag het dan van oom Grif gestolen hebben, maar het lijkt erop dat het om te beginnen door opa is gestolen.'

'Hou je mond, Deborah,' blafte Caudwell haar streng toe.

Zijn dochter schonk geen aandacht aan hem. Ze lachte nogmaals en samen met haar broer bekeek ze het keizerlijke zegel onder de voet van het beeld.

Lotty duwde hen opzij. 'Vergis ík me in het zegel van Jozef II?' siste ze tegen Caudwell. 'Of in de beschadiging aan Hectors voet? Je kunt de streep zien waar een of andere barbaar de plek heeft opgevuld. Iemand die dacht dat zijn aanraking waarde zou toevoegen aan Pietro's werk. Was u dat, dokter? Of uw vader?'

'Lotty.' Max was naast haar komen staan. Voorzichtig nam hij het beeld uit haar trillende handen om het weer op zijn voetstuk te zetten. 'Lotty, dit is niet de plaats noch de manier om dergelijke dingen te bespreken.'

Boze tranen fonkelden in haar zwarte ogen. 'Twijfel je aan mijn woord?'

Max schudde zijn hoofd. 'Ik twijfel niet aan je. Maar ik vraag je om niet op deze bijeenkomst op deze manier over deze kwestie te spreken.'

'Maar, Max, òf deze man, òf zijn vader, is een dief!'

Caudwell slenterde naar Lotty en gaf haar een kneepje in haar kin. 'U werkt te hard, dokter Herschel. U hebt dezer dagen te veel aan uw hoofd. Ik denk dat de raad van bestuur het zou toejuichen wanneer u een paar weken vakantie neemt, naar een warm oord gaat, om tot rust te komen. Wanneer u zo gespannen bent is dat niet goed voor uw patiënten. Wat zeg jij ervan, Loewenthal?'

Max zei geen van de dingen die hij wilde zeggen – dat Lotty onuitstaanbaar was en Caudwell onverdraaglijk. Hij geloofde Lotty, geloofde dat het kunstwerk van haar grootmoeder was geweest. Om te beginnen wist ze er te veel van. En verder, heel wat kunstvoorwerpen die eigendom waren van Europese joden, bevonden zich nu in musea of privé-collecties over de hele wereld. Het was alleen een bizar toeval dat de Pietro terechtgekomen was bij Caudwells vader. Hoe durfde ze echter de kwestie naar voren te brengen op een manier die waarschijnlijk alle aanwezigen tegen haar in het harnas zou jagen? In een dergelijke situatie kon hij haar met geen mogelijkheid steunen. Tegelijkertijd liet het feit dat Caudwell haar zo neerbuigend in haar kin geknepen had, hem wensen dat hij niet vastgeroest zat in een beleefdheid die hem belette de chirurg knock-out te slaan, ook al was hij tien jaar jonger en vijfentwintig centimeter langer geweest.

'Ik geloof niet dat dit de plaats noch de tijd is om dergelijke kwesties te bespreken,' herhaalde hij zo kalm mogelijk. 'Laten we allemaal eerst maar eens afkoelen, dan zien we elkaar maandag weer. Goed?'

Lotty snakte onwillekeurig naar adem, daarna stoof ze de kamer uit zonder achterom te kijken.

Max weigerde haar te volgen. Hij was te kwaad op haar om haar die middag nog te willen zien. Toen hij ruim een uur later aanstalten maakte het feestje te verlaten, na een lang gesprek met Caudwell dat het uiterste had gevergd van zijn hoffelijkheid, hoorde hij tot zijn opluchting dat Lotty reeds lang daarvoor was vertrokken. Het verhaal van haar uitbarsting had zich natuurlijk met een snelheid, hoger dan die van het geluid, onder de aanwezigen verspreid; hij voelde er echter niets voor haar tegenover Martha Gildersleeve te verdedigen, die een verklaring van hem vroeg toen ze samen in de lift naar beneden gingen.

Hij ging naar zijn huis in Evanston, waar hij de avond in eenzaamheid doorbracht. Gewoonlijk vond hij het prettig om in zijn studeerkamer naar muziek te kunnen luisteren, op de bank liggend met zijn schoenen uit, of een boek over geschiedenis te lezen terwijl hij op de achtergrond de kabbelende geluiden van het meer hoorde. Vanavond kon hij zich echter niet ontspannen. Boosheid op Lotty versmolt met afschuwelijke beelden, de herinneringen aan zijn omgebrachte familieleden, zijn zoektocht door Europa naar zijn moeder. Hij had nooit iemand gevonden die precies wist wat er van haar geworden was, wel hadden verscheidene mensen hem definitief verteld dat zijn vader zelfmoord had gepleegd. En die flarden herinnering in zijn gedachten werden overheerst door het verontrustende beeld van Caudwells kinderen, met hun blonde hoofden die in een identieke hoek achterover geworpen werden terwijl ze opgewekt zongen: 'Opa was een dief, opa was een dief,' en Caudwell zijn bezoekers de studeerkamer uitloodste.

De volgende morgen zou hij zich voldoende hersteld moeten hebben om Lotty onder ogen te komen, om op de onvermijdelijke stroom telefoontjes van woedende bewindvoerders te reageren. Hij zou een manier moeten bedenken om Caudwells ijdelheid te kalmeren, die meer geleden had door het gedrag van zijn kinderen dan door hetgeen Lotty had gezegd. En hij moest een manier vinden om beide belangrijke artsen voor het Beth Israel te behouden. Max streek over zijn grijze haar. Elke week bracht deze baan hem minder vreugde en meer zorgen. Misschien was het tijd om ermee op te houden, om de raad van bestuur een jonge accountant te laten binnenhalen die een ommekeer teweeg zou brengen in de financiën van het Beth Israel. Dan zou Lotty haar ontslag indienen en dat zou het einde betekenen van de spanningen tussen haar en Caudwell.

Max viel in slaap op de bank. Tegen vijf uur werd hij wakker, mompelend: 'Morgenochtend, morgenochtend.' Zijn gewrichten waren stijf van de koude, zijn ogen plakkerig van de tranen die hij zonder het te weten in zijn slaap had vergoten.

De volgende ochtend veranderde alles echter drastisch. Toen Max op zijn kantoor kwam gonsde het door het gebouw, niet van het nieuws over Lotty's uitbarsting maar vanwege het feit dat Caudwell niet op zijn ochtendspreekuur was verschenen. Om twaalf uur 's middags kwam het werk bijna volkomen stil te liggen toen zijn kinderen belden om te zeggen dat ze de chirurg gewurgd hadden aangetroffen in zijn studeerkamer en dat de Andromache van Pietro was verdwenen. Dinsdag arresteerde de politie dokter Charlotte Herschel voor de moord op Lewis Caudwell.

Lotty wilde met niemand spreken. Ze was vrijgelaten tegen een borgsom van tweehonderdvijftigduizend dollar, een bedrag dat door Max was bijeengebracht, maar ze was na twee nachten in de gevangenis te hebben doorgebracht, direct naar haar appartement in Sheffield gegaan, zonder bij hem langs te komen om hem te bedanken. Ze wilde niet met journalisten praten, ze bleef zwijgen tijdens alle gesprekken met de politie, en ze weigerde categorisch om met de privé-detective te spreken die al vele jaren haar beste vriendin was.
Ook Max verschool zich achter een ondoordringbaar schild van stilzwijgen. Terwijl Lotty voor onbepaalde tijd met vakantie ging, haar praktijk overlatend aan een aantal collega's, bleef Max elke dag naar het ziekenhuis gaan. Ook hij wilde echter niet met verslaggevers spreken, hij wilde zelfs niet zeggen: 'Geen commentaar.' Tegen de politie sprak hij pas nadat ze hadden gedreigd hem op te sluiten als onwillige getuige, en ook toen nog moest elk woord uit hem getrokken worden alsof zijn mond een steen was en zijn stem Excalibur. Drie dagen liet V.I. Warshawski boodschappen achter die hij weigerde te beantwoorden.
Vrijdag, toen er geen bericht kwam van de detective, toen er in het herentoilet geen journalist bij het urinaal naast hem tevoorschijn sprong om te proberen hem uit te lokken iets te zeggen, toen er geen telefoontjes meer kwamen van de openbare aanklager, voelde Max terwijl hij naar huis reed een zekere mate van ontspanning. Zodra het proces voorbij was zou hij ontslag nemen en teruggaan naar Londen. Als hij het tot die tijd nog maar kon volhouden, zou alles – niet goed komen, maar draaglijk worden.
Hij opende de garagedeur met de afstandsbediening en zette zijn auto in de kleine ruimte. Toen hij uitstapte besefte hij verbitterd dat hij te optimistisch was geweest door te denken dat hij met rust

gelaten zou worden. Hij had bij zijn komst de vrouw niet op de stoep zien zitten die van de garage naar de keuken leidde, hij merkte haar pas op toen ze bij zijn nadering overeind kwam.

'Ik ben blij dat je thuis bent – ik begon hier te bevriezen.'

'Hoe ben je de garage binnengekomen, Victoria?'

De detective grinnikte op een manier die hij gewoonlijk aantrekkelijk vond. Nu had haar lach iets roofdierachtigs. 'Beroepsgeheim, Max. Ik weet dat je me niet wilt zien, maar ik moet met je praten.'

Hij ontsloot de deur naar de keuken. 'Waarom heb je jezelf niet binnengelaten als je het koud had? Als je scrupules je toestaan de garage in te gaan, waarom dan niet ook het huis in?'

Ze beet op haar lip, even uit het veld geslagen, maar daarna zei ze luchtig: 'Ik kon mijn lopers niet gebruiken met mijn koude vingers.'

De detective liep achter hem aan het huis in. Nog zo'n groot monster: een meter zeventig, atletisch, lichtvoetig. Misschien stopten Amerikaanse moeders groeihormonen of steroïden in de cornflakes van hun kinderen. Dat zou hij eens aan Lotty moeten vragen. Zijn hoofd deed pijn bij de gedachte.

'Ik heb natuurlijk met de politie gesproken,' vervolgde de lichte alt rustig achter hem, geen acht slaand op zijn opzettelijke onbeleefdheid toen hij een cognac voor zichzelf inschonk, zijn schoenen uittrok, zijn wachtende pantoffels vond en vervolgens door de hal naar de voordeur slofte om zijn post te halen.

'Ik begrijp waarom ze Lotty hebben gearresteerd – Caudwell was verdoofd met een grote dosis Xanax en werd vervolgens gewurgd nadat hij in slaap was gevallen. En ze is natuurlijk zondagavond bij het flatgebouw teruggeweest. Ze wil niet zeggen waarom, maar een van de huurders heeft haar herkend als de vrouw die omstreeks tien uur bij de dienstingang verscheen, toen hij zijn hond uitliet. Ze wil niet zeggen of ze Caudwell gesproken heeft, of hij haar binnen heeft gelaten, of hij nog leefde.'

Max probeerde haar heldere stem te negeren. Toen dat onmogelijk bleek deed hij een poging een krant te lezen die bij de post zat.

'En die kinderen, dat is een bijzonder stel, vind je ook niet? Ze lijken zo uit de *Fabulous Furry Freak Brothers* te komen. Tegen mij willen ze niet praten, maar ze hebben een lang interview gegeven aan Murray Ryerson van de *Star*. Nadat Caudwells gasten waren vertrokken zijn ze naar een bioscoop in de buurt van Chestnut

Street Station gegaan, daarna zijn ze een pizza gaan eten en tot slot zijn ze gaan dansen in Division Street. Tegen twee uur 's nachts kwamen ze thuis – bevestigd door de portier – en zagen licht branden in hun vaders studeerkamer. Ze maakten zich daar echter geen zorgen over. Maar hij reageerde altijd nogal heftig – hun woorden – als ze laat thuiskwamen, dus ze zijn niet naar binnen gegaan om hem welterusten te wensen. Pas toen ze tegen het middaguur opstonden en zijn kamer inliepen, hebben ze hem gevonden.'

Onder het spreken was V.I. achter Max aangelopen van de hal naar de deur van zijn studeerkamer. Daar bleef hij besluiteloos staan, hij wilde zijn privé-ruimte niet laten ontwijden door haar aanhoudende geratel. Uiteindelijk liep hij de gang door naar een weinig gebruikte zitkamer, waar hij stijfjes in een van de met brokaat beklede leunstoelen ging zitten en afstandelijk naar haar keek terwijl zij op de leuning van een andere stoel plaats nam.

'Het zwakke punt in het politieverhaal is het beeld,' vervolgde V.I.. Weifelend keek ze naar het Perzische tapijt en ritste daarna haar laarzen los, om ze op de tegels voor de haard neer te zetten.

'Iedereen die op het feest was is het erover eens dat Lotty buiten zichzelf was. Het verhaal is nu al zo wijd verspreid dat zelfs mensen die niet eens in de flat waren toen ze naar het beeld keek, zweren dat ze gehoord hebben dat ze dreigde hem te vermoorden. Maar als dat zo is, wat is er dan met het beeld gebeurd?'

Max haalde even zijn schouders op om aan te geven dat hij totaal geen belangstelling had voor het onderwerp.

V.I. ploegde hardnekkig door. 'Nu zijn er mensen die geloven dat ze het aan een vriend of een familielid heeft gegeven om het voor haar te bewaren tot haar naam tijdens het proces is gezuiverd. En die mensen denken dat het òf haar oom Stefan is, hier in Chicago, òf haar broer Hugo in Montreal, òf jij. Dus de Mounties hebben Hugo's woning doorzocht en ze houden een oogje op zijn post. De politie van Chicago doet hetzelfde met Stefan. En ik neem aan dat iemand een huiszoekingsbevel heeft losgekregen en jouw huis heeft doorzocht, klopt dat?'

Max zei niets, maar hij voelde dat zijn hart sneller begon te kloppen. Politie in zijn huis, om zijn spullen te doorzoeken? Zouden ze dan geen toestemming van hem nodig hebben om binnen te komen? Was dat zo? Victoria zou het wel weten, maar hij kon het niet opbrengen om het haar te vragen. Ze wachtte een paar minuten,

130

maar toen hij nog steeds niets wilde zeggen ging ze verder. Hij zag dat het spreken haar moeite begon te kosten, maar hij wilde haar niet helpen.

'Ik ben het niet met die mensen eens. Omdat ik weet dat Lotty onschuldig is. En daarom ben ik hier. Niet als een aasgier, zoals jij denkt, niet om me te voeden met jouw ellende. Maar om je te vragen me te helpen. Lotty wil niet met me praten, en als ze zich zo ellendig voelt zal ik haar er ook niet toe dwingen. Maar, Max, jij wilt toch zeker niet werkeloos toezien hoe zij onder druk gezet wordt vanwege iets wat ze niet gedaan heeft?'

Max keek haar niet aan. Tot zijn eigen verbazing merkte hij dat hij het cognacglas nog steeds vasthield. Voorzichtig zette hij het op een tafeltje naast zijn stoel.

'Max!' Er klonk verbijstering in haar stem. 'Ik kan het niet geloven. Jij denkt echt dat ze Caudwell heeft vermoord.'

Max bloosde een beetje, maar eindelijk dwong ze hem te reageren. 'En jij bent God die alles ziet en weet dat ze het niet gedaan heeft?'

'Ik zie meer dan jij,' beet V.I. hem toe. 'Ik ken Lotty niet zo lang als jij, maar ik weet wanneer ze de waarheid spreekt.'

'Dus je bént God.' Max maakte een ironische buiging. 'Jij ziet door de feiten heen tot in het diepst van de ziel van mannen en vrouwen.'

Hij verwachtte een volgende uitbarsting van de jonge vrouw, maar ze bleef hem strak aankijken zonder iets te zeggen. Er lag voldoende sympathie in haar ogen om Max zich te laten schamen voor zijn sarcasme en daarom liet hij zich ontvallen wat hij op zijn hart had.

'Wat kan ik anders denken? Ze heeft niets gezegd, maar er bestaat geen twijfel aan dat ze zondagavond weer naar zijn appartement is gegaan.'

Nu was het de buurt aan V.I. om sarcastisch te zijn. 'Met een flesje Xanax dat ze hem op de een of andere manier gedwongen heeft in te nemen? Om hem daarna voor alle zekerheid te wurgen? Toe nu toch, Max, je kent Lotty; eerlijkheid hangt als een wolk om haar heen. Als ze Caudwell gedood zou hebben zou ze iets gezegd hebben van: "Ja, ik heb dat stuk vergif de hersens ingeslagen." Maar ze zegt helemaal niets.'

Plotseling sperde de detective haar ogen vol ongeloof wijdopen. 'Natuurlijk! Ze denkt dat jij Caudwell hebt vermoord. Jij doet het enige wat je kunt doen om haar te beschermen – stommetje spelen.

En zij doet hetzelfde. Wat een bewonderenswaardig stel ouderwetse ridders.'

'Nee!' zei Max scherp. 'Dat kan niet. Hoe kan ze zoiets denken? Ze draafde zo verschrikkelijk door dat het haast gênant was om bij haar in de buurt te zijn. Ik wilde haar niet zien en niet met haar praten. Daarom heb ik me zo verschrikkelijk gevoeld. Was ik maar niet zo koppig geweest, had ik haar zondagavond maar gebeld. Hoe kan ze nu denken dat ik om harentwil iemand zou vermoorden terwijl ik zo kwaad op haar was?'

'Waarom anders zegt ze niets, tegen niemand?' wilde Warshawski weten.

'Misschien uit schaamte,' opperde Max. 'Jij hebt haar zondag niet gezien. Ik wel. Dáárom denk ik dat ze hem vermoord heeft, niet omdat iemand haar in het gebouw heeft gelaten.'

Hij kneep zijn bruine ogen stijf dicht bij de herinnering. 'Ik heb Lotty heel wat keren in de greep van boosheid gezien, meer dan ik me wil herinneren, dat is waar. Maar nooit, nooit heb ik haar meegemaakt in zo'n toestand van – onbeheerste woede. Er viel niet met haar te praten. Het was onmogelijk.'

De detective reageerde er niet op, maar ze zei: 'Vertel me over het beeld. Ik heb een paar onvolledige verhalen gehoord van mensen die op het feest waren, maar ik heb nog niemand kunnen vinden die in de studeerkamer was toen Caudwell het je liet zien. Geloof je echt dat het aan haar grootmoeder had toebehoord? En als dat zo was, hoe kwam Caudwell er dan aan?'

Max knikte treurig. 'O ja, het was beslist in het bezit geweest van haar familie, daar ben ik van overtuigd. Ze had die details niet van te voren kunnen weten: de schilfer die aan de voet ontbrak, het keizerlijke zegel op de onderkant. Hoe Caudwell eraan is gekomen, daar heb ik zelf gisteren een onderzoekje naar ingesteld. Zijn vader was na de oorlog bij het bezettingsleger in Duitsland. Hij was als chirurg aan Pattons staf verbonden. Mensen in dergelijke posities hadden eindeloze mogelijkheden om na de oorlog kunstwerken te verkrijgen.'

V.I. schudde in een gebaar van ongeloof haar hoofd.

'Je moet hier toch iets van afweten, Victoria. Ach, misschien ook niet. Je weet dat de nazi's zichzelf ruimschoots hebben geholpen aan kunstvoorwerpen die aan joden behoorden, door heel Europa. En niet alleen aan joden – ze plunderden Oost-Europa op grote schaal. Er wordt verondersteld dat ze zestien miljoen voorwerpen hebben gestolen – beelden, schilderijen, altaarstukken, wandtapijten, zeldzame boeken. Er komt geen eind aan de lijst, eigenlijk.'

De detective snakte naar adem. 'Zestien miljoen! Je maakt een grapje.'

'Geen grapje, Victoria. Was dat maar waar. Het Amerikaanse bezettingsleger belastte zich met de zorg voor alle kunstvoorwerpen die ze in de bezette gebieden aantroffen. In theorie moesten ze de rechtmatige eigenaars opsporen en proberen de kunstwerken terug te geven. Maar in de praktijk werd van maar heel weinig stukken de herkomst achterhaald, en vele ervan kwamen op de zwarte markt terecht. Je hoefde alleen maar te zeggen dat een bepaald kunstvoorwerp minder dan vijfduizend dollar waard was, dan kreeg je toestemming om het te kopen. Voor een officier van Pattons staf moeten de mogelijkheden voor fabelachtige aankopen onbegrensd zijn geweest. Caudwell zei dat hij de echtheid van het beeld had laten vaststellen, maar hij heeft natuurlijk nooit de moeite genomen de herkomst te traceren. Hoe had hij dat trouwens kunnen doen?' besloot Max bitter. 'Lotty's familie bezat een akte dat het een geschenk was van de keizer, maar die moet lang geleden verloren zijn gegaan met de rest van hun bezittingen.'

'Geloof je nu werkelijk dat Lotty een man zou vermoorden, alleen om dat beeld terug te krijgen? Ze kon toch niet verwachten het onder deze omstandigheden te mogen houden. Niet als ze iemand had gedood om het te krijgen, bedoel ik.'

'Je bent zo praktisch, Victoria. Je bent, soms, te analytisch om te begrijpen waarom mensen doen wat ze doen. Dit was niet zomaar een beeld. Ik geef toe, het is een kostbaar kunstvoorwerp, maar je kent Lotty, je weet dat ze geen waarde hecht aan dergelijke bezittingen. Nee, voor haar betekende het haar familie, haar verleden, haar geschiedenis, alles wat de oorlog voorgoed voor haar verwoest heeft. Je moet niet denken dat die dingen, alleen omdat ze er nooit over spreekt, niet zwaar op haar drukken.'

V.I. kreeg een kleur bij Max' beschuldiging. 'Je zou blij moeten zijn dat ik analytisch ben. Het overtuigt me ervan dat Lotty onschuldig is. En of je het gelooft of niet, ik zal het bewijzen.'

Max haalde in een typisch Europees gebaar even zijn schouders op. 'Wij beiden helpen Lotty naar ons beste vermogen. Ik heb ervoor gezorgd dat ze op borgtocht vrijkwam en ik zal ervoor zorgen dat

133

ze een goede advocaat krijgt. Ik ben er niet van overtuigd dat ze er behoefte aan heeft dat jij haar diepste geheimen openbaar maakt.'

V.I.'s grijze ogen werden donker in een opwelling van drift. 'Je hebt het helemaal mis wat Lotty betreft. Ik ben ervan overtuigd dat de herinnering aan de oorlog een pijn betekent die nooit genezen kan worden, maar Lotty leeft in het heden, ze werkt hoopvol aan de toekomst. Het verleden is voor haar geen obsessie die haar verteert, zoals dat misschien met jou het geval is.'

Max zei niets. Zijn brede mond vertrok tot een smalle streep. De detective legde berouwvol haar hand op zijn arm.

'Het spijt me, Max. Dat was onder de gordel.'

Hij dwong zijn mond tot een vaag glimlachje.

'Misschien is het waar. Misschien houd ik daarom zo veel van deze oude dingen. Ik wilde dat ik je kon geloven, waar het Lotty betreft. Vraag me wat je wilt weten. Als je me belooft weg te gaan zodra ik je de antwoorden heb gegeven en me niet meer lastig te vallen, zal ik antwoord geven op je vragen.'

Maandagmiddag ging Max plichtsgetrouw naar de herdenkingsdienst voor Lewis Caudwell in de Presbyteriaanse kerk aan Michigan Avenue. De ex-vrouw van de chirurg was er, geflankeerd door haar kinderen en de broer van haar man, Griffen. Zelfs na dertig jaar Verenigde Staten stond Max soms nog verbaasd over het gedrag van de Amerikanen: waarom, zij en Caudwell waren toch immers gescheiden, had zijn ex-vrouw zich in het zwart gehuld? Ze droeg zelfs een hoed met een sluier, die deed denken aan koningin Victoria.

De kinderen gedroegen zich gematigd ingetogen, maar het meisje had een witte jurk aan, doorschoten met zwarte bliksemstralen, die eerder thuishoorde in de disco of in een vakantieoord. Misschien was het haar enige jurk, of haar enige jurk met iets zwarts erin, dacht Max, die zijn best deed om de blonde amazone welwillend te bekijken – ze was tenslotte plotseling en op een afschuwelijke manier wees geworden.

Hoewel ze zowel met de stad als de kerk onbekend was, had Deborah een van de vergaderruimtes van de kerk afgehuurd en was ze erin geslaagd iemand te vinden die voor koffie en een paar hapjes zorgde. Daar voegde Max zich na de dienst bij de rest van de bezoekers.

134

Hij voelde zich absurd toen hij de gescheiden weduwe condoleerde: miste ze de overleden man werkelijk zo erg? Ze accepteerde zijn conventionele woorden met gracieuze melancholie, licht op haar zoon en dochter leunend. Ze bleven voortdurend bij haar in de buurt, wat op Max overkwam als gekunstelde bijstand. Naast haar dochter zag mevrouw Caudwell er zo teer en ondervoed uit dat ze op een geest leek. Of misschien kwam het doordat haar kinderen zo veel opgewekte vitaliteit bezaten die zelfs een begrafenis niet vermocht te onderdrukken.

Caudwells broer, Griffen, bleef zo dicht bij de weduwe als de kinderen het toelieten. De man leek in het geheel niet op de joviale chirurg met zijn zeemansuiterlijk. Max dacht dat hij, als hij de broers ooit naast elkaar had zien staan, nooit geraden zou hebben dat ze familie van elkaar waren. Hij was lang, evenals zijn neef en nicht, maar zonder hun stevige bouw. Caudwell had een dikke bos geligwit haar gehad; Griffens kalende hoofd was bedekt met een paar dunne, grijze lokjes. Hij leek zwak en nerveus, en het ontbrak hem aan Caudwells extraverte bonhomie; geen wonder dat de chirurg zonder moeite de verdeling van hun vaders erfenis in zijn voordeel had laten verlopen. Max vroeg zich af wat Griffen ervoor in de plaats had gekregen.

Uit mevrouw Caudwells vage, verwarde conversatie viel op te maken dat ze zwaar verdoofd was. Ook dat leek vreemd. Ze had al vier jaar niet meer met de man samengewoond en toch was ze zo overstuur door zijn dood dat ze de begrafenis alleen kon bijwonen wanneer ze onder de kalmerende middelen zat? Of was het misschien omdat ze zich schaamde dat ze kwam als de ex-vrouw, niet als een echte weduwe? Maar waarom was ze dan eigenlijk gekomen?

Tot zijn ergernis merkte Max dat hij wilde dat hij Victoria ernaar kon vragen. Die zou vast wel een of andere cynische verklaring hebben – Caudwells dood betekende het eind van de alimentatie van de weduwe en ze wist dat ze niet in zijn testament voorkwam. Of ze had een verhouding met Griffen en was bang dat ze zich zonder kalmeringsmiddelen zou verraden. Hoewel het lastig was om je de onzekere Griffen voor te stellen als partner in een felle hartstocht.

Omdat hij tegen Victoria, toen ze vrijdag wegging, had gezegd dat hij haar niet meer wilde zien, was het belachelijk dat hij zich afvroeg wat ze deed, of ze werkelijk bewijzen boven water zou kunnen halen op basis waarvan Lotty vrijuit zou gaan. Vanaf het moment dat ze weg was had hij een sprankje hoop in zijn hart gevoeld. Hij bleef proberen het te blussen, maar het wilde niet helemaal verdwijnen. Lotty was natuurlijk niet naar de herdenkingsdienst gekomen, maar de meeste stafleden van het Beth Israel waren er, evenals de bewindvoerders. Arthur Gioia, wiens reusachtige lichaam de kleine kamer tot barstens toe leek te vullen, probeerde tegenover de rouwende familie een tactvol evenwicht te vinden tussen eerlijkheid en beleefdheid; hij had er veel moeite mee.

Een in sabelbont gehulde Martha Gildersleeve verscheen onder Gioia's elleboog, ze leek op een pluizige voetbal die hij daar had weggestopt. Ze maakte opgewekte, onbetamelijke opmerkingen tegen de familieleden over de verdeling van Caudwells kunstverzameling.

'Het beroemde beeld is nu natuurlijk weg. Wat jammer. Jullie hadden een leerstoel ter ere van hem kunnen instellen, alleen al met de opbrengst van dat kunstwerk.' Ze lachte, een hoog, zinloos lachje.

Max wierp steels een blik op zijn horloge, zich afvragend hoe lang hij zou moeten blijven voor het onbeleefd zou lijken om weg te gaan. Zijn zesde zintuig, de volmaakte hoffelijkheid die zijn optreden kenmerkte, had hem in de steek gelaten, zodat hij zijn toevlucht nam tot het lompe gedrag van normale stervelingen. Tijdens sociale gelegenheden keek hij nooit op zijn horloge en bij elke andere herdenkingsbijeenkomst zou hij Martha Gildersleeve handig hebben losgeweekt van haar slachtoffer. Nu bleef hij echter een hulpeloze toeschouwer terwijl zij mevrouw Caudwell en enkele andere genodigden in gelijke mate kwelde.

Opnieuw keek hij op zijn horloge. Er waren slechts twee minuten voorbijgegaan sinds hij de laatste keer had gekeken. Geen wonder dat mensen tijdens saaie vergaderingen hun ogen op hun horloge gericht hielden: ze konden niet geloven dat de tijd zo langzaam verstreek.

Behoedzaam schuifelde hij in de richting van de deur, nietszeggende opmerkingen wisselend met stafmedewerkers en leden van de raad van bestuur die hij passeerde. In zijn gezicht werd niets negatiefs over Lotty gezegd, maar de gesprekken die bij zijn nadering stokten, droegen bij aan zijn ellende.

Hij was bijna bij de uitgang toen er twee nieuwkomers verschenen. De meeste aanwezigen keken naar hen met onverschillige nieuwsgierigheid, maar Max voelde plotseling een absurde schok van

136

blijdschap. Victoria, vlot en modern in een donkerblauw mantelpakje, stond in de deuropening vanwaar ze met opgetrokken wenkbrauwen de kamer in zich opnam. Naast haar stond een brigadier van politie, die Max een paar maal bij haar had ontmoet. De man was bovendien belast met de kwestie van Caudwells dood; het was die onaangename associatie die maakte dat Max even niet op zijn naam kon komen.

Eindelijk merkte V.I. Max bij de deur op en ze gaf hem een discreet seintje. Hij ging meteen naar haar toe.

'Ik geloof dat we het rond hebben,' fluisterde ze. 'Kun je ervoor zorgen dat iedereen weggaat? We willen alleen de familie hier houden en mevrouw Gildersleeve en Gioia.'

'Jij mag dan denken dat je het rond hebt,' bromde de politieman. 'Ik ben hier onofficieel en met tegenzin.'

'Maar je bent er,' zei Warshawski grinnikend en Max vroeg zich af hoe hij die lach ooit roofdierachtig had kunnen vinden. Zijn humeur verbeterde met sprongen bij het zien van haar gezicht. 'In je hart wist je dat het diep stom was om Lotty te arresteren. En nu zal ik ervoor zorgen dat je heel slim overkomt. En dat nog wel in het openbaar.'

Max voelde zijn hoffelijkheid terugkeren met de golf van opluchting die een kwijnende diva moest overspoelen wanneer ze haar stem terugvindt. Een aanraking hier, een woordje daar, en de bezoekers verdwenen als de gasten van Sennacherib. Intussen leidde hij behulpzaam eerst Martha Gildersleeve en daarna mevrouw Caudwell naar twee naast elkaar staande leunstoelen, liet de broer koffie voor mevrouw Gildersleeve halen en droeg de dochter en zoon op om voor de weduwe te zorgen.

Met Gioia kon hij wat meedogenlozer zijn; hij vertelde hem eenvoudig dat hij moest blijven omdat de politie hem iets belangrijks te vragen had. Nadat de laatste gast afscheid had genomen bleef de immunoloog nerveus bij het raam staan, voortdurend met het kleingeld in zijn zakken rammelend. Het gerinkel was plotseling het enige geluid in de kamer. Gioia werd rood en klemde zijn handen achter zijn rug in elkaar.

Victoria kwam de kamer in, stralend als een gouvernante met een heerlijke verrassing voor haar pupillen in petto. Ze stelde zich aan de Caudwells voor.

'U kent brigadier McGonnigal, neem ik aan, na de afgelopen week.

137

Ik ben privé-detective. Omdat ik geen wettelijke bevoegdheden heb bent u niet verplicht om op vragen die ik mocht hebben, te antwoorden. Dus ik ga u geen vragen stellen. Ik ga u alleen een reisverhaal vertellen. Ik wilde dat ik dia's had, maar u zult de beelden erbij moeten denken terwijl de geluidsband loopt.'

'Privé-detective!' Steves mond vormde een overdreven 'O'; zijn ogen gingen verbaasd wijdopen. 'Net als Bogie.'

Hij sprak, zoals gewoonlijk, tegen zijn zuster. Die uitte haar hoge lachje en zei: 'We winnen vast de eerste prijs in de Hoe-ik-mijn wintervakantie-doorbrachtwedstrijd. Onze paps werd vermoord. Hocus! Toen werd zijn waardevolste bezit gepikt. Pocus! Maar hij had het al gestolen van de joodse dokter die hem vermoord heeft. Pas! En dan een detective om het allemaal uit te zoeken. Hocus! Pocus! Pas!'

'Deborah, alsjeblieft,' verzuchtte mevrouw Caudwell. 'Ik weet dat je opgewonden bent, liefje, maar nu even niet, oké?'

'Uw kinderen houden u jong, nietwaar, mevrouw?' zei Victoria. 'Hoe kunt u zich ooit oud voelen wanneer uw kinderen hun hele leven lang zeven jaar blijven?'

'O, o, ze bijt, Debbie, kijk uit, ze bijt!' riep Steve uit.

McGonnigal maakte onwillekeurig een beweging, alsof hij zich moest beheersen om de jongeman geen klap te geven. 'Mevrouw Warshawski heeft gelijk: u bent niet verplicht om antwoord te geven op haar vragen. Maar u bent allen verstandige mensen: u weet dat ik niet hier zou zijn als de politie haar ideeën niet heel serieus opvatte. Dus laten we even stil zijn en luisteren naar wat ze te vertellen heeft.'

Victoria ging in een leunstoel naast mevrouw Caudwell zitten. McGonnigal liep naar de deur, waar hij tegen de post leunde. Deborah en Steven fluisterden en porden elkaar in de ribben tot een van hen, of allebei, krijste van het lachen. Daarna trokken ze een braaf gezicht en gingen zitten, met hun handen in hun schoot gevouwen, als koorknaapjes met pientere ogen.

Griffen bleef bij mevrouw Caudwell in de buurt. 'Je weet dat je niets hoeft te zeggen, Vivian. Eerlijk gezegd vind ik dat je naar je hotel zou moeten gaan om wat te rusten. De spanning van de herdenkingsdienst – en nu deze onbekenden – '

Mevrouw Caudwells lippen krulden dapper onder de rand van haar sluier. 'Het geeft niet, Grif, het is me gelukt om al het andere te overleven, dus ik zal niet instorten als er nog iets gebeurt.'

'Mooi.' Victoria pakte een kop koffie van Max aan. 'Laat me de gebeurtenissen voor u schetsen zoals ik die vorige week zag. Zoals iedereen in Chicago heb ik over de moord op dokter Caudwell gelezen en het op de televisie gezien. Omdat ik een aantal mensen ken die verbonden zijn aan het Beth Israel-ziekenhuis, heb ik er misschien meer aandacht aan besteed dan de doorsnee kijker, maar ik raakte er pas persoonlijk bij betrokken toen dokter Herschel afgelopen dinsdag werd gearresteerd.'

Ze nam een slok van haar koffie en zette het kopje met een zachte tik neer op het tafeltje naast haar. 'Ik ken dokter Herschel nu bijna twintig jaar. Het is onvoorstelbaar dat ze een dergelijke moord zou plegen, zoals degenen die haar goed kennen meteen hadden moeten beseffen. Ik neem het de politie niet kwalijk, maar anderen hadden beter moeten weten. Ze is driftig. Ik zeg niet dat ze niet in staat zou zijn tot het plegen van een moord – ik geloof dat we daar allemaal toe in staat zijn. Ze had het beeld kunnen pakken en er dokter Caudwell in een vlaag van woede de hersens mee kunnen inslaan. Maar het is ongeloofwaardig dat ze naar huis is gegaan, daar over het onrecht dat haar was aangedaan heeft zitten piekeren, een hoeveelheid verdovende middelen heeft genomen en is teruggegaan naar de Goudkust met moord in haar gedachten.'

Max voelde dat zijn wangen bij haar woorden begonnen te gloeien. Hij wilde protesteren, maar dwong zich te zwijgen.

'Dokter Herschel heeft de hele week geweigerd een verklaring af te leggen, maar vanmiddag, toen ik terugkwam van mijn reizen, heeft ze er eindelijk in toegestemd met me te praten. Brigadier McGonnigal was bij me. Ze ontkent niet dat ze om tien uur die avond naar dokter Caudwells appartement is teruggegaan – ze ging erheen om zich te verontschuldigen voor haar uitbarsting en om te proberen hem over te halen haar het beeld te geven. Hij nam de telefoon niet op toen de portier naar zijn flat belde, en in een opwelling liep ze om het gebouw heen naar de achterkant, ging naar binnen via de dienstingang, en bleef een poosje voor de deur van de flat wachten. Toen hij niet op haar aanbellen reageerde en evenmin thuiskwam, ging ze ten slotte omstreeks elf uur weg. De kinderen waren zoals we weten in de stad op stap.'

'Dat beweert ze,' kwam Gioia tussenbeide.

'Dat ben ik met u eens.' V.I. glimlachte. 'Ik geef onmiddellijk toe

139

dat ik partijdig ben: ik geloof haar versie. Des te meer omdat de enige reden waarom ze die niet een week geleden heeft verteld was, dat ze een oude vriend beschermde. Ze dacht dat deze vriend misschien om haar in actie was gekomen en Caudwell had vermoord om de dodelijke belediging die deze haar had aangedaan, te wreken. Pas toen ik haar ervan overtuigde dat deze vermoedens even ongegrond waren als – wel, als de beschuldigingen tegen haarzelf – stemde ze ermee in om te praten.'

Max beet zich op zijn lip en ging vervolgens om iets te doen te hebben nog meer koffie voor de drie vrouwen halen. Victoria wachtte tot hij ermee gereed was alvorens haar uiteenzetting te vervolgen.

'Toen ik eindelijk een gedetailleerd verslag kreeg van wat er tijdens het feestje bij Caudwell had plaatsgevonden, begreep ik dat er drie mensen waren die een appeltje met hem te schillen hadden. Dan moet je altijd vragen: hoe groot is die appel? Daar heb ik het afgelopen weekend aan besteed, om dat uit te zoeken. Ik kan u vertellen dat ik naar Little Rock ben geweest en naar Havelock, North Carolina.'

Gioia begon weer met de muntjes in zijn zakken te rammelen. Mevrouw Caudwell zei zacht: 'Grif, ik voel me een beetje duizelig. Misschien – '

'Vooruit, mam, naar huis,' riep Steve opgewekt.

'Over een paar minuten, mevrouw Caudwell,' zei de brigadier vanuit de deuropening. 'Leg haar voeten omhoog, Warshawski.'

Even was Max bang dat Steve of Deborah Victoria zou aanvallen, maar McGonnigal liep naar de stoel van de weduwe en de kinderen gingen weer zitten. Zweetdruppeltjes braken uit op Griffens kalende hoofd; Gioia's gezicht had een groenige tint gekregen, als bladeren boven op zijn boomstamnek.

'Wat er in mijn ogen uitsprong,' vervolgde Victoria kalm, alsof er geen onderbreking had plaatsgevonden, 'was Caudwells opmerking tegen dokter Gioia. Deze was er duidelijk van geschrokken, maar de aanwezigen waren zo op Lotty en het beeld geconcentreerd dat ze daar geen aandacht aan schonken. Zaterdag ging ik dus naar Little Rock in Arkansas, waar ik op zoek ging naar de Paul Nierman wiens naam Caudwell tegen Gioia had genoemd. Nierman woonde met Gioia in hetzelfde studentenhuis toen ze beiden vijfentwintig jaar geleden eerstejaars studenten waren. En hij legde in het eerste jaar de examens in anatomie en fysiologie af voor Gioia toen deze

140

het gevaar liep te zakken, zodat Gioia in het footballteam kon blijven spelen.

Nou, dat lijkt niet te deugen, en het is wellicht schandelijk. Maar er is geen twijfel aan dat Gioia tijdens zijn verdere medicijnenstudie al zijn eigen werk deed, voor zijn examens slaagde enzovoort. Dus ik geloof niet dat de raad van bestuur zou verlangen dat hij zijn ontslag indiende vanwege deze jeugdige onbezonnenheid. De vraag was echter of Gioia dacht dat ze het wel zouden willen, en of hij een moord zou hebben gepleegd om te voorkomen dat Caudwell zijn kleine misstap openbaar maakte.'

Ze zweeg en de immunoloog barstte los: 'Nee. Nee. Maar Caudwell – Caudwell wist dat ik tegen zijn benoeming had gestemd. Hij en ik – onze benadering van de geneeskunde was heel tegenstrijdig. En zodra hij Niermans naam noemde wist ik dat hij erachter gekomen was en dat hij me er voor altijd mee zou kwellen. Ik – ik ben zondagavond naar zijn flat teruggegaan om het met hem uit te praten. Ik was vastbeslotener dan dokter Herschel en ik kwam zijn flat binnen via de keukendeur; die had hij niet afgesloten. Ik ging naar zijn studeerkamer, maar hij was al dood. Ik kon het niet geloven. Ik was doodsbang. Ik zag dat hij gewurgd was en – nou, het is geen geheim dat ik sterk genoeg ben om dat te hebben kunnen doen. Ik maakte gewoon dat ik weg kwam – ik geloof dat ik sindsdien voortdurend op de loop geweest ben.'

'U!' riep McGonnigal. 'Waarom hebben we dit niet eerder gehoord?'

'Omdat jullie erop stonden je op dokter Herschel te concentreren,' zei V.I. vals. 'Ik wist dat hij er geweest was omdat de portier me dat had verteld. Hij zou het jou ook verteld hebben als je ernaar had gevraagd.'

'Dit is verschrikkelijk,' kwam mevrouw Gildersleeve tussenbeide. 'Ik zal morgen met de raad van bestuur gaan praten en eisen dat zowel dokter Gioia als dokter Herschel worden ontslagen.'

'Doet u dat,' zei Victoria instemmend. 'Vertelt u hun dan ook dat de reden dat u hier moest blijven was, dat Murray Ryerson van de *Herald-Star* hier in Chicago wat speurwerk voor me verrichtte. Hij kwam erachter dat een deel van de reden waarom u zo jaloers bent op Caudwells verzameling is, dat u tot uw nek in de schulden zit. Ik zal u niet publiekelijk vernederen door de mensen te vertellen waar uw geld is gebleven, maar u hebt de kunstcollectie van uw man

141

moeten verkopen en u hebt een derde hypotheek op uw huis genomen. Een kostbaar beeld waarvan de herkomst dubieus is zou alles opgelost hebben.'

Martha Gildersleeve kromp ineen in haar sabelbont. 'U weet er niets van.'

'Nou, Murray heeft gesproken met Pablo en Eduardo... Nee, ik zal niets meer zeggen. In elk geval, Murray ging na of Gioia of mevrouw Gildersleeve het beeld in hun bezit hadden. Dat was niet zo, dus – '

'Bent u in mijn huis geweest?' krijste mevrouw Gildersleeve.

V.I. schudde haar hoofd. 'Ik niet. Murray Ryerson.' Verontschuldigend keek ze naar de brigadier. 'Ik wist dat je geen huiszoekingsbevel voor me zou kunnen loskrijgen, omdat je al een arrestatie had verricht. En die zou je trouwens toch niet op tijd gekregen hebben.' Ze keek naar haar koffiekopje, zag dat het leeg was en zette het weer neer. Max pakte het van het tafeltje en vulde het voor de derde maal voor haar. Zijn vingertoppen jeukten van de spanning; koffie spatte op zijn broekspijp.

'Zaterdagavond heb ik vanuit Little Rock gebeld met Murray. Toen hij hier met lege handen kwam te staan ben ik naar North Carolina gegaan. Naar Havelock, waar Griffen en Lewis Caudwell zijn opgegroeid en waar mevrouw Caudwell nog steeds woont. Ik heb het huis gezien waar Griffen woont, met de dokter gesproken die mevrouw Caudwell behandelt, en – '

'Je bent een echte speurneus, hè?' zei Steve.

'Speurneus, speurneus,' zong Deborah direct. 'Je hebt niet genoeg lol in je leven dus je moet leven van de rotzooi van anderen.'

'Ja, de buren hebben met me gepraat over jullie tweeën.' Victoria keek naar hen met minachtende geamuseerdheid. 'Jullie zijn een stelletje wolven geweest dat de meeste mensen in de buurt terroriseerde sinds jullie derde jaar. Maar de mensen in Havelock hadden er bewondering voor zoals jullie altijd voor je moeder opkwamen. Jullie dachten dat je vader haar ertoe had gebracht kalmerende middelen te gebruiken en haar daarna in de steek had gelaten. Dus jullie kwamen met haar nieuwste verhaal naar Chicago en hadden alles voorbereid – jullie moesten alleen besluiten wanneer jullie het hem zouden vertellen. Dokter Herschels woedeuitbarsting over het beeld speelde jullie mooi in de kaart. Jullie dachten dat je vader het om te beginnen van je oom had gestolen – waarom het dan niet

142

naar hem terugsturen en dokter Herschel ervoor op laten draaien?'
'Zo was het niet,' zei Steve. Twee rode plekken brandden nu op zijn wangen.
'Hoe was het dan, jongen?' McGonnigal was naast hem komen staan.
'Niet met hem praten – ze laten je erin lopen,' gilde Deborah. 'De speurneus en haar politieloopjongen.'
'Ze – mammie hield van ons voordat paps haar al die rommel liet slikken. Toen ging ze weg. We wilden hem gewoon laten merken dat we het wisten. We begonnen Xanax in zijn koffie en in zijn eten te doen; we hoopten dat hij fouten zou maken bij operaties, zodat zijn leven geruïneerd zou worden. Maar toen lag hij in zijn studeerkamer te slapen na dat stomme feestje van hem, en we dachten dat we hem moesten laten slapen, zodat hij zijn ochtendspreekuur zou missen. Voorgoed slapen, weet je, het was zo gemakkelijk, we hebben zijn eigen Harvard-stropdas ervoor gebruikt. Ik was er zo verdomd ziek van om steeds weer "De morgenstond heeft goud in de mond" van hem aan te moeten horen. En het beeld hebben we naar oom Grif gestuurd. Ik denk dat de speurneus het daar heeft gevonden. Hij kan het verkopen en dan komt alles weer in orde met mamma.'
'Grootvader heeft het van de joden gestolen en paps stal het van Grif, dus we dachten dat het prima was als wij het van paps stalen,' riep Deborah uit. Ze legde haar blonde hoofd naast dat van haar broer en ze gierde van het lachen.

Max zag Lotty's benen verstrakken toen ze op haar tenen ging staan om bij een cognacglas te kunnen. Kort, gespierd door jarenlang van de ene plek naar de andere te hollen; misschien waren ze niet zo slank als de lange benen van moderne, Amerikaanse meisjes, maar hij gaf de voorkeur aan de hare. Hij wachtte tot ze haar voeten stevig op de grond had geplant voor hij zijn aankondiging deed.
'De raad van bestuur zal Justin Hardwick oproepen voor een laatste sollicitatiegesprek voor de functie van chef-arts.'
'Max!' Met een ruk draaide ze zich om, Bengaals vuur sprankelde in haar ogen. 'Ik ken die Hardwick, hij is net als Caudwell, hij probeert de kosten te drukken en wil geen armlastige patiënten.'
'We krijgen via jou en Gioia en nog een stuk of tien anderen zo veel niet-betalende patiënten binnen dat we het in het huidige tempo

143

geen vijf jaar meer volhouden. Ik denk dat het een kwestie is van evenwicht. We hebben iemand nodig om erop toe te zien dat het ziekenhuis overleeft zodat jij en Art de geneeskunde kunnen beoefenen op de manier zoals jullie het willen. En wanneer hij weet wat er met zijn voorganger gebeurd is zal hij er wel voor waken om onze inwonende tijgerin te tergen.'

'Max!' Ze was tegelijkertijd gekwetst en verbaasd. 'O. Je maakt een grapje, zie ik. Ik vind het eigenlijk niet zo leuk.'

'Lieve kind, we moeten leren erom te lachen: het is de enige manier waarop we onszelf ooit zullen kunnen vergeven voor onze verschrikkelijke verkeerde inschattingen.' Hij liep naar haar toe en sloeg zijn arm om haar heen. 'Nu, waar is die geweldige verrassing die je me beloofd hebt?'

Ze keek hem met ondeugend stralende ogen aan. Lotty, uitdagend, zoals hij haar zich herinnerde toen hij haar voor het eerst gezien had, op haar achttiende. Hij hield haar steviger vast en ging met haar mee naar haar slaapkamer. In de hoek, in een glazen vitrine, compleet met een luchtbevochtiger, stond de Andromache van Pietro.

Max keek naar het mooie, bedroefde gezicht. Ik begrijp je verdriet, leek ze hem te zeggen. Ik begrijp je verdriet om je moeder, je familie, je verleden, maar het is goed om dat alles los te laten, om in het heden te leven en hoop te koesteren voor de toekomst. Het is geen verraad.

Tranen brandden achter zijn oogleden, maar hij vroeg bars: 'Hoe kom je hieraan? Er was me verteld dat de politie het achter slot en grendel bewaarde tot de advocaten een beslissing hadden genomen over de verdeling van Caudwells erfenis.'

'Victoria,' zei Lotty kortaf. 'Ik vertelde haar het probleem en zij heeft het voor me losgekregen. Op voorwaarde dat ik niet vroeg hoe ze het heeft klaargespeeld. En Max, je weet verdomd goed dat Caudwell niet het recht had om erover te beschikken.'

Het was van Lotty. Natuurlijk kwam het haar toe. Max vroeg zich even af hoe Jozef II er eigenlijk aangekomen was. Trouwens, wat had Lotty's betovergrootvader gedaan om het te verdienen van de keizer? Max keek in Lotty's tijgerogen en hield deze bespiegelingen voor zich. In plaats daarvan bekeek hij Hectors voet, waar het vulmateriaal zorgvuldig vanaf was geschraapt om de oude beschadiging bloot te leggen.

Dood van een overwinteraar

J.A. Jance

Judith Ann Jance (1944-) werd geboren in Watertown in South
Dakota, en ging naar de universiteit van Arizona en naar Bryn
Mawr. Tegenwoordig woont ze in Bellevue in de staat
Washington. Voordat ze begon met schrijven was ze lerares op
een high school, bibliothecaresse op een indiaanse school en
vertegenwoordigster in verzekeringen, het vak van haar vader.
In een interview met Rylla Goldberg (*Speaking of Murder*, deel
II (1999)), schrijft ze haar talent om haar eigen boeken te
verkopen toe aan haar achtergrond. 'Ik begon al vroeg met
verkopen: zelfgemaakte sieraden, koekjes voor de kabouters,
krantenabonnementen en wenskaarten voor elke gelegenheid.
In onze familie deed iedereen aan verkopen terwijl mijn moeder
aan de ontbijttafel tips en hints gaf over nieuwe bewoners.
Zodra mijn eerste boek was gepubliceerd, ging ik verder waar
mijn moeder was opgehouden.'
De twee series boeken van Jance gaan over politierechercheur
J.P. Beaumont uit Seattle, onder andere met *Until Proven Guilty*
(1985) en de sheriff uit Arizona Joanna Brady, zoals in *Desert
Heat* (1993). Ze heeft ook een aantal boeken voor kinderen
geschreven over onderwerpen als ouders die kinderen
kidnappen, aanranding en alcoholisme in het gezin. In
Contemporary Authors (deel 61, herziene druk, 1998) merkte ze
op: 'Met het schrijven van boeken heb ik mijn eigen
geschiedenis kunnen herschrijven, zowel met de kinderboeken
als met de moordverhalen. In de kinderboeken behandel ik
moeilijke onderwerpen... de moordverhalen zijn voer voor
escapisten zonder enige verlossende sociale waarde.' Die
laatste opmerking (hoewel ongetwijfeld schertsend bedoeld)
roept de volgende vraag op: hoe kan een verhaal dat zo

onderhoudend en onvoorspelbaar is, dat ouderen zo gevoelig neerzet als *Dood van een overwinteraar (Death Of A Snowbird)* geen sociale waarde bezitten?

Agnes Barkley deed de afwas. Ze deed altijd de afwas. Na het ontbijt. Na de lunch. Na het avondeten.

Al 46 jaar had ze hem gedaan. Misschien was 'altijd' wat overdreven. Het was zeker een keer of wat voorgekomen dat ze er zich met de Franse slag vanaf had gemaakt, dat ze alles alleen maar had afgespoeld en in de gootsteen had opgestapeld in afwachting van de volgende maaltijd; maar meestal had ze de gootsteen leeggemaakt en de borden afgedroogd en opgeruimd. Het was haar taak. Een deel van haar taak.

Thuis in Westmont in Illinois, zat het keukenraam zo hoog dat Agnes niet naar buiten kon kijken. Hier, in Oscars camper zat de gootsteen direct voor een raam dat zich op ooghoogte bevond. Daar kon Agnes staan met haar handen diep in het warme, schuimende afwaswater en van het uitzicht genieten. Tijdens die klus zag ze af en toe haviken rondvliegen in de eindeloze blauwe lucht. In de avonden bewonderde ze de vurige zonsondergangen, met hun spectaculaire oranje gloed die de hele wereld in vuur en vlam leek te zetten.

Zelfs na al die jaren was ze er nog niet aan gewend. Elke keer dat Agnes in januari uit het raam keek bleef ze zich verbazen. Daar vond ze voor haar uitgestrekt, in plaats van het loodgrijze wolkendek en ijzige koude, een andere wereld, het wijdopen, bruine woestijnlandschap, overspannen door een uitgestrekte, zonnige blauwe hemel.

Agnes kon niet uit over de schone, heldere lucht. Ze genoot van de scherpe, heldere schaduwen die de woestijnzon op de grond liet zien en ze was dol op de kleuren. Toen een van haar buren thuis zich had afgevraagd hoe ze drie maanden kon leven op zo'n droge, lelijke plek, had Agnes vergeefs proberen uit te leggen hoe de mesquite met fris blad afstak tegen de rode, rotsige grond. Haar vrienden hadden haar meewarig aangekeken, hadden geglimlacht, hun hoofd geschud en gezegd dat ze gek was.

En dat was ze ook: gek op de woestijn. Agnes hield van de kale wilde planten die bleven groeien ondanks een voortdurend gebrek aan vocht, de stekelige, lange ocotillos en de stevige, laaggroeiende

146

mesquite; de majesteitelijke saguaro, de cholla met zijn gloeiende stralenkrans van gevaarlijke doornen. Ze hield ervan glimpen op te vangen van het woestijnwild, de coyotes en prairiehazen en buidelratten. Ze hield zelfs van de woestijnbodem, de zachte zandvlakten en stenige schalies, de uitgestrektheden van robuuste roodtinten en lichtgrijze stenen, die allemaal, over enorme zichtbare afstanden overgingen in een uniform blauw.

Eerst had ze vreselijke heimwee gehad naar Westmont, maar dat was nu allemaal anders. Agnes Barkleys verhouding met de woestijn was zodanig dat, als zij de baas was geweest, hun overwinteringsroutine volledig omgedraaid zou zijn. Dan hadden ze negen tot tien maanden per jaar in Arizona doorgebracht en maar twee thuis in Illinois.

Niemand was hierover meer verbaasd geweest dan Agnes Barkley zelf. Toen Oscar voor het eerst begon over zijn pensionering bij de posterijen en een overwinteraar te worden – over een camper kopen en overwinteren in Arizona – was Agnes er vreselijk op tegen geweest. Ze dacht dat ze het godverlaten oord zou haten en ze had haar best gedaan om Oscar van gedachten te laten veranderen. Alsof iemand dat kon.

Uiteindelijk was ze elegant overstag gegaan. Zoals bij alle andere aspecten van hun getrouwde samenzijn, had Agnes een glimlach op haar gezicht geplakt en was ze met hem meegegaan, precies zoals Oscar had gedacht. Na 46 jaar huwelijk waren er niet zoveel verrassingen meer over.

Vroeger zou ze met tegenzin zijn ingegaan op alles wat Oscar wilde en doen alsof ze het leuk vond. Maar als het op Arizona aankwam, dan was net alsof doen niet nodig. Agnes was er verliefd op, zodra ze uit Mesa waren tenminste.

Oscar hield ook niet van Mesa. Hij zei dat daar te veel oude mensen waren.

'Wat denk je dat jij bent?' had Agnes willen vragen, hoewel ze dat nooit deed, omdat de waarheid was dat Agnes het met hem eens was en om dezelfde redenen. Het stoorde haar al die senioren te zien die elk jaar min of meer waren opgesloten op dezelfde plek.

Het park op zich was aardig, met een zwembad en van alle gemakken voorzien. Toch werd Agnes er een beetje claustrofobisch van, vooral toen hun camper, twee jaar lang, naast die van een oude snuiter stond die zo hard snurkte dat het geluid dwars door de wanden

147

hun eigen slaapkamer kwam, zelfs met de airconditioning op volle kracht.

Dus gingen ze op zoek naar een andere plek om hun camper neer te zetten, ergens verder weg van de bewoonde wereld, zoals Oscar zei. Zo kwamen ze terecht in Tombstone, de stad te taai om te sterven. Eigenlijk was het meer iets buiten de stad te taai om te sterven.

Het kampeerterrein – zo noemde men het: het O.K. Kampeerterrein, welkom overnachters – lag een aantal kilometer buiten het dorp. De afzonderlijke kampeerplaatsen waren uit de woestijn gehakt door terrassen te maken op de noordelijke flank van een steile heuvel. Degene die het terrein had ontworpen had goed zijn best gedaan. Elke plek was ver genoeg beneden zijn buurman dat elke camper of caravan vrij uitzicht had op de heuvel aan de overkant. Aan de westelijke horizon pronkten de Huachucabergen. Ten oosten lagen de Whetstones en daarachter de Chiricahua's.

Van het uitzicht op de verre, purperen, koninklijke bergen hield Agnes het meeste van het O.K. Kampeerterrein. De vergezichten en de weidsheid en de heldere, schone lucht. En het idee dat ze niet luisterend naar iemand die snurkte in slaap hoefde te vallen, dat wil zeggen, iemand anders dan Oscar. Aan hem was ze gewend.

'Joehoe, Aggie. Iemand thuis?' Gretchen Dixon klopte op de deurpost. Ze wachtte niet op het antwoord van Agnes en schoof de deur open en stak haar hoofd naar binnen. 'Zin in een beetje gezelschap?'

Agnes veegde een laatste maal zorgvuldig het aanrechtblad schoon voordat ze de vaatdoek uitwrong en weglegde onder de gootsteen. 'Wat ben je van plan, Gretchen?'

Op haar 79e droeg Gretchen Dixon het liefst felgekleurde hemdjes en bermuda's, een kleurencombinatie die haar gebruinde huid het beste liet uitkomen. Ze droeg haar haar in een sluik pagekopje dat gedurende veertig jaar niet was veranderd, behalve dan de kleur. Het was gewoon niet eerlijk dat iemand als Gretchen, die jarenlang ultraviolette straling had opgezogen in haar tanige huid, zonder hoofdbedekking en kennelijk gezond kon rondlopen, terwijl dokter Forsythe, Aggies huisarts thuis in Westmont, Aggie had verboden naar buiten te gaan zonder sunblock en een hoed, nadat hij wat huidkanker bij haar had weggebrand.

Agnes Barkley en Gretchen Dixon waren bevriend, maar er waren een paar dingen aan Gretchen waar Agnes zich vreselijk aan stoorde. Het belangrijkste op dit moment was het feit dat Gretchens hoofd, ondanks het middaguur, onbedekt was. Agnes had een hekel aan hoeden.

Gretchen leunde tegen de kastdeur en schudde een sigaret uit een pakje dat ze altijd wel in een of andere zak voorhanden had. 'Waar is die waardeloze echtgenoot van je eigenlijk?' vroeg ze.

Niet dat Gretchen werkelijk geïnteresseerd was in waar Oscar was. Ze was niet dol op Oscar en dat was wederzijds. In plaats van van slag te zijn door hun wederzijdse antipathie, vond Agnes het vreemd genoeg prettig. Het was in feite waarschijnlijk een heel goed idee om vriendinnen te hebben die je man eigenlijk niet leuk vond. Jaren geleden waren er een paar van Aggies vriendinnen geweest op wie Oscar gek was geweest. Te veel eigenlijk, met bijna desastreuze gevolgen voor alle betrokkenen.

'Aan het rondwandelen, op zoek naar pijlpunten zoals gewoonlijk,' zei Aggie. 'Langs de San Pedro, denk ik. Hij en Jim Rathbone gingen samen vlak na de lunch op pad. Ze zijn terug voor het avondeten.'

'Uiteraard,' zei Gretchen misprijzend, ze keek hemels en blies een rookpluim hoog de lucht in terwijl ze aanschoof in het bankje aan tafel.

'Aggie,' zei ze, 'weet je wel dat jij de enige vrouw hier bent die nog steeds drie volledige maaltijden per dag bereidt: ontbijt, lunch en avondeten?'

'Waarom niet?' sputterde Agnes tegen. 'Ik hou van koken.'

Gretchen schudde haar hoofd. 'Je begrijpt het niet, Aggie. Wij krijgen er allemaal een slechte naam door. Misschien moet je Oscar eens laten weten dat hij niet de enige is die gepensioneerd is. Het zou de man de kop niet kosten als hij je eens een keertje mee uit nam. Hij kan je een heerlijk diner aanbieden in het Wagenwiel of een van die nieuwe tenten op Allen Street.'

'Oscar houdt er niet van als andere mensen koken behalve ik,' zei Aggie.

Gretchen was niet onder de indruk. 'Hij vindt het fijn als jij kookt omdat het een krent is. Oscar is zo krenterig dat zijn scheten piepen.'

Agnes Barkley lachte hardop. Gretchen Dixon was de meest waanzinnige vriendin die ze ooit had gehad. Agnes luisterde graag naar Gretchen, alleen maar om te horen welke woorden ze nu weer zou

149

laten vallen. Toch kon Agnes Gretchens aanval op Oscar niet over haar kant laten gaan. Hij was tenslotte haar man.

'Je moet hem niet zo afkatten,' mopperde ze. 'Je zou hem heus leuk vinden als je met hem optrok.'

'Hoe kan ik met die man optrekken?' antwoordde Gretchen sarcastisch. 'Het enige wat hij doet als ik in de buurt ben is zeuren dat het niet damesachtig is als vrouwen roken.'

'Oscar is zwaar christelijk opgevoed,' repliceerde Agnes.

'Oscar Barkley is opgevoed onder een stuk steen.'

Agnes veranderde van onderwerp. 'Wil je wat limonade? Een kop koffie?'

'Agnes Barkley, ik ben je man niet. Ik ben hier niet naartoe gekomen om op mijn wenken te worden bediend zoals hij. Ik wilde je wat vragen. De ouderen in de stad hebben een bus gehuurd om overmorgen naar het Heard Museum in Phoenix te gaan. Ik en Dolly Ann Parker en Lola Carlson gaan mee. We vroegen ons af of je zin had om mee te gaan.'

'Je bedoelt Oscar en ik?'

'Nee, ik bedoel jou, sufferd. Aggie Barkley in haar uppie. Wij blijven een nachtje slapen. We overnachten ergens goedkoop, vooral als we met zijn vieren op een kamer slapen. Dus je ziet het, er is geen plek voor Oscar om te slapen. Bovendien is het leuk. Alleen meisjes. Denk er maar over na. Net als een nachtje logeren met een paar vriendinnen vroeger. Weet je nog wel?'

Agnes schudde haar hoofd. 'Oscar laat me niet gaan. Van zijn leven niet.'

'Laat?' gilde Gretchen, alsof het woord haar pijn deed. 'Wil je zeggen dat jij op jouw leeftijd die man om toestemming moet vragen om een nachtje van huis te blijven?'

'Niet echt. Het is alleen...'

'Zeg dan dat je meegaat. De bus wordt al aardig vol en Dolly Ann moet vanmiddag voor vijven vanmiddag onze reservering doorgeven.'

'Waar gingen jullie ook weer naartoe?'

Gretchen grinnikte triomfantelijk en drukte haar sigaret uit in de asbak die Agnes ongemerkt voor haar neus had neergezet. 'Het Heard Museum. In Phoenix. Het schijnt vol te liggen met indianenspullen. Kunst en manden en dat soort dingen. Ik ben zelf niet gek op indianen, word er niet warm of koud van, maar het tochtje wordt leuk.'

150

Agnes dacht er nog even over na. Ze wilde Gretchen niet laten denken dat ze niets mocht. 'Als het maar een nachtje is, denk ik dat ik wel meekan.'

'Goed zo, meid,' zei Gretchen. 'Ik ga meteen naar huis, Dolly Ann bellen.' Ze stond op en liep kordaat naar de deur, hield even halt en draaide zich weer om naar Agnes. 'Trouwens, heb je ooit strippoker gespeeld?'

'Ik?' vroeg Agnes Barkley schor. 'Strippoker? Nog nooit!'

'Maak je borst dan maar nat, schattebout, want dan ga je het leren. De truc is met genoeg kleren beginnen, als je dan wat verliest is het niet zo erg.'

Dat gezegd hebbende stapte Gretchen Dixon de deur uit, haar slippers klepperden lawaaierig over het grint toen ze heuvelafwaarts naar haar eigen wagen liep, die twee deuren verderop geparkeerd stond. Agnes zat als verdoofd aan tafel. Zouden ze strippoker spelen? Waar was ze in vredesnaam aan begonnen?

Agnes wist niet zeker of ze nu ja had gezegd, maar ze had zeker de schijn gewekt dat ze mee zou gaan. Ze had kunnen opstaan, de deur open kunnen gooien en naar Gretchen kunnen roepen dat ze van gedachten was veranderd, maar dat deed ze niet. In plaats daarvan zat ze daar als een lappenpop tot ze de hordeur van Gretchen achter haar dicht hoorde vallen.

In de stilte die volgde vroeg Agnes zich af wat Oscar zou zeggen. Het was niet zo dat ze hem nooit alleen had gelaten. Jarenlang had ze een weekend in mei – drie hele dagen – doorgebracht in een Vrouwen Bijbelstudiegroep in het YMCA-kamp bij het Zurichmeer, ten noorden van Buffalo Grove. En altijd had ze, voordat ze vertrok, genoeg eten gekookt en ingevroren en gelabeld voor twee weken in plaats van drie dagen. Oscar en de meisjes hoefden het alleen maar te ontdooien en op te warmen.

Tja, een bijbelstudiegroep in een YMCA-kamp en vier oude dames die in een goedkope hotelkamer strippoker zitten te spelen waren niet bepaald hetzelfde, maar Oscar hoefde niet te weten over de strippoker. Eerlijk gezegd was de gedachte dat Agnes ergens naartoe ging met Gretchen Dixon en haar vriendinnen al genoeg om hem overstuur te krijgen.

En wat dan nog? vroeg Agnes Barkley zichzelf, in een plotselinge vlaag van zelfvertrouwen. Ieder zijn meug, toch? Ten slotte was zij niet wild van het idee dat hij uren aan een stuk doorbracht met

151

rondzwerven door de woestijn met Jimmy Rathbone, die windbuil van een maat van hem, of wel soms? Als het Oscar Barkley niet aanstond dat zij naar Phoenix ging met Gretchen, dan had hij pech gehad.

Zo dacht Agnes erover om twee uur 's middags, maar tegen de avond was ze iets milder geworden. Niet dat ze van gedachten was veranderd, maar ze had een plannetje bedacht om Oscar te overreden.

Zoals altijd begon haar aanval met eten. Ze bereidde zijn lievelingskostje, Italiaans gehakt met gepofte aardappelen en snijbonen uit de diepvries, een groene salade met haar eigengemaakte Thousand Island-dressing en een citroenschuimtaart als toetje. Agnes bleef zich verbazen over de hoeveelheid eten die ze uit dat kleine pantryachtige keukentje kon krijgen met de minuscule oven en fornuis. Er was alleen een beetje talent voor nodig, voor zowel koken als timing.

Het eten was klaar om zes uur, maar Oscar was niet thuis. Hij was er nog niet om halfzeven en ook niet om zeven uur. Eindelijk, om kwart over zeven, toen het gehakt stond uit te drogen in de afkoelende oven en de gepofte aardappelen waren verschrompeld in hun droge schilletjes, hoorde Agnes Oscars Honda knerpend stoppen buiten de camper. Tegen die tijd had Agnes de borden en het bestek opzijgeschoven en speelde ze een spel patience op de keukentafel annex zithoek.

Toen Oscar binnenstapte door de deur keek Agnes niet eens naar hem op. 'Sorry dat ik zo laat ben, Aggie,' zei hij en hij hing zijn jas en John Deere-pet in de kast. 'Ik denk dat we ons een beetje lieten meeslepen door onze tocht.'

'Kennelijk,' antwoordde ze koeltjes.

Met een bezorgde blik in haar richting, haastte Oscar zich naar het aanrecht, rolde zijn mouwen op en waste zijn handen. 'Het ruikt heerlijk,' zei hij.

'Een tijdje geleden wel,' antwoordde ze. 'Ik denk dat het inmiddels verpieterd is.'

'Sorry,' mompelde hij weer.

Tergend langzaam, rij voor rij, haalde ze de patiencekaarten weg en schoof de borden en bestek terug op hun plaats.

'Ga zitten en loop me niet in de weg,' commandeerde ze. 'Er is niet genoeg ruimte om alletwee rond te banjeren tussen het fornuis en de tafel als ik het eten op tafel probeer te krijgen.'

Gehoorzaam plofte Oscar neer op de bank. Terwijl Agnes het lauwe

152

eten van het fornuis naar de tafel verplaatste, worstelde hij zich los uit het nylon heuptasje dat hij gewoon was te dragen op zijn omzwervingen. Agnes besteedde weinig aandacht aan wat hij deed, maar toen ze klaar was met de laatste schotel op tafel zetten en wilde gaan zitten, zag ze een kleine aardewerken pot naast haar bord staan. Agnes had Mexicaanse *ollas* te koop gezien in verschillende curiosawinkels op hun reizen door het zuidwesten. Deze was gevormd zoals de meeste ollas, met een ronde onderkant en een kleine, nauwe opening. Maar de meeste potten in de handel waren ongemerkt en gemaakt van zachte, roodbruine klei. Deze was veel kleiner dan degene die ze ooit te koop had gezien. Hij was grijs, bijna zwart, met een paar elegante witte merktekens die nauwelijks zichtbaar waren.

'Wat is dat?' vroeg ze terwijl ze ging zitten en ze leunde wat voorover om de pot beter te kunnen zien.

'Aggie, liefje,' zei Oscar, 'ik denk dat je naar een winnend loterijbriefje kijkt.'

Agnes Barkley ging rechtop zitten en staarde haar man over het kleine tafelblad aan. Oscar maakte nooit grapjes. Het werk voor de posterijen al die jaren had de humor wel doen verdwijnen. Maar toen ze zijn gezicht zag was Agnes hoogstverbaasd. Oscar zat te glunderen. Hij deed haar denken aan de jongeman die op haar stond te wachten bij het altaar 46 jaar geleden.

'Ik heb nog nooit een loterijbriefje gezien dat er zo uitzag,' antwoordde Agnes hooghartig snuivend. 'Neem wat gehakt en geef hem door voor hij nog kouder wordt.'

'Agnes,' zei hij, zonder een vinger naar het gerecht uit te steken, 'je begrijpt het niet. Ik denk dat dit erg belangrijk is. Erg kostbaar. Ik heb hem vandaag gevonden. Langs de San Pedro, iets ten zuiden van Saint David. Daar is een plek waar door een van de overstromingen van afgelopen winter een kleine aardverzakking is ontstaan. Deze pot stak uit het zand, lag daar gewoon te wachten tot iemand als ik langsliep en hem opraapte.'

Agnes bekeek de pot met een greintje meer ontzag. 'Denk je dat hij oud is, dan?'

'Erg oud.'

'En dat hij veel waard is?'

'Tonnen geld. Nou, misschien geen tonnen.' Oscar Barkley stond zichzelf nooit toe onnodig te overdrijven. 'Maar genoeg om ons leventje een stuk te veraangenamen.'

153

'Het is maar een stukje klei. Waarom zou het zoveel waard zijn?'
'Omdat hij nog heel is, dommertje,' zei hij vol overtuiging. 'Als jij *Archeologie* zou lezen, of naar Discovery of National Geographic zou kijken,' vervolgde hij, 'of als je eens de moeite zou nemen plaatjes te kijken, zou je weten dat dit soort dingen meestal in duizend stukjes wordt teruggevonden. Het duurt maanden en jaren om ze allemaal aan elkaar te passen.'

Agnes reikte naar de pot om hem op te pakken. Ze wilde hem eigenlijk wat dichterbij bekijken, maar zodra ze hem had aangeraakt veranderde ze op onverklaarbare wijze van gedachten en schoof hem opzij.

'Hij ziet er nog steeds niet bijzonder uit,' zei ze. 'Nou, als jij geen gehakt wilt, kun je het dan alsjeblieft even doorgeven?'

De grijns op Oscars gezicht verdween. Hij gaf de schotel zonder een woord te zeggen door. Agnes zag meteen dat ze hem had gekwetst. Meestal was een glimp van de gewonde blik op zijn gezicht genoeg om haar hart te laten smelten en het met hem goed te maken, maar vanavond voelde ze zichzelf om de een of andere reden te veel gekwetst. Agnes was niet in de stemming om zich te verontschuldigen.

'Trouwens,' zei ze een paar minuten later, toen ze margarine smeerde op een ijskoude aardappel, 'Gretchen en Dolly Ann hebben me uitgenodigd om met hen naar Phoenix te gaan met een seniorenbustochtje overmorgen. Ik heb gezegd dat ik meega.'

'O? Voor hoelang?' vroeg Oscar.

'Gewoon een nachtje. Waarom, heb je daar soms een probleem mee?'

'Nee. Geen enkel probleem.'

Hij zei het zo gemakkelijk, het kwam er zo soepel uit, dat Agnes het heel even ontging. 'Je bedoelt dat je het niet erg vindt als ik ga?'

Oscar staarde haar wazig aan, alsof zijn gedachten mijlenver waren. 'O, nee,' zei hij. 'Helemaal niet. Ga je gang en maak er iets van. Maar, één ding.'

Agnes keek hem scherp aan. 'Wat?'

'Geen woord over deze pot aan iemand. Niet aan Gretchen, niet aan Dolly Ann.'

'Ik neem aan dat dit het geheimpje is van jou en Jimmy?' vroeg Agnes.

Oscar schudde zijn hoofd. 'Jimmy was honderden meters verderop

154

in de rivier bezig toen ik deze vond,' zei hij. 'Ik heb hem schoonge-veegd en in mijn tas gestopt. Hij weet niet eens dat ik hem gevonden heb en dat ga ik hem ook niet vertellen. Tenslotte heb ik hem ge-vonden. Als blijkt dat hij iets waard is, heeft het geen zin het te de-len met iemand die niet eens geholpen heeft met het te vinden, vind je ook niet?'

Agnes dacht er even over na. 'Nee,' zei ze eindelijk. 'Dat denk ik ook niet.'

Het gehakt smaakte inmiddels als schoenzolen. De aardappelen wa-ren nog erger. Als ze kauwden knapten de bonen smakeloos tegen hun tanden als ettelijke elastiekjes. Oscar en Agnes prikten luste-loos in hun eten, met weinig belangstelling, geen honger en nog minder gespreksstof. Eindelijk stond Agnes op en begon de borden op te ruimen.

'Ook wat citroentaart,' stelde ze voor, eindelijk een beetje verge-vingsgezind. 'Die hóór je tenminste koud te eten.'

Ze gingen meteen naar bed na het tien-uurjournaal op tv. Oscar viel ogenblikkelijk in slaap, midden op het bed luidruchtig snurkend, terwijl Agnes zich vastklampte aan haar kant van de matras en een kussen over haar oor hield om iets van het lawaai buiten te sluiten. Eindelijk viel ze ook in slaap. Het was bijna ochtend toen de droom haar wekte.

Agnes stond op een heuveltje toe te kijken hoe een jong kind op de grond aan het spelen was. Het kind – kennelijk een meisje – was niet een van Agnes Barkleys eigen kinderen. Haar beide meisjes waren licht van huid en blond. Dit kind was bruin met een hoofd vol dik zwart haar en stralendwitte tanden. Het kind baadde in het warme zonlicht, lachend en kraaiend. Ze draaide alsmaar rond, schopte het stof om haar heen omhoog, zodat ze er voor iedereen uitzag als een kleine zandstorm dansend over de woestijnbodem.

Plotseling, zonder aangekondigde reden, werd het plaatje donker alsof er een grote wolk voor de zon was gekomen. Op de een of an-dere manier voelde ze het gevaar en Agnes riep naar het kind: 'Kom hier. Snel.'

Het kleine meisje keek naar haar en fronste haar voorhoofd, maar ze begreep niet waarvoor Agnes haar wilde waarschuwen en ze ver-roerde zich niet. Toen hoorde Agnes het geluid, hoorde het onge-looflijke gebulder en geklater van water en wist dat er een vloedgolf van stroomopwaarts op hen afkwam.

155

'Kom hier!' riep ze weer, dringender ditmaal. 'Nu!'

Het kind keek weer naar Agnes en toen keek ze opzij. Haar ogen gingen wijd openstaan van angst toen ze de enorme muur van bruin smerig water, van drie of vier meter hoog, op haar af zag denderen. Het meisje krabbelde overeind en rende weg, naar Agnes toe waar het veilig was. Maar ineens, toen ze bijna veilig was, stopte ze, draaide zich om en liep terug. Ze boog voorover om iets van de grond op te rapen, iets kleins en ronds en zwarts, toen het water toesloeg. Agnes keek machteloos toe terwijl het water over haar heen stortte. Binnen luttele seconden was het kind uit het zicht verdwenen.

Agnes werd badend in het zweet wakker, precies zoals jaren geleden toen ze in de menopauze was. Lang nadat haar hart was opgehouden met bonzen, bleef de levendige, bijna-echte droom haar bij. Kwam de pot daar vandaan? vroeg ze zich af. Was de eigenaresse van de pot, een klein indiaans kind – niemand in Westmont gebruikte ooit de term oorspronkelijke bewoner van Amerika – voor de ogen van haar geschokte moeder de dood in gesleurd? En als dat waar was, als datgene wat Agnes in haar droom had gezien echt gebeurd was, moest het lang geleden zijn gebeurd. Hoe was het mogelijk dat dit op haar overgedragen werd, een oerdegelijke lutheraanse vrouw uit Illinois, iemand die nooit visioenen had of idiote fantasieën?

Agnes klauterde uit bed zonder Oscar wakker te maken. Ze stond te hannesen met haar bril, trok vervolgens haar kamerjas aan en liep naar de badkamer. Toen ze daar vandaan kwam stopte ze bij de keukentafel waar de pot eenzaam baadde in een straal zilver maanlicht. Hij leek te stralen en te glimmen in dat vreemde parelmoerachtige licht, maar in plaats van er bevreesd voor te zijn, werd Agnes erdoor aangetrokken.

Zonder erover na te denken ging ze aan tafel zitten, trok de pot naar zich toe en betastte met haar vingers het gladde, koele oppervlak. Hoe maakte je zo'n pot? vroeg Agnes zich af. Waar vond je de klei? Hoe werd hij gebakken? Waar werd hij voor gebruikt? Er kwamen geen antwoorden op die vragen, maar Agnes voelde zich vreemd genoeg getroost door ze gewoon te stellen. Een paar tellen later glipte ze het bed weer in en sliep ongestoord tot ruim na de gebruikelijke tijd waarop ze opstond om koffie te zetten.

Twee nachten later, in het hotel in Phoenix, had Agnes Barkley niets meer aan behalve haar bh en onderbroek toen Gretchen Dixons geïrriteerde stemgeluid haar weer tot zichzelf bracht. 'Nou?' eiste Gretchen. 'Wil je nog een kaart, of niet, Aggie? Of je doet mee met het spel, of niet.'

Agnes legde haar kaarten neer. 'Ik doe niet meer mee,' zei ze. 'Ik ben er niet erg goed in. Ik kan me niet concentreren.'

'We hadden moeten hartenjagen,' bracht Lola te berde.

'Striphartenjagen is absoluut niet hetzelfde als strippoker,' snauwde Gretchen. 'Hoeveel kaarten?'

'Twee,' antwoordde Lola.

Agnes stond op en trok haar nachtjapon en kamerjas aan. Ze had Gretchens advies opgevolgd en zo veel mogelijk kleren aangetrokken als ze kon. Het had niet geholpen. Hoewel ze meestal erg snel een spelletje oppikte, was ze hopeloos verstrikt geraakt in het ingewikkelde poker. En nu, met de kamer gehuld in een dikke wolk sigarettenrook, was ze blij niet meer aan het spel mee te hoeven doen. Agnes opende de schuifdeur en glipte erdoor naar het kleine balkon. Hoewel de temperatuur rond de tien graden schommelde, was het niet zo koud, vergeleken met Chicago in januari. In feite leek het zelfs zwoel. Ze keek naar het rustige verkeer voor het verkeerslicht op Grand Avenue en hoorde het lage, voortdurende gerommel van vrachtwagens op de Black Canyonsnelweg achter haar. Het gebulder deed haar eens temeer denken aan het geluid van het water toen het over het meisje heen stortte en haar opslokte.

Hoewel ze het niet koud had, huiverde Agnes en ze ging weer naar binnen. Ze zette drie kussens achter zich en ging op het bed zitten met een boek voor haar neus. De andere vrouwen dachten misschien dat ze aan het lezen was, maar dat was ze niet.

Agnes Barkley dacht aan vloedgolven, herinnerde zich de echte die zij en Oscar afgelopen winter hadden gezien. Die januari was een van de natste sinds heugenis geweest. De interim-manager van het kampeerterrein forensde vanuit Benson. Hij vertelde hun op een middag dat er snel een vloedgolf werd verwacht bij Saint David en dat als ze voortmaakten het waarschijnlijk de moeite waard was om te zien. Ze stonden iets bij de brug van Saint David vandaan toen een muur van water op hen af denderde, een vreemdsoortige verzameling van autobanden, verroeste bumpers en zelfs een oude koelkast voor zich uit duwend, die even moeiteloos mee dobberde in de kolkende watermassa alsof het een kurk in een badkuip was. Agnes Barkleys droom van twee nachten tevoren – die nog steeds zo echt leek – had best wel iets kunnen zijn wat ze daaraan had overgehouden. Maar nu was ze ervan overtuigd dat het meer was dan dat, vooral na wat ze te weten was gekomen in het Heard Museum die dag. Precies zoals Gretchen Dixon haar had verteld, was het museum volgestouwd met voorwerpen waarvan Agnes nu wist dat het kunstnijverheid van de oorspronkelijke bewoners van Amerika werd genoemd, manden, aardewerk en voorwerpen van geweven kralen.

Hun groep was rondgeleid door een rap pratende docent die weinig tijd of geduld had voor achterblijvers of vragenstellers. Naderhand was Agnes, toen de anderen in het winkeltje rondsnuffelden of in de rij stonden voor een drankje, teruggelopen naar een bepaalde opstelling, waar ze een pot had gezien die erg leek op degene die op de keukentafel van hun camper stond.

In de opstelling stond een verzameling voorwerpen van de Tohono O'otham stam. Van sommige manden was niets meer over dan fragmenten. En precies als Oscar had gezegd, zagen alle potten eruit alsof ze gebroken waren geweest en vervolgens weer aan elkaar waren gelijmd. Wat Agnes tot de opstelling had aangetrokken was niet alleen de pot maar ook het getypte opschrift op de muur ernaast, dat uitlegde hoe men, na de dood van een pottenbakster, haar potten vernietigde zodat haar geest niet voor altijd gevangen bleef in datgene wat ze had gemaakt.

Oscars pot was heel, maar de persoon die hem had gemaakt was al geruime tijd dood. Kon de geest van de pottenmaker op de een of andere wijze nog gevangenzitten in dat klompje zwartgeblakerde klei? Had de moeder de kleine pot gemaakt als soortement van speelgoed voor haar kind? Was het daarom zo dierbaar voor het meisje geweest? Verklaarde dat waarom ze teruggehold was naar een zekere dood in een poging het te redden? En had de rusteloze geest van de moeder op de een of andere manier een visioen kunnen creëren om die afschuwelijke gebeurtenis op Agnes te kunnen overbrengen?

Terwijl ze stond te staren naar de opstelling in het museum, begreep Agnes wat er met haar gebeurd was. Ze had niet zozeer een droom gedroomd, maar eerder een visioen gehad. En nu, twee dagen later, met het boek voor haar neus en het pokerspel met de drie spelers aan de andere kant van de kamer, probeerde Agnes uit te pluizen wat dat allemaal betekende en wat ze eraan moest doen.

Het pokerspel eindigde met ruzie toen Lola en Dolly Ann, allebei met bijna niets aan, de volledig geklede Gretchen van vals spelen beschuldigden. De drie andere vrouwen ruzieden nog steeds door toen ze naar bed gingen. Omdat ze geen zin had erbij betrokken te worden, deed Agnes haar ogen dicht en deed net alsof ze sliep.

Lang nadat de anderen eindelijk stil waren, lag Agnes nog wakker, piekerend over haar verantwoordelijkheid ten opzichte van een vrouw die ze nog nooit had gezien maar door wier ogen ze die verdrinking van zo lang geleden en tegelijkertijd zo recent had gezien. Het kind dat werd weggesleurd door het kolkende bruine water was niet Agnes Barkleys eigen kind, maar de dood van het indiaanse kind deed Agnes evenveel verdriet als wanneer het er een van haar was geweest. Pas toen het licht werd nam Agnes een beslissing en kon ze eindelijk in slaap vallen.

De bus deed er eindeloos over naar Tombstone terug te rijden. Oscar was naar de stad gereden om Agnes op te halen. Hij begroette haar met een blijde grijns op zijn gezicht en een lading bibliotheekboeken die op de achterbank heen en weer schoven.

'Ik ben even snel op en neer gereden naar Tucson toen je weg was,' legde hij uit. 'Ze maakten een uitzondering en lieten me deze boeken lenen van de universiteitsbibliotheek. Wacht maar tot ik het je laat zien.'

'Ik wil het niet zien,' antwoordde Agnes.

'Nee? Waarom niet? Ik heb er de halve nacht en vanochtend in zitten lezen, tot mijn ogen bijna uit mijn hoofd vielen. Die pot van ons is echt een fortuin waard.'

'Je zult hem terug moeten brengen,' zei Agnes zacht.

'Terugbrengen?' herhaalde Oscar wanhopig. 'Wat is er met jou aan de hand? Ben je gek geworden of zoiets? We hoeven alleen maar die pot te verkopen en dan zitten we voor de rest van ons leven gebakken.'

'Die pot is niet te koop,' verklaarde Agnes. 'Je zult hem terug moeten brengen naar waar je hem gevonden hebt en kapot moeten slaan.'

Hoofdschuddend klemde Oscar zijn kaken op elkaar, zette de pook in drive en zei geen woord meer tot ze thuis op het parkeerterrein waren en hij zowel de boeken als Agnes Barkleys bagage naar binnen had gebracht.

'Wat is er in godsnaam met je aan de hand?' vroeg Oscar ten slotte, met amper ingehouden woede.

Agnes besefte dat ze de man een verklaring schuldig was. 'Er zit de geest van een vrouw gevangen in die pot,' begon ze. 'We moeten haar bevrijden. Om dat voor elkaar te krijgen moeten we de pot breken. Anders blijft ze er voor altijd in gevangen.'

'Dat is de grootste zweverige waanzin die ik ooit heb gehoord. Hoe kom je er vredesnaam op? Het klinkt als iets wat die mafkees Gretchen Dixon zou kunnen verzinnen. Je hebt haar toch niets verteld?'

'Nee. Ik heb het gelezen. In een opstelling van het museum, maar ik denk dat ik het al eerder wist, zelfs voordat ik het daar zag.'

'Je wíst het al?' zei Oscar spottend. 'Wat bedoel je daar nou mee? Probeer je mij te vertellen dat de geest die zogenaamd gevangenzit in mijn pot jou verteld heeft dat ik hem moet breken?'

'Precies. En terugleggen waar je hem hebt gevonden.'

'Om de dooie dood niet!' snauwde Oscar.

Hij liep stampvoetend naar buiten waar hij net deed alsof hij de vloeistofpeilen onder de motorkap van de Honda moest checken. Oscar mocht dan tijdelijk het slagveld hebben verlaten, Agnes wist dat het gevecht nog lang niet voorbij was. Ze ging zitten en wachtte. Het was twee uur 's middags – tijd om voorbereidingen te treffen voor het avondeten – maar ze maakte geen aanstalten.

Gedurende 46 jaar was alles prettig tussen hen geweest. Als er een compromis moest worden gesloten, deed Agnes dat zonder mopperen. Zo was het altijd geweest, en zo verwachtte Oscar dat het nu weer zou gaan. Maar deze keer – deze ene keer – wilde Agnes Barkley de voet stijf houden. Deze ene keer zou ze niet buigen.

Oscar kwam een halfuur later weer naar binnen. 'Zeg,' zei hij, vriendelijk en verontschuldigend. 'Het spijt me dat ik zo boos werd. Je kent het hele verhaal nog niet, want ik heb nog geen kans gekregen je dat te vertellen. Toen ik in Tucson was, heb ik wat rondgevraagd over de pot. Anoniem natuurlijk. Theoretisch. Uiteindelijk kwam ik terecht bij een vent die een handeltje drijft vlak bij Oracle. Hij is een handelaar en zegt dat hij ons een berg geld kan bezorgen. Je raadt nooit hoeveel.'

'Hoeveel?'

'Honderdduizend. Schoon aan de haak. Nadat de commissie voor de handelaar eraf is. En dat is minimaal. Hij zegt dat wanneer alle verzamelaars tegen elkaar op gaan bieden, de prijs nog veel hoger kan uitvallen. Heb je enig idee wat we met dat geld zouden kunnen doen?'

'Kan me niet schelen hoeveel geld het is,' antwoordde Agnes koppig. 'Het is het niet waard. We moeten haar vrijlaten, Oscar. Ze zit al honderden jaren gevangen.'

'Gevangen?' antwoordde Oscar. 'Ik zal je eens vertellen wat gevangen is. Gevangen is als je elke dag gedurende dertig jaar, weer of geen weer, naar je werk moet, in de hoop dat zo'n rothond je niet een hap uit je been bijt. Gevangen is duimen dat je niet uitglijdt op iemands spiegelgladde stoepje en je godverdommese nek breekt. Gevangen is alsmaar werken en zuinigjes aandoen en hopen dat je genoeg geld opzij legt zodat je op een dag geen zorgen hebt dat je geld op een goed moment op is. En nu, wanneer ik het binnen handbereik heb, kom jij...'

Halverwege de zin hield hij op. Ze zaten tegenover elkaar in de kleine keukenhoek. Agnes bleef Oscar aankijken met een kalme maar ontoegeeflijke blik. Hij kon zien dat niets wat hij zou zeggen ook maar enig effect zou sorteren.

Plotseling werd het hem allemaal te veel. Hoe kon Agnes hem zo verraden? Oscar sprong op, met een van woede vertrokken gezicht. 'Verdomme, Agnes...'

Hij tilde zijn hand op alsof hij haar wilde slaan. Een angstige tel lang wachtte Agnes op de klap. Maar die kwam niet. In plaats daarvan puilden Oscars ogen uit zijn kassen. Het onuitgesproken dreigement bleef hangen in zijn keel. Het enige geluid dat aan zijn verwrongen lippen ontsnapte was een gesmoorde snik.

Langzaam, als een woudreus die geveld wordt door de zaag van een bosbouwer, begon Oscar Barkley om te vallen. Stijf en stil, als een totempaal, viel hij tegen de muur en vervolgens tegen de kast. Pas toen verdween de plotselinge, angstaanjagende stijfheid uit zijn lichaam. Zijn botten leken tot pudding te verworden. Onvast en slapjes gleed hij voor de kast naar beneden als een slappe lappenpop.

Pas toen hij op de grond was aanbeland klonk er een geluid, maar dat was niet meer dan een doffe dreun, alsof iemand vanaf een meter een pak meel liet vallen.

Agnes zag hem vallen en deed niets. Later, toen de politie haar ondervroeg naar de periode van tien minuten tussen de tijd waarop Oscars kapotte horloge stilstond en de tijd waarop de oproep binnenkwam bij de alarmcentrale, kon ze het onmogelijk verklaren. Niet dat de tien minuten enig verschil zouden hebben uitgemaakt. Oscar Barkleys enige hartaanval was hem onmiddellijk fataal.

O, hij was gewaarschuwd te minderen met vet, om zijn cholesterol te verlagen, maar Oscar was er de persoon niet naar om doktersadvies ter harte te nemen.

De dag na de begrafenisdienst stak Gretchen Dixon haar hoofd om de deur van de camper toen Agnes, gekleed in spijkerbroek, flanellen overhemd en strohoed bezig was de veters van haar gymschoenen te strikken.

'Hoe gaat het met je?' vroeg Gretchen.

'Prima,' antwoordde Agnes automatisch. 'Echt waar.'

'Het lijkt wel alsof je ergens naartoe gaat.'

Agnes knikte naar de metalen urn met de as die de begrafenisondernemer haar had meegegeven. 'Ik ga de as verspreiden,' zei ze. 'Oscar zei altijd dat hij aan de oevers van de San Pedro wilde rusten.'

'Wil je dat ik met je meega?' vroeg Gretchen.

'Nee, dank je. Het gaat prima.'

'Gaat er iemand anders met je mee dan? De meisjes misschien?'

'Die hebben vanochtend vroeg het vliegtuig terug naar huis genomen.'

'Je gaat me toch niet vertellen dat die schurk van een Jimmy Rathbone al avances maakt.'

'Ik ga alleen,' antwoordde Agnes ferm. 'Ik heb geen behoefte aan gezelschap.

'O,' zei Gretchen. 'Sorry.'

Toen Agnes Barkley een paar minuten later met de Honda wegreed van de camper, zag het eruit alsof ze helemaal alleen in de auto zat, maar vreemd genoeg voelde ze zich niet alleen. En hoewel Oscar Agnes niet had verteld waar hij de pot precies op de rivieroever had gevonden, was het voor Agnes gemakkelijk de weg ernaartoe te vinden, alsof iemand haar bij elke pas begeleidde.

Zodra ze de afbrokkelende oever van de rivier bereikte, viel Agnes Barkley op haar knieën. Het was er rustig, met dat wat er over was van de rivier amper voortkabbelend in de zanderige bedding zo'n dertig passen achter haar. Het enige geluid was het vage gebrom van een straaljager van de Davis-Monthan Luchtmachtbasis die laag overvloog. Een deel van Agnes registreerde het geluid en kon het plaatsen: een vliegtuig. En ander deel van haar schrok op als een verstoorde haas toen dat wat ze veronderstelde een bij te zijn iets was wat totaal boven haar verstand en begrip ging.

Toen Agnes thuiskwam met Oscars as, had ze direct de pot in de metalen urn gezet. Nu haalde ze hem er onhandig uit. Even hield ze hem liefdevol tegen haar borst gedrukt. Toen gooide ze de pot, met de tranen stromend over haar gezicht, kapot. Smeet hem aan stukken tegen de urn die Oscar Barkleys nauwelijks afgekoelde as bevatte.

Nu greep Agnes de urn. Hem voor zich uit houdend liet ze de inhoud eruit waaien terwijl ze om haar eigen as draaide en draaide, waarmee ze iemand nadeed die op exact dezelfde manier had rondgedanst op precies dezelfde plek, lang, lang geleden.

Ten slotte viel Agnes Barkley, helemaal duizelig, op de grond, hijgend en buiten adem. Minuten later besefte ze dat Oscar weg was, alsof het voor het eerst was. Echt weg. En daar, te midden van de verspreide as en de gebroken potscherven huilde ze hete tranen. Niet alleen omdat Oscar dood was, maar ook omdat ze niets had gedaan om hem te helpen. Omdat ze hulpeloos had zitten toekijken hoe hij was gestorven, precies zoals die mysterieuze andere vrouw had toegekeken hoe het bulderende water haar kind had meegesleurd.

Eindelijk kwam Agnes een beetje tot zichzelf. Toen ze ophield met huilen voelde ze zich tot haar eigen verbazing veel beter. Op de een of andere manier opgelucht. Misschien is het maar goed ook dat Oscar dood is, dacht ze. Hij had het niet prettig gevonden met hen beiden getrouwd te zijn geweest, met Agnes en met de geest van die andere vrouw, met de moeder van dat arme, verdronken kind. Dit is de enige manier waarop het kan werken, zei Agnes tegen zichzelf. Ze raapte een klein stukje zwart aardewerk op en hield het tussen haar vingers, waar het het volle licht van de warme middagzon gevangenhield.

Dit was de enige manier waarop ze alledrie vrij konden zijn.

Gevaarlijk leven

Minette Walters

Minette Walters (1949-) werd geboren als Minette Jebb in
Bishop Stortford in Engeland. Haar vader was kapitein in het
leger en haar moeder kunstenares. Ze ging naar de Godolphin
School en bracht zes maanden door in Israël voordat ze naar de
universiteit van Durham ging, waar ze afstudeerde in Franse
taal- en letterkunde. Met haar echtgenoot Alexander Walters
kreeg ze twee zonen en voordat ze ging schrijven was ze
tijdschriftjournaliste in Londen, zette ze zich in voor de
ouderadviesraden op scholen en deed ze mee aan de
plaatselijke verkiezingen in 1987.
Walters werd door critici ontvangen als een van de beste nieuwe
schrijvers uit de jaren negentig. Sterker nog, haar drie eerste
romans wonnen allemaal prijzen: *The Ice House* (1990, *Het
ijshuis*) won de John Creasey Award van de British Crime
Writers' Association voor beste debuutroman; *The Sculptress*
(1993, *De beeldhouwster*) won de Edgar voor beste roman van
de Mystery Writers of America en *The Scold's Bride* (1994, *Het
heksenmasker*) won de Gold Dagger Award voor beste roman
van de Crime Writers' Association. Tegenwoordig wordt ze vaak
vergeleken met Ruth Rendell, aan wier succes ze haar eigen
mogelijkheid tot publicatie zegt te danken. Maar Walters houdt
van het traditionele genre, met de nadruk op familieverbanden
en van het plot, terwijl ze gezelligheid verwerpt en zelfs afwijst.
Walters heeft weinig korte verhalen geschreven, op een aantal
novellen onder onbekende pseudoniemen na, toen ze nog voor
tijdschriften schreef. *Gevaarlijk leven (English Autumn –
American Fall)* is een voorbeeld van het ultrakorte verhaal,
waarin ze laat zien hoe karakter en suggestie in een uiterst korte
vertelling kunnen worden verwerkt.

165

Ik weet nog dat ik dacht dat mevrouw Newbergs probleem niet zozeer bestond uit de chronische alcoholverslaving van haar echtgenoot, als wel uit haar treurige pogingen om te doen of hij een gematigd man was. Ze vormden een knap stel, lang en slank, beiden met een dichte bos sneeuwwit haar en altijd duur gekleed in kasjmier en tweed. Ik moet haar nageven dat hij er niet uitzag als iemand die veel dronk en dat hij zich evenmin als zodanig gedroeg, maar ik kan me niet herinneren dat ik hem gedurende de twee weken dat ik hen gekend heb ook maar één keer nuchter heb gezien. Zijn vrouw zocht excuses voor hem met clichés. Ze had het over slapeloosheid, over een sterfgeval in de familie, zelfs over een kreupel been – een erfenis uit de oorlog, natuurlijk – dat hem het lopen bemoeilijkte. Zo nu en dan kroop er een geamuseerd lachje over zijn gezicht, alsof iets wat ze had gezegd zijn gevoel voor humor had geprikkeld, maar meestal zat hij voor zich uit te staren naar een vast punt, bang om zijn wankel evenwicht te verliezen.

Ik schatte hen op achter in de zeventig en ik vroeg me af wat hen zo ver van huis had gebracht, midden in een koude, Engelse herfst. Mevrouw Newberg deed er ontwijkend over. Gewoon een korte vakantie, kweelde ze met haar vogelstemmetje, waarin iets van een noord-Europees accent hoorbaar was door de scherpte waarmee ze de medeklinkers uitsprak. Onder het praten wierp ze nerveuze blikken op haar man, alsof ze hem uitdaagde haar tegen te spreken. Het kan waar geweest zijn, maar een leeg hotel aan de kust, in een winderige badplaats in Lincolnshire, in oktober, leek een onwaarschijnlijke keuze voor twee bejaarde Amerikanen. Ze wist dat ik haar niet geloofde maar ze was slim genoeg om er niet verder op in te gaan. Misschien begreep ze dat mijn bereidheid om met haar te praten afhing van een aanhoudende nieuwsgierigheid.

'Het was meneer Newberg die hiernaartoe wilde,' zei ze sotto voce, alsof de zaak daarmee afgedaan was.

Het was een saaie badplaats, het seizoen was voorbij, en mevrouw Newberg voelde zich kennelijk eenzaam. Wie zou dat niet zijn met slechts een zwijgzame dronkaard als gezelschap? Er waren avonden waarop een vertegenwoordiger kort in de eetzaal verscheen waar hij zwijgend zijn maag vulde alvorens naar bed te gaan, maar over het algemeen vormden gesprekken met mij haar enige bron van afleiding. In zekere zin raakten we bevriend. Natuurlijk wilde ze weten

166

waarom ik daar was, maar ook ik kon ontwijkend zijn. Ik was op zoek naar een plek om te wonen, vertelde ik haar.

'Wat leuk,' zei ze, zonder het te menen. 'Maar wil je wel zo ver van Londen zijn?' Het was een verwijt. Voor haar, zoals voor zovelen, waren hoofdsteden synoniem voor levendigheid.

'Ik hou niet van lawaai,' bekende ik.

Ze keek naar het venster, waar de regen driftig tegen de ruitjes kletterde. 'Misschien hou je niet van mensen,' opperde ze.

Ik maakte tegenwerpingen uit beleefdheid.

'Met afzonderlijke personen heb ik geen probleem,' zei ik, een nadenkende blik in de richting van meneer Newberg werpend, 'maar wel tegen de mensheid en masse.'

'Ja,' was ze het vaag met me eens, 'ik geloof dat ik ook de voorkeur geef aan dieren.'

Ze had de gewoonte om onsamenhangende uitspraken te doen en een paar maal vroeg ik me af of ze soms niet helemaal bij haar verstand was. Maar als dat het geval was, dacht ik, hoe hadden ze dan in vredesnaam de weg gevonden naar deze afgelegen plek, wanneer meneer Newberg er al moeite mee had om de tafeltjes in de bar te omzeilen? Het antwoord was eerlijk genoeg. Het hotel had een auto gestuurd om hen van het vliegveld af te halen.

'Was dat niet erg duur?' vroeg ik.

'Het was gratis,' zei mevrouw Newberg waardig. 'Uit welwillendheid. De hoteleigenaar kwam zelf.'

Ze klakte met haar tong bij het zien van mijn verbazing. 'Dat verwachten we wanneer we het volle pond betalen voor een kamer.'

'Ik betaal ook het volle pond,' zei ik.

'Dat betwijfel ik,' zei ze, terwijl haar boezem zich zuchtend verhief. 'Amerikanen worden uitgebuit, overal waar ze naartoe gaan.'

Tijdens de eerste week van hun verblijf zag ik hen slechts één keer buiten het hotel. Ik trof hen op het strand waar ze, in dikke jassen en wollen sjaals gehuld, in strandstoelen zaten. Ze tuurden naar een woelige zee die geteisterd werd door bitterkoude windvlagen uit Siberië. Ik sprak er mijn verbazing over uit dat ik hen daar zag en mevrouw Newberg, die om de een of andere reden aannam dat mijn verbazing veroorzaakt werd door de ligstoelen, verklaarde dat het hotel de gasten van alles voorzag, tegen een geringe vergoeding.

'Komt u hier elke ochtend?' vroeg ik haar.

Ze knikte. 'Het doet ons aan thuis denken.'

'Ik dacht dat u in Florida woonde.'

'Ja,' zei ze behoedzaam, alsof ze probeerde zich te herinneren hoe veel ze al onthuld had.

Meneer Newberg en ik wisselden samenzweerderige lachjes uit. Hij sprak zelden, maar wanneer hij iets zei was het altijd ironisch. 'Florida staat bekend om zijn orkanen,' zei hij tegen me voor hij zijn gezicht naar de ijskoude wind draaide.

Daarna ging ik niet meer naar het strand, uit angst nog meer bij hen betrokken te raken. Niet dat ik hen niet mocht. Eerlijk gezegd was ik nogal blij met hun gezelschap. Ze waren het minst nieuwsgierige stel dat ik ooit ontmoet had, en er was nooit een probleem met de lange stiltes die soms tussen ons ontstonden. Maar ik voelde er weinig voor om overdag op te trekken met onbekenden.

Op een avond maakte mevrouw Newberg er een opmerking over. 'Ik vraag me af waarom je niet naar Schotland bent gegaan,' zei ze. 'Er is me verteld dat je in Schotland kilometers kunt lopen zonder een levende ziel tegen te komen.'

'Ik zou niet in Schotland kunnen wonen,' zei ik.

'Ah, ja. Dat was ik vergeten.' Was ze hatelijk, of verbeeldde ik het me. 'Je bent op zoek naar een huis.'

'Naar een plek om te wonen,' verbeterde ik haar.

'Een appartement dan. Doet het ertoe?'

'Ik geloof het wel.'

Meneer Newberg staarde in zijn whiskyglas. '"Das Geheimnis, um die grösste Fruchtbarkeit und den grössten Genuss vom Dasein einzuernten, heisst: gefährlich leben,"' mompelde hij in vloeiend Duits. '"Het geheim om de grootste winst en het hoogste genot uit het leven te halen is: gevaarlijk leven." Friedrich Nietzsche.'

'Klopt het?' vroeg ik.

Ik zag dat hij geheimzinnig bij zichzelf lachte. 'Alleen als je bloed vergiet.'

'Pardon?'

Zijn ogen waren echter waterig door de alcohol en hij gaf geen antwoord.

'Hij is moe,' zei zijn vrouw. 'Hij heeft een lange dag achter de rug.' Er viel een stilte en ik zag hoe mevrouw Newbergs gezicht verzachtte, de scherpe bezorgdheid ging over in de natuurlijker uitdrukking van beheerste aanvaarding van de kaarten die het lot haar had toebedeeld. Het duurde zeker vijf minuten voor ze met een verklaring kwam.

'Hij genoot van de oorlog,' zei ze zachtjes tegen me. 'Zoals zo veel mannen.'

'Het is de kameraadschap,' zei ik instemmend, terwijl ik me herinnerde met hoe veel genegenheid mijn moeder altijd over de oorlogsjaren had gesproken. 'Tegenspoed haalt het beste in de mensen naar boven.'

'Of het slechtste,' zei ze, kijkend hoe meneer Newberg zijn glas bijvulde uit de literfles whisky. Elke avond werd er een nieuwe op hun tafeltje neergezet. 'Ik denk dat het ervan afhangt aan welke kant je staat.'

'U bedoelt dat het beter is om te winnen?'

'Ik neem aan dat het helpt,' zei ze afwezig.

De volgende dag verscheen mevrouw Newberg aan het ontbijt met een blauw oog. Ze beweerde dat ze uit bed was gevallen en haar gezicht tegen het nachtkastje had gestoten. Er was geen reden om aan haar woorden te twijfelen, behalve dat haar man over de knokkels van zijn rechterhand bleef wrijven. Ze zag er bleek en depressief uit, en ik vroeg haar of ze met me wilde gaan wandelen.

'Ik weet zeker dat meneer Newberg zich wel een paar uurtjes kan vermaken,' zei ik, terwijl ik afkeurend naar hem keek.

We slenterden over de boulevard, kijkend naar de zeemeeuwen die op de wind voortgeblazen door de lucht cirkelden. Mevrouw Newberg stond erop een zonnebril te dragen, waardoor ze op een blinde vrouw leek. Ze liep langzaam en bleef geregeld staan om op adem te komen, dus ik bood haar mijn arm aan, waar ze zwaar op leunde. Voor het eerst beschouwde ik haar als een oude vrouw.

'U moet niet toelaten dat uw man u slaat,' zei ik.

Ze lachte even, maar ze zei niets.

'U zou hem moeten aangeven.'

'Bij wie?'

'Bij de politie.'

Ze maakte zich van me los en leunde op de balustrade boven het strand. 'Wat dan? Een veroordeling? De gevangenis?'

Naast haar leunend zei ik: 'Het is waarschijnlijker dat een rechter hem zou opdragen zijn gedrag te veranderen.'

'Je kunt een oude hond geen nieuwe kunstjes leren.'

169

'Misschien zou hij anders tegen de dingen aankijken als hij nuchter was.'

'Hij drinkt om te vergeten,' zei ze, over de zee turend naar de verre kusten van Noord-Europa.

Vanaf dat moment behandelde ik meneer Newberg koeltjes. Ik keur het niet goed wanneer mannen hun vrouw slaan. Het veranderde weinig aan onze relatie. Zo mogelijk versterkte mijn sympathie voor mevrouw Newberg de band tussen ons drieën. Ik maakte er een gewoonte van hen 's avonds naar hun kamer te begeleiden en in niet mis te verstane bewoordingen te verklaren dat ik me persoonlijk interesseerde voor het welzijn van mevrouw Newberg. Meneer Newberg leek mijn bezorgdheid grappig te vinden. 'Zij heeft geen geweten dat haar last bezorgt,' zei hij bij een van die gelegenheden. En bij een andere: 'Ik heb meer te vrezen dan zij.'

Tijdens de tweede week struikelde hij boven aan de trap, op weg om te gaan ontbijten. Toen hij beneden was beland, was hij dood. Er waren geen getuigen van het ongeval, hoewel een serveerster, die de klap van het vallende lichaam had gehoord, uit de eetzaal was komen aanrennen en de knappe man op zijn rug liggend onder aan de trap had aangetroffen, met zijn ogen wijd open en een glimlach op zijn gezicht. Niemand was er bijzonder door verrast, ofschoon het, zoals de hoteleigenaar zei, eigenaardig was dat het in de ochtend had plaatsgevonden, wanneer hij op zijn nuchterst was. Enkele uren later kwam een agent om vragen te stellen, niet omdat men dacht dat er sprake was van opzet, maar omdat meneer Newberg een buitenlander was en er rapport moest worden opgemaakt.

Ik zat bij mevrouw Newberg in haar slaapkamer, terwijl ze voorzichtig haar tranen depte en tegen de agent verklaarde dat ze aan haar toilettafel had gezeten om de laatste hand aan haar make-up te leggen toen meneer Newberg de kamer had verlaten om naar beneden te gaan. 'Hij ging altijd als eerste,' zei ze. 'Hij hield van verse koffie.'

De agent knikte alsof haar opmerking logisch klonk; daarna informeerde hij tactvol naar de drinkgewoonten van haar echtgenoot. Een bloedmonster van meneer Newberg had een hoge concentratie alcohol bevat, zei hij tegen haar. Ze glimlachte zwakjes en zei dat ze niet geloofde dat het matige whiskygebruik van meneer Newberg iets te maken kon hebben met zijn val. Er was geen lift in het hotel,

170

merkte ze op, en hij had al jaren last van zijn been. 'Amerikanen zijn niet gewend aan trappen,' zei ze, alsof die verklaring afdoende was. Hij gaf het op en richtte zich vervolgens tot mij. Hij had begrepen dat ik een vriend was van het echtpaar. Had ik er iets aan toe te voegen dat meer licht zou kunnen werpen op het ongeval? Ik vermeed om naar mevrouw Newberg te kijken, die de vervaagde blauwe plek om haar oog handig had gemaskeerd met gekleurde crème. 'Niet echt,' zei ik, me afvragend waarom me nooit het litteken boven aan haar wang was opgevallen dat eruitzag alsof het kon zijn veroorzaakt door de scherpe hoek van een nachtkastje. 'Hij heeft eens tegen me gezegd dat het geheim om het hoogste genot uit het leven te halen is gevaarlijk te leven, dus misschien heeft hij niet zo goed voor zichzelf gezorgd als hij had moeten doen.'

Hij keek even gegeneerd in de richting van mevrouw Newberg. 'U bedoelt dat hij te veel dronk?'

Ik haalde licht mijn schouders op, wat hij als instemming opvatte. Ik had kunnen opmerken dat de zorgeloosheid van meneer Newberg eruit bestond dat hij niet achterom keek, maar ik zag niet in wat daarmee te bereiken viel. Niemand twijfelde eraan dat zijn vrouw op het moment van zijn val in hun kamer was geweest.

Ze boog gracieus toen de agent afscheid nam. 'Zijn Engelse agenten altijd zo charmant?' vroeg ze, naar de toilettafel lopend om haar knappe gezicht te poederen.

'Altijd,' verzekerde ik haar, 'zo lang ze geen reden hebben je ergens van te verdenken.'

Een ogenblik keek haar spiegelbeeld me aan. 'Wat valt er te verdenken?' vroeg ze.

De riviermonding

Lia Matera

Sinds de tijd van Wilkie Collins heeft een groot aantal schrijvers
een juridische achtergrond, maar in de afgelopen twintig jaar
hebben we een ware stortvloed van advocaten gezien die de
wedloop om hoge rekeningen willen ontsnappen en het succes
van John Grisham en Scott Turow willen evenaren. Een tijdlang
was de juridische thriller, en zelfs het beroep van advocaat,
vooral een mannelijke aangelegenheid, maar dat is
tegenwoordig anders. Lia Matera (1952-), geboren in Canada in
een Italiaans-Amerikaanse familie, haalde haar meestertitel
aan het Hastings College of Law van de universiteit van
Californië, waar ze hoofdredactrice was van de *Hastings
Constitutional Law Quarterly*. Later was ze docente aan de
Stanford Law School. Matera is een van de schrijvers met een
achtergrond in de advocatuur, als auteur van twee afzonderlijke
series over advocaten die detective spelen. In haar eerste serie,
die begint met *Where Lawyers Fear to Tread* (1987), waarin ze
gebruikmaakt van haar achtergrond als redactrice van een
juridisch tijdschrift, introduceert ze Willa Jansson, de dochter
van zeer linkse ouders. Die politieke achtergrond van de familie
geeft de romanreeks een lading die vaak resulteert in sterk
uiteenlopende kritieken. Zoals het eerbiedwaardige
Contemporary Authors (deel 110, 1999) opmerkt in een
discussie over *Hidden Agenda* (1987): 'Hoewel een recensent
van *Publisher's Weekly* vond dat het boek "boosheid uitstraalt
en geen humor bezit noch emotie, behalve haat," was een
criticus van *Booklist* vol lof over de roman omdat hij
"onconventioneel en erg geestig" is.' Met *The Smart Money*
(1988) begint een kortere serie over de scherpe advocate van
grotere zaken, Laura DiPalma.

173

Matera heeft relatief weinig korte verhalen geschreven en een aantal daarvan was oorspronkelijk bedoeld als romans. Al haar verhalen tot nu toe zijn verzameld in *Counsel for the Defense and Other Stories* (2000). In de inleiding van die bundel geeft ze zelf aan dat *De riviermonding (The River Mouth)*, een verslag in de openlucht van toenemende dreiging, behoort tot die verhalen die 'een welkome afleiding waren bij het schrijven over advocaten'.

Om de monding van de rivier de Klamath te bereiken, ga je op de 101 iets ten zuiden van de grens met Oregon in westelijke richting. Dan trek je door een oude Yurok-ontmoetingsplek, een overgroeide open plek met borden waarop je wordt verzocht de geesten van indianen te respecteren en van de kookplekken en het amfitheater van houtblokken af te blijven. Het pad eindigt bij een afgrond van zand. Van daaruit kun je de Klamath de zee in zien bulderen, vechtend tegen het getij. Van alle kanten breken de golven, schuim opzwepend als opstijgende spoken. Tientallen zeeleeuwen dobberen in het water, zich voedend met de paling die met de rivier is meegedreven.

Mijn vriend en ik daalden af naar het vochtige, kleiachtige strand. De lucht bezat elke mogelijke grijstint en de Stille Oceaan leek op kwikzilver. We waren alleen, op vijf Yurok na, gekleed in rubberlaarzen en flanellen geruite overhemden, die in de branding aan het vissen waren. We zagen hoe ze stijve einden metaaldraad met punten, vastgezet op het handvat van een pikhouweel in zee zwiepten. Als de punten uit de golven kwamen, zaten de alen eraan vastgeprikt.

Alsof ze een lasso wierpen, zo gooiden ze de vastgeprikte vis over hun schouder in de kuilen die ze in het zand hadden gegraven. We passeerden de ondiepe putten vol krioelende wezens die eruitzagen als korte slangen met een valse uitdrukking op hun bek.

We liepen misschien vijfhonderd meter verder dan de riviermonding. We beklommen een paar kleine, scherpe rotsen om uit te komen op een langwerpige platte steen, halverwege de waterlijn en de zandklippen. Van daaruit konden we de vissers zien zonder dat ze ons konden horen.

Het gesprek van de dag (wij gaan naar het strand om dingen uit te praten) was of we wilden trouwen. Omdat het een belangrijk, beangstigend onderwerp was, hadden we wel duizend kilometer gereden om het juiste strand te vinden. We hadden de nacht moeten doorbrengen in een aftands motel, maar dit was zonder twijfel de perfecte plek.

Patrick ontkurkte de champagne; we hadden twee flessen, want het zou een lang gesprek worden. Ik zette de ingeblikte zalm en toastjes klaar op de papieren borden op de oude blauwe deken. Ik schopte mijn schoenen uit zodat ik mijn benen over elkaar kon slaan. Ik keek toe hoe Patrick inschonk, terwijl ik me afvroeg waar de discussie over trouwen zou eindigen.

Toen hij mij de papieren beker vol met bellen aanreikte, tikte ik hem tegen de zijne. 'Op trouwen of niet.'

'Op ja ik wil of niet,' beaamde hij.

De lucht rook naar koud strand, naar natte lucht en glibberige rotsen en storm op komst. Thuis stinkt het strand naar vis en aangespoeld zeewier vol zoemende vliegjes. Als er zonnebaders op handdoeken liggen, kun je hun bier en kokosnootolie ruiken.

'Dus, Pat?' Ik keek hem aan, probeerde me voor te stellen hoe het was met hem getrouwd te zijn. Hij was een sproeterige, magere Schot met een babyface en vreemd haar. Terwijl ik een zwartharig mormel was dat de neiging had uit te dijen in de winter om het in de zomer weer onder controle te krijgen. Maar de diëten werden steeds moeilijker, en ik wist dat dikke vrouwen niet te kieskeurig konden zijn. Ik vond dat het tijd was me te binden. En vroeg me af of dat een geldig motief was. 'Misschien is het goed zoals het nu gaat.'

Meteen betrok zijn blik.

'Ik bedoel dat ik het zo prima vind.'

'Omdat je getrouwd bent geweest met de ridder op het witte paard en ik daar nooit aan kan tippen?'

'Hahaha.' De ridder die mijn ex was had genoeg geld en mooie kleren. Op dit moment had Pat niets. Hij was net ontslagen en er waren nog duizend andere software-ingenieurs die net als hij op elke vacature solliciteerden.

'Ik neem aan dat hij er niet voortdurend bovenop zat,' voegde Pat eraan toe.

Aha. Daar was de ruzie van vannacht weer.

'Met de ridder had je tenminste geen ruzie. Hij wist wanneer hij op moest houden.'

175

Pat en ik hebben altijd ruzie tijdens lange autoritten. Ik zeg iets, maar dat bedoel ik dan niet zo. Het was dus nog te vroeg om de catering te bestellen.

Ik hield mijn papieren beker op voor meer. 'Ik bedoelde alleen dat hij meer ervaring heeft met...'

'O, maar natuurlijk!' Hij schonk zo snel in dat het over de rand schuimde. 'Ik ben maar een kind! Zo fris als een puber en zo diepgaand in mijn politieke analyses als een eerstejaars student.'

'Wat is dit, een overzicht van oude ruzies? Wat dan nog, dat je moet wennen aan samenwonen met iemand. Ik zeg wel eens iets als ik chagrijnig ben. Op de heenweg...'

'Chagrijnig? Jij? Nee, daar ben je een ware artiest in.' Als je de minachting uit het woord gewrongen had, zou het nog druipen van het sarcasme. 'De werkelijkheid is alleen te ingewikkeld voor je.'

Mijn ogen verkleinen zich tot spleetjes. 'Dat haat ik, Patrick.'

'O, nu heet ik ineens Patrick.'

Als ik boos was werd ik meestal formeel. 'Ik ben nooit in zo'n goede bui als ik zit te schrijven. Als jij me dan nou eens met rust kon laten.' Zoals ik in de auto al had gezegd.

Zijn bleke voorhoofd fronste zich terwijl hij zalm op toastjes verkruimelde. Ik keek uitvoerig vanonder een hand boven mijn ogen naar een Yurok-vrouw die op ons afliep. Toen ze onder aan onze rots was aanbeland, riep ze naar boven: 'Heb je een glaasje voor mij?'

Meestal waren we asociaal, wat de reden was waarom we op het strand dronken en niet in bars. Maar het gesprek ging niet geweldig. Een afleiding, een paar minuten om af te koelen, waarom niet? 'Tuurlijk,' zei ik.

Pat gaf me de woeste stierenblik, met zijn hoofd naar beneden, de wenkbrauwen naar beneden en de neusvleugels opengesperd. Terwijl ze naar boven klom, mompelde hij: 'Ik dacht dat we hier waren gekomen om alleen te zijn.'

'Hallo daar,' zei ze toen ze boven was. Ze was slank, een jaar of veertig, met lang bruin haar en een halfplatte neus en een donkere huid die net licht genoeg was om wat sproeten te vertonen. Ze had een brede glimlach maar slechte tanden. Ze droeg een zwarte hoed die leek op een cowboyhoed maar niet zo western. Ze ging op een nat stuk van de rots zitten om onze deken de viezigheid die op haar spijkerbroek zat te besparen (alsof ons dat wat kon schelen).

'Picknick, hè? Goede plek.'

Ik antwoordde: 'Ja', omdat Pat woedend bleef zwijgen.

Ze dronk wat champagne. 'Niet veel mensen kennen dit strand. Verwachten jullie meer mensen?'

'Nee. We zijn redelijk ver van huis.'

'Dit is nogal ver van de bewoonde wereld verwijderd inderdaad.' Ze keek achterom, zwaaiend naar haar vrienden.

'We moesten door Yurok-land wandelen om hier te komen,' beaamde ik. 'Bijna elfachtig en dat prachtige kleine amfitheater.' Ik schaamde me, wist niet hoe ik haar moest duidelijk maken dat we genoeg eerbied hadden betoond. Ik had wel een plas gedaan in de bosjes, maar we hadden geen krijgsgeluiden gemaakt of zoiets onnadenkends. 'Ik hoop niet dat het privé-terrein is. Ik hoop dat dit strand geen privé-terrein is.'

'Neu. Dat was een misdrijf tegen de natuur geweest, toch?' Ze grijnsde. 'De andere kant op ligt een terrein voor caravans. Dat is wel privé-terrein. Maar zolang jullie vertrekken zoals jullie gekomen zijn, geen punt.'

'Bedankt, goed om te weten. We hoorden over dit strand tijdens ons vorige tochtje naar het noorden, maar we hadden geen gelegenheid het te zien. We hadden geen zeeleeuwen of zo verwacht.'

'Mooiste tijd van het jaar; paling komt de rivier af om te paaien in de oceaan. Zwemmen wel vijfduizend kilometer, sommige,' legde ze uit. 'Het is een heilige plek voor de Yurok, de riviermonding.' Een opening in de wolken veroorzaakte licht onder haar hoedrand, waardoor fijne rimpels bij haar ooghoeken zichtbaar werden. 'Dit is een en al mond hier, eigenlijk. In de rivier is de paling koning mond. Hij verstopt zich, hij wacht, hij slaat snel toe. Maar dan komt de tijd dat hij aan zijn lust moet toegeven. En zwemt recht in de bek van de zeeleeuw. Ja hoor.' Ze gebaarde naar achteren. 'Hier en nu, het laatste oordeel van de paling.'

Van Pat kreeg ik nijdige blikken om haar te dumpen. Ik negeerde hem. Oké, we moesten veel bepraten. Maar hoeveel kans had je nou op een heuse Yurok die de ware betekenis van het strand verklaarde?

Ze lag op haar zij op de deken, met haar papieren beker omhooggestoken voor nog een glas terwijl ze wat zalm in haar mond schoof. 'Zalm betekent vernieuwing,' zei ze. 'De cirkel van het leven voldragen, dat soort dingen. Je moet wat gedroogde zalm van de rancheria proberen.'

Pat aarzelde voordat hij haar bekertje bijvulde. Ik liet hem het mijne ook bijvullen.

'Koning van de riviermonding, dat is de aal,' herhaalde ze. 'Natuurlijk is de Eel River naar hem genoemd. Maar de Klamath is zijn kasteel. Ze blijven langer leven boven water dan wat voor andere vis dan ook. Je ziet dat lelijke grijsgroene lijf flitsen in de branding en, wap, daar zit hij al aan je spiesstok en gooi je hem op de stapel. Als je dat een tijdje doet, weet je, dan heb je er misschien vijftien, en wanneer je dan terugloopt om ze in je emmer te doen, zijn er wel acht van die kleine monsters ontsnapt uit de kuil en kruipen over het zand. Als je ziet hoe ver sommige zijn gekomen, zijn ze zeker een goed halfuur in leven gebleven uit het water. Hoe is dat nou mogelijk?'

Ik lag ook op mijn zij, nippend aan mijn champagne, luisterend en kijkend naar het geweldige spektakel achter haar in de golven: zeeleeuwen die bovenkwamen en weer onderdoken, de rivier die zich in zee stortte, de golven die op elkaar botsten als op elkaar klappende handen. Haar Yurok-vriendjes waren niet meer aan het vissen; ze stonden te praten. Eentje gebaarde naar onze rots. Ik hoopte een beetje dat ze bij ons zouden komen zitten. Alleen zou Pat dan echt chagrijnig worden.

Misschien was ik te ver gegaan op de heenreis. Maar hij kon het toch wel over zijn kant laten gaan?

'Dus het is niet zo verrassend, hè?' vervolgde de vrouw. 'Dat ze de koning van de rivier zijn. Ze zijn gemeen en sterk, ze hebben tanden als spijkers. Als ze groter waren, man, dan zouden haaien geen kans hebben, laat staan zeeleeuwen.' Met haar ogen tot spleetjes geknepen keek ze me al drinkend aan. 'Omdat die rotzakken zich in het niets kunnen verstoppen. Met hun zilte, smerige kleur, kunnen ze gewoon voor een rots zitten, of erachter uiteraard. Ze kunnen opgaan in de omgeving. En dan zwem je voorbij terwijl je je veilig en voorzichtig voelt, wie je ook bent – misschien de een of andere mooie vis die stroomafwaarts zwemt – en hap! Dan ben je een palingmaaltje. Maar de rivier houdt ergens op, begrijp je wat ik bedoel? Elke rivier heeft zijn monding. Er is altijd een grotere mond daarbuiten die wacht tot je langs komt spoelen, maakt niet uit hoe sluw en slecht je van huis uit bent. Als je gehoor geeft aan lust en je eigen gebied verlaat, ben je iemand anders zijn maaltje.'

Pat tikte tegen de onderkant van mijn voet met de zijne. Tikken, dringend tikken alsof ik iets moest doen.

178

Toen wist ik wat ik moest doen: het huwelijk vergeten. Hij was te jong. Wilde deze Yurok-vrouw niet horen praten en tikte me aan alsof hij zeggen wilde: zorg dat ze weggaat, mam. Ik had kinderen, twee stuks, en ze waren nu volwassen en het huis uit. En niet veel later vertrok hun vader ook (hoewel ik hem niet miste en ik de kinderen wel miste, soms tenminste). En ik had niet iemand die vijftien jaar jonger was dan ik nodig en altijd de verantwoordelijkheid op mij afschoof. Ik betaalde de meeste rekeningen, zorgde dat er eten was (kookte niet, maar kende de juiste delicatessenwinkels), ruimde op in huis, vertelde Pat wat hij moest lezen, omdat ingenieurs geen bal weten over literatuur of geschiedenis; en elke keer dat er iemand geloosd moest worden of als iets sociaals moest worden afgehandeld of zelfs als er een zakelijke brief moest worden geschreven, was het tik-tik-tik, o, Maggie, kun je alsjeblieft...'
Ik reikte naar achteren en duwde Pats voet weg. Als hij asociaal wilde zijn, kon hij zelf een manier bedenken om de vrouw weg te sturen. We hadden genoeg tijd om te praten, alleen wij tweetjes. Ik wilde niet dat ze al wegging.
'Heb je nog meer?' vroeg de Yurok.
Ik haalde de tweede fles tevoorschijn uit onze oude rugzak en opende hem, zonder naar Pat te kijken, wetend dat hij nu pas echt die in zichzelf gekeerde stuurse blik zou hebben.
'Picknicken jullie vaker zo?' vroeg ze.
'Ja, we hebben altijd spullen achterin liggen, wijn, zalm in blik, toastjes. Dan hebben we de mogelijkheid.' Dat was de andere kant: met Pat had ik lol en hij liet mij de boel regelen. Als ik zei laten we gaan, zei hij oké. Dat betekent veel als je twintig jaar hebt doorgebracht met een aartsconservatieveling.
'Komen jullie hier vaak?' vroeg ze.
'Nee. Dat was een speciaal tochtje.'
'Dat was de bedoeling,' mopperde Pat.
Ik voegde er haastig aan toe: 'Onze stranden bij Santa Cruz en Monterey zijn mooi, maar daar zijn we al duizend keer geweest.'
'Hmm.' Ze liet me bijschenken. Ik had ook nog wat. Pat scheen niet te drinken.
'Nou, de zeeleeuw is een vreemde,' zei ze. 'Er is maar weinig wat hij niet wil eten, en niet veel dat hij niet zal doen om te overleven, maar hij is niet sluw genoeg. Hij zwemt maar voort, tralala, en neemt een hap waar hij kan. Hij verstopt zich niet of haalt trucs uit. Hij is lui.

Als hij een plek vindt waar hij zich kan volstoppen, doet hij dat en vergeet te jagen. Hij lijkt geen jachtinstinct te hebben. Hij wil alleen maar eten en zwemmen en plezier hebben. Paaien. Spelen.' Ze brak weer een stuk zalm af en hield het vast met vingers waar het zout en zand onder de nagels zaten. 'Terwijl een paling altijd op de loer ligt, zelfs wanneer hij net heeft gegeten. Hij is gewoon nooit speels. Hij denkt altijd vooruit, net als een gierigaard die altijd meer wil.'

'Totdat hij zijn stek verlaat en de bek van de zeeleeuw in spoelt.' Maakte ik haar verhaal af.

'Wat de paling nodig heeft' – ze ging rechtop zitten – 'is een manier om: Nee verdomme, te zeggen. Hij is het slimmere, sluwere wezen. En de natuur gebruikt zijn eigen instincten tegen hem. Bevoordeelt een of ander vet, lui wezen dat niet eens een vis is, een zoogdier dat in het water leeft, dat er niet echt hoort en toch het voedsel in zijn strot gegoten krijgt alleen maar omdat hij op de juiste plaats is.' Ze wees naar de zeeleeuwenkoppen die op de golven dobberden. 'Kijk dan. Dit is hun bedrijfskantine. Ze doen niets anders dan hun mond opendoen.'

Pat vulde aan: 'Je zou kunnen zeggen dat jullie zoals de zeeleeuwen zijn. Jullie staan daar met die dingen met stalen punten, alen te spiezen.'

Ik kon hem wel slaan. Het leek zo onaardig om dat te zeggen.

'De Yurok zijn net als palingen.' Ze zette haar hoed af. Haar donkere haar, plat van boven, begon in de aanlandige wind te wapperen. 'De Yurok waren koning omdat de Yurok wisten hoe ze zich onzichtbaar konden maken. De Yurok dachten altijd aan het eten van gisteren omdat de Yurok nachtmerries vol hongersnoden van gisteren hadden. De Yurok maakten deel uit van de geschiedenis van de donkere rivierbodem, stil en klaar. En ze werden de grotere monden in gespoeld die lagen te wachten zonder dat ze het verdienden.'

Ze sprong op. Ze zag er majestueus uit, haar haar wapperde tegen een achtergrond van grijswitte wolken, armen en kin waren ten hemel geheven. 'Hier ontmoet de oude rivier het ding dat zoveel groter is, het ding dat de paling niet kan verdragen te begrijpen omdat kennis te bitter is.'

Achter me fluisterde Pat: 'Dit is vreemd. Kijk eens naar haar vrienden.'

Op het strand richtten de Yurok-mannen hun armen ook op. Ze

180

stonden er net zo bij als de vrouw, misschien deden ze haar na om te pesten, misschien was het toeval.

'Waar de oude rivier het ding ontmoet dat zoveel groter is, het ding dat de paling niet kan verdragen te begrijpen omdat de kennis te bitter is,' herhaalde ze naar de hemel.

Pat begon me te porren, deed weinig moeite nog te fluisteren. 'Ik vind het maar niks! Ze doet gek!'

Ik sloeg achteloos naar achteren, als een paard dat een vlieg weg-slaat. Misschien was het te veel voor een software-ingenieur – hoe had ik ooit kunnen denken dat ik iemand kon trouwen die zo pro-zaïsch was? – maar het was de droom van een schrijver. Dit waren echte Yurok-riten. Als ze zou ophouden door hem, zou ik Pats fan-tasieloze reet van de rots afduwen.

Ze schudde haar hoofd heen en weer, haar haar sloeg tegen haar wangen. 'Bij de riviermonding leer je de waarheid: volg je obsessie en de stroom leidt je naar honderd wachtende monden. Maar als je stil blijft liggen? – ze boog voorover zodat ik haar heldere, donkere ogen kon zien – 'en heel diep denkt aan het pakken van je prooi, als je honger een groot knagen binnenin is, die je beweginloos maakt tot het moment waarop je een raket van honger wordt die eet wat...'

'Wat moeten zij nou?' Pats schaduw viel over de rots. Ik draaide me en zag dat hij rechtop stond, het strand af turend naar de Yurok-mannen.

Ze hadden een paar stappen in onze richting gedaan. Het leek of ze keken naar de vrouw.

Zij was in trance, zag het niet eens. 'Dan ga je de rivier niet af naar de lakse monding, de honger zonder intelligentie, de honger die ge-beurt zonder dat hij het zelf weet.'

Pats mouw reikte langs me en pakte de papieren beker uit haar han-den. 'Je moet nu maar gaan.'

'Wat is jouw probleem, Patrick?' Ik sprong op. Wat een groot kind was hij toch. Bang voor legenden, voor beschonken geklets op het strand! 'Doe toch eens relaxed.'

Met mijn woorden verdween de vechtersblik in zijn ogen. Daar-voor in de plaats kwam een verwonderde, verraden uitdrukking. 'Jij denkt dat je zo knap bent, Maggie, jij denkt dat je alles weet! Maar eigenlijk ben je gewoon maar een aan huis gekluisterd huis-vrouwtje.'

181

Ik was te kwaad om iets te zeggen. Ik had de afgelopen jaren misschien niet veel verdiend, maar ik was wel schrijfster.

Met samengeknepen lippen en zijn ogen tot spleetjes, droop zijn Schotse gezicht vol sproeten van de tekortgedane frustratie. 'Maar ik vermoed dat de "volwassene" meer heeft gezien dan een kind zoals ik. Ik denk dat alleen een "artiest" het echte leven kent.'

'O, in godsnaam!' Ik sprak de woorden uit met mijn hele bovenlichaam. 'Ben je echt zo'n klein kind dat je een beetje Yurok-beeldspraak niet aan kunt horen zonder bang te worden?'

Hij draaide zich om en begon de rots af te klauteren. Hij mompelde iets. Ik ving de woorden 'prinses' en 'weetal' en een paar fikse scheldwoorden op.

Ik draaide me om en zag de Yurok-vrouw rustig drinkend op de deken zitten. Ik bleef een paar minuten staan en zag hoe Patrick woest op het strand liep met zijn handen in zijn zakken.

'Hij wil niet dat mijn vrienden erbij komen,' concludeerde ze terecht. Het leek erop dat hij recht op hen afliep om hun dat te vertellen.

De mannen stonden te wachten. Dertig meter achter hen kronkelden wanhopige palingen uit hun putten in het zand als stralen uit een zon.

Ik kreeg een visioen van palingen roosteren met de Yuroks, luisterend naar hun legenden terwijl de golven achter ons neerstortten. Wat was Pat kinderachtig. Alleen omdat we een beetje ruzie hadden gehad in de auto.

'Ik weet waarom hij denkt dat ik gek ben,' zei de vrouw.

Ik ging zuchtend zitten, haalde een andere papieren beker uit de oude rugzak en vulde hem. Ik gaf hem aan haar en voelde me klote. Wat dan nog als de mannen een tijdje bij ons wilden zitten? Patrick en ik konden nog de hele middag vechten. Misschien wel de rest van ons leven.

'We kwamen hier naartoe om te besluiten of we zullen trouwen,' vertelde ik haar. Ik kon de tranen in mijn ogen voelen prikken. 'Maar het probleem is, hij is nog zo jong. Hij is maar zeven jaar ouder dan mijn oudste dochter. Hij is net ontslagen. Hij hangt al de hele maand rond en loopt me in de weg. Hij is ingenieur, ik heb hem ontmoet toen ik onderzoek deed voor een sciencefictionverhaal. Wat hij weet van politiek en geschiedenis heb ik hem geleerd.' Ik veegde de tranen weg. 'Hij is het afgelopen jaar, sinds we samen zijn, veel volwassener geworden, maar het is anders dan met een leeftijdgenoot. Ik bedoel, we hebben veel plezier totdat we over een bepaald onderwerp praten en dan moet ik zijn naïeve, studentikoze ideeën weer aanhoren. Ik moet hem artikelen geven om te lezen en hem vertellen hoe hij tegen dingen aan moet kijken; natuurlijk is hij knap, en een vlotte leerling. Maar vijftien jaar, weet je.'

Ze knabbelde aan nog wat zalm. 'Hij zag waarschijnlijk het busje toen jullie de weg in reden.'

'Welk busje?'

'Van onze groep.'

'De Yurok?'

Ze trok haar neus op. 'Nee. Die zitten in Hoopa in hun reservaat, voorzover ze er nog zijn. Ze zijn bijna uitgestorven.'

'We dachten dat jullie Yurok waren. Jullie zijn allemaal zo donker. Jullie kennen die zweep-speerbeweging.'

'Ja, we hebben donker haar.' Ze sloeg haar ogen ten hemel. 'Maar, Jezus, we zijn maar met zijn vijven. Jij hebt donker haar. Jij bent geen Yurok.' Haar uitdrukking klaarde op. 'Maar die zwiepstokken, dat is Yurok, daar heb je gelijk in. Onze leider' – ze wees naar de niet-Yuroks op het strand, ik weet niet precies welke – 'heeft ze gemaakt. We treden een beetje buiten onze cultuur, kun je wel zeggen.'

Patrick had de groep nu bereikt, stond met hoog opgetrokken schouders en zijn handen nog steeds in zijn zakken.

'Hoe zijn jullie er zo goed in geworden?'

'Goed?' Ze lachte. 'Het wemelt in de branding van de alen. Als we er goed in waren, hadden we er al honderden gehad.'

'Wat is dat voor groep?'

Patricks handen waren nu uit zijn zakken. Hij hield ze voor zich terwijl hij achterwaarts van de mannen wegliep.

'Hebben jullie echt het busje niet gezien?'

'Pat misschien. Ik was aan het kaartlezen.' Ik ging op mijn knieën zitten om hem te zien. Patrick deinsde nog steeds achteruit, steeds sneller. Hierboven, toen hij bang leek voor een raaskallende vrouw, had hij er belachelijk uitgezien. Maar beneden op het strand, met vier langharige mannen die op hem afkwamen, leek zijn angst niet ongegrond. Wat hadden ze tegen hem gezegd?

'Mensen zijn bang van het busje.' Ze knikte. 'De teksten die erop staan.'

183

'Wie zijn jullie?' vroeg ik haar, met mijn blik nog steeds op Patrick gericht.

'Dat wilde ik zeggen voordat je verloofde ervandoor ging: Hoe zit het met de zeeleeuwen? Die worden zonder moeite dik, zich rond-etend aan de ploeterende, kleine palingen met zwarte zielen. Komen ze er zo gemakkelijk vanaf?'

De lucht begon donkerder te worden. De zee was bijna zwartgrijs nu, met een zilverkleurige band tegen de horizon. Patrick rende nu op ons af over het strand.

Twee mannen kwamen achter hem aan.

Ik probeerde op te staan, maar de vrouw hield mijn enkel stevig beet. 'Nee,' zei ze. 'De zeeleeuwen zijn lang niet zo gelukkig. Ze zijn niet meer dan een stukje spek in de voedselketen. Verder uit de kust zijn haaien, meer dan genoeg, de machtigste rovers van allemaal. Dit is hun favoriete plekje voor zeeleeuwensushi.'

'Wat doen ze? Wat willen je vrienden?' Mijn stem klonk even ijl als de wind die door de rotsen floot.

'De Yurok waren ooit de alen, de koningen van de rivier, sluw en snel en hongerig. Maar de obsessies van de geschiedenis spoelden hen in de kaken van de blanken, die in de golven speelden en zich volpropten.' Ze knikte. 'De oude rivier ontmoet het ding dat veel groter is, het ding dat de paling niet kan begrijpen omdat de kennis te bitter is.'

Dat had ze meer dan eens gezegd, bijna op dezelfde manier. Misschien was Pat daar bang voor geworden: haar woorden waren als een litanie, een spreuk, een soort van cultgezang. En de mannen beneden hadden haar gebaren nagedaan.

Ik sloeg haar hand van mijn enkel en begon achterwaarts de rots af te lopen. Ze had alleen maar gesproken over roven en geroofd worden. Ze had gehoord dat we alleen waren en niet nog meer mensen verwachtten, en ze had een teken gegeven aan de mannen op het strand. Nu zaten ze Patrick achterna.

Bang om erbij stil te staan wat het betekende, te veel van streek om mijn schoenen weer aan te trekken, stapte ik in een gladde kloof. Ik gleed uit en verloor mijn evenwicht. Ik viel, stuiterend over de scherpe uitsteeksels en kanten van de kleinere rotsen die we als traptreden hadden gebruikt. Ik hoorde Patrick mijn naam roepen. Ik voelde een flitsende pijn in mijn ribben, heup, knie. Ik kon het warme bloed onder mijn shirt voelen stromen.

Ik probeerde op adem te komen, op te staan. De vrouw baande zich voorzichtig een weg naar waar ik lag.

'Er is nog een jager, Maggie.' Ik hoorde de grijnslach in haar stem. 'Niet de paling die wacht en toeslaat. Niet de zeeleeuw die genoeg vindt en vreet. Maar de haai.' Ze stopte, haar silhouet afgetekend tegen de rotstrap. 'Die aan niets anders denkt dan aan voedsel, die zich niet gewoon verstopt zoals de paling of wacht zoals de zeeleeuw, maar die gulzig zoekt en vindt, speurend naar een ander...' Patrick schreeuwde, maar ditmaal niet mijn naam.

'... speurend naar achterblijvers.' Weer tilde ze haar armen en kin op en liet haar donkere haar om zich heen wapperen. Patrick had gelijk: ze deed gek.

Ze sprong naar beneden. Patrick schreeuwde weer. We schreeuwden samen, eindelijk overeenstemming.

Ik hoorde een plotselinge knal en wist dat het een geweerschot moest zijn. Ik zag de vrouw gehurkt neerkomen, haar haar in woeste lokken als palingen kronkelend uit hun kuil.

O, Patrick, laat me de klok terugdraaien en zeggen dat het me spijt. Ik keek op naar de vrouw, denkend: te laat, te laat. Ik spoelde met de rivier recht je kaken in.

Weer een schot. Was Pat geraakt?

Een stem van de zandklippen bulderde: 'Scheer je weg!'

De vrouw keek op en lachte. Ze stak haar armen weer in de lucht, wierp haar hoofd naar achteren.

Een derde schot stuurde haar klauterend over de kleine rotsen, haar voetstappen zichtbaar in het zand toen ze wegrende. Ze zwaaide met haar armen alsof ze afscheid nam.

Het deed pijn toen ik rechtop ging zitten, ik had een rib gebroken, mijn ledematen ontveld, ik voelde het. Toch draaide ik me om om naar boven te kijken tegen de klip op.

In het wuivende gras boven me schoot een korte man met lang zwart haar een geweer af in de lucht.

Een echte Yurok, hoorden Pat en ik later.

Lees ook van Karakter Uitgevers B.V.

ESTHER VERHOEF

Onrust

Een eenling neemt het op tegen de Russische maffia. Wie is hij en wat is zijn motief?

Een in Nederland opererende criminele organisatie wordt keer op keer bezocht door een uiterst gewelddadige overvaller. Het is een eenling, niemand kent zijn gezicht en zijn identiteit, maar zijn werkwijze is koel, berekenend en uiterst professioneel. En terwijl de klok doortikt, dunt de organisatie steeds verder uit. Alles wordt op alles gezet om de identiteit van de vernietigende indringer te achterhalen.

Natuurfotografe Susan Staal heeft inmiddels zo haar eigen problemen. Ze heeft al tijdenlang een intense, maar platonische relatie met Sil Maier, die haar gevoelens weliswaar deelt, maar toch zijn vrouw Alice niet in de steek wil laten. Alice is op haar beurt bezeten door de ambitie presentatrice te worden bij het succesvolle televisieproductiebedrijf Programs4You, waarvoor ze bereid is zeer ver – misschien wel té ver... – te gaan.

Niets is wat het lijkt in de debuutthriller van Esther Verhoef, waarin obsessieve liefde, dubbele agenda's en harde, razendsnelle actie met elkaar verweven zijn tot een boek waarin de lezer van het begin tot het eind wordt meegezogen.

'Spannende actie en een vleugje romantiek. Het sterke plot, de vernuftige wendingen en de snelle pen van Verhoef houden je van begin tot eind in hun greep. Een prachtig debuut van een jonge schrijfster van wie we nog veel mogen verwachten.' – Sander Verheijen, www.crimezone.nl

ISBN 90 6112 242 2

Lees ook van Karakter Uitgevers B.V.

CHRISTA VON BERNUTH

Stemmen

Saskia Danner is dood. Haar lijk wordt gevonden in de bergen van Tirol, waar ze met haar man Michael en zijn leerlingen op schoolreisje was. De lijkschouwing laat geen twijfel: zij werd gewurgd met een stuk staaldraad. En er wordt snel een verdachte gevonden: haar echtgenoot Michael, leraar Frans aan een elitaire kostschool in Issing am Tegernsee, van wie bekend is dat hij haar al jarenlang mishandelt. Maar Danner heeft een alibi: zijn leerlingen verklaren dat zij op het moment van de moord met hem samen waren.

Konstantin Steyer is dood. Zijn vriendin vond hem in zijn woning. Deze artdirector van een van de grootste reclamebureaus van München werd gewurgd met een stalen draad. Hetzelfde moordwapen als waarmee Saskia is omgebracht?

Om de zaak tot op de bodem uit te zoeken, reist hoofdcommissaris Mona Seiler naar Issing. Maar het onderzoek verloopt traag. Zo traag, dat sommigen van haar collega's, die er moeite mee hebben dat er een vrouw aan het hoofd van een moordonderzoek staat, suggereren dat deze zaak voor haar misschien wat te hoog gegrepen is...

In *Stemmen* introduceert auteur Christa von Bernuth Mona Seiler, moeder, echtgenote en hoofdcommissaris van politie. De boeken van Christa von Bernuth worden zowel door de liefhebbers van Henning Mankell als Elizabeth George graag gelezen.

ISBN 90 6112 352 6

HANNAH NYALA

Dood spoor

Tally Nowata is getraind in het redden van mensenlevens. Als lid van een Amerikaans *rescue team* is ze gespecialiseerd in overlevingstechnieken onder de meest extreme omstandigheden en heeft ze veel, vaak zwaargewonde, mannen en vrouwen in de bergen opgespoord en veilig teruggebracht. Maar als haar minnaar Paul haar alleen achterlaat in de Australische Tanami-woestijn blijken al haar vaardigheden opeens waardeloos...

Paul heeft hun woestijnkamp verlaten om zijn 10-jarige dochtertje Josie op te halen en samen hadden ze snel terug moeten zijn. Maar als dat na meer dan tien dagen nog niet het geval is, ziet Tally zich door voedsel- en watergebrek gedwongen de meer dan 300 kilometer naar de bewoonde wereld te voet af te leggen.

Maar als ze, na enkele slopende etappes, op het ontzielde lichaam van Paul stuit, beseft ze dat ze meer dan het natuurgeweld alleen heeft te vrezen: Paul is vermoord en Josie is op sterven na dood...

Samen met het doodzieke kind zet Tally de helse tocht voort, in de wetenschap dat de moordenaars hen op de hielen zitten...

Dood spoor is het letterlijk zinderende debuut van reddingswerkster Hannah Nyala.

'Nyala's gedegen kennis van survivaltechnieken en haar scherpe schrijfstijl maken dit boek tot het opvallendste thrillerdebuut van dit jaar.' – *Publisher's Weekly*

ISBN 90 6112 002 0

Lees ook van Karakter Uitgevers B.V.

Sara MacDonald

Schemerduister

Sigrid is getrouwd met de veel oudere Jake, een getalenteerd schilder, die ooit haar docent op de kunstacademie was. De aantrekkelijke, maar ongenaakbare Jake oefent een onweerstaanbare aantrekkingskracht op Sigrid uit, zelfs als hij agressief en gewelddadig is. Tot het moment dat hij te ver gaat en Sigrid, gebroken en mishandeld, hun afgelegen cottage ontvlucht.

Sigrid vindt bescherming en onderdak bij vrienden in St.-Ives. En daar, in het prachtige landschap van Cornwall, beginnen haar wonden te helen en haar gevoelens tot rust te komen. Totdat Jake zich weer in haar leven dringt en haar genadeloos confronteert met zichzelf en de duistere geheimen uit haar jeugd.

Te midden van de ruige natuur van Cornwall en Dartmoor leveren Jake en Sigrid een wanhopige strijd die pas ten einde zal zijn als de vernietigende cyclus van het verleden doorbroken wordt...

Schemerduister is een hartverscheurende roman over pijn, liefde en genezing met de psychologische impact van Nicci French.

ISBN 90 6112 161 2

Brigitte Beil

Het einde van de regentijd

Een moderne, jonge vrouw ontdekt de verhalen over het avontuurlijke leven van haar overgrootouders aan het keizerlijke hof van Ethiopië.

Katrina Bernbacher, studente te München, ontdekt op zolder een doos met oude foto's van haar overgrootouders en hun kinderen in een exotische setting. Het blijken afbeeldingen van een stuk familiegeschiedenis waar zij niets van weet, reden genoeg dus om haar grootmoeder Eva met vragen te bestormen. Het fascinerende verhaal dat Eva vertelt over het leven van haar familie aan het keizerlijke hof van Ethiopië doet Katrina besluiten om op zoek te gaan naar haar *roots* in het verre Afrika. De resten van het verleden zijn grotendeels uitgewist, maar wat zij wel in dit prachtige land vindt is de liefde van haar leven.

Het einde van de regentijd is een heerlijke mengeling van *Out of Africa* en *Anna and the King*, gebaseerd op waargebeurde gegevens uit de familiegeschiedenis van schrijfster Brigitte Beil.

'Een schitterend kleurrijk beeld van Ethiopië aan het begin van de twintigste eeuw en een onthullende schildering van het koloniale denken, ingepakt in een spannend en romantisch verhaal over het streven van de mens naar liefde.' – amazon

ISBN 90 6112 282 1

Lees ook van Karakter Uitgevers B.V.

MAX ALLAN COLLINS

CSI: Dubbelblind

De leden van het forensisch onderzoeksteam zijn de onbekende helden van het politiekorps van Las Vegas. Onder leiding van veteraan Gil Grissom combineren Catherine Willows, Warrick Brown, Nick Stokes en Sara Sidle de nieuwste wetenschappelijke onderzoeksmethoden met het aloude, degelijke speurwerk in hun zoektocht naar bewijsmateriaal op de plaatsen delict.

In *Dubbelblind* wordt het team geconfronteerd met een moord in een casino. Het slachtoffer is een maffia-advocaat uit Chicago. Is hier sprake van een afrekening uit de onderwereld?
Tegelijkertijd wordt in de bouwput van een nieuw hotel een gemummificeerd lijk gevonden en algauw dringt zich de vraag op of beide doden niet met elkaar in verband gebracht moeten worden, want allebei zijn ze met twee schoten door het hoofd gedood...

CSI: Dubbelblind is een superspannende thriller van Max Allan Collins, gebaseerd op de in Amerika met vele prijzen bekroonde televisieserie.

ISBN 90 6112 252 X